DAS VERTRAUEN EINES COWBOYS

Die Holden Brüder –
Die Cowboys von Mule Hollow, Buch Zwei

DEBRA CLOPTON

Das Vertrauen eines Cowboys

Wenn sie nur ihre Vergangenheit überwinden könnten, würden sie gute Ehemänner abgeben

Jess Holden hat nicht vor, jemals zu heiraten, und seine Vergangenheit erinnert ihn jeden Tag daran, an seiner Entscheidung festzuhalten. Doch als er eine Frau in Not vor einer gefährlichen Blitzflut rettet, hat er plötzlich das Gefühl, in den Stromschnellen gefangen zu sein und hilflos flussabwärts gerissen zu werden. Die Tierarztassistentin Gabi Newberry ist zu süß, um ihr zu widerstehen, und obwohl er sich bemüht, ihr aus dem Weg zu gehen, braucht er plötzlich ihre Hilfe, als sein Vieh stirbt.

Gabi erkennt einen süßholzraspelnden Cowboy, der kein Interesse daran hat, sich häuslich niederzulassen, wenn sie einen sieht. Darum hat sie nicht vor, sich in den Cowboy zu verlieben, der von Natur aus wunderbar ist – und das trotz seiner Vergangenheit, die ihn verfolgt.

Werden die beiden auf der Mission zur Rettung seiner Ranch trotz aller Entschlossenheit, sich nicht zu verlieben, ihr Herz verlieren?

KAPITEL EINS

Die Tierarzthelferin Gabi Newberry zog ihre leichte Jacke fester um sich, so nutzlos sie gegen den Regen auch war. Sie kauerte sich darin zusammen und starrte auf den Reifen des Viehanhängers, den sie mit dem Truck der Klinik gezogen hatte. Achsentief in dickem Schlamm vergraben hing der Anhänger in einem sehr riskanten Winkel. Gabi schnitt eine Grimasse und wurde rot, als sie ihr Werk betrachtete. Was hatte sie sich nur gedacht?

Susan Turner, ihre neue Chefin, die Tierärztin hier in Mule Hollow, hatte Gabi gefragt, ob sie sich zutraute, einen Anhänger zu ziehen. „Sicher", hatte Gabi selbstbewusst geantwortet. Das war sie auch gewesen, doch sie hatte nicht damit gerechnet, dass strömender Regen ihr dazwischenfunken würde. Was für ein Mist.

Die beiden schwarzen Kälber im hinteren Teil des kleinen Anhängers muhten laut, was alles noch schlimmer machte. Die armen Tiere hatten Mühe, sich in dem schief hängenden Anhänger auf den Beinen zu halten. Sie taten Gabi leid, denn es kam ihr so vor, als hätte sie bis vor ein paar Wochen versucht, dasselbe in ihrem Leben zu tun.

„Tut mir leid, ihr zwei Süßen...", sagte sie gerade, als der Donner erneut grollte und ein Blitz einschlug, viel zu nah, um sich sicher zu fühlen.

Im selben Moment peitschte ein heftiger Windstoß ihre Baseballmütze von ihrem Kopf. Gabi schrie auf und versuchte, sie einzufangen. Sie blickte der Mütze hinterher, als sie vom Wind empor geweht wurde, bevor sie dann im rauschenden Wasser des tiefen Grabens neben ihr landete.

Zu sehen, wie rasch die schnelle Strömung ihre Kappe davontrug, erschreckte Gabi. Ein, zwei Meter weiter, und sie hätte echte Probleme gehabt, da der Anhänger sehr wahrscheinlich mitsamt den armen Kälbern umgekippt wäre.

„Gar nicht gut", murmelte sie, und ihr Magen drehte sich vor Unbehagen.

Als sie nach Mule Hollow zurückgekehrt war, hatte sie nicht damit gerechnet, in der ersten Woche hier in eine Blitzflut zu geraten. Ihre Großmutter Adela würde sich bei diesem Wetter Sorgen um sie machen. Obwohl sie bis zu ihrem zwölften Lebensjahr in der Nähe des Texas Hill Country aufgewachsen war, war es dreizehn Jahre her, seit sie mehr als eine Woche im Sommer hier verbracht hatte. Trotzdem erinnerte sie sich daran, wie schnell Blitzfluten passieren konnten und welche Gefahren damit verbunden waren.

Der Himmel hatte gerade mit Regen gedroht, als sie vor weniger als einer Stunde losgefahren war, um diese Kälber ihrem Besitzer zurückzubringen. Jetzt war er fast schwarz, nachdem die fernen Gewitterwolken plötzlich in ihre Richtung gezogen waren. Die bedrohlichen Wolken hingen in eistütenförmigen Kegeln in Richtung Boden. Jeder in dieser Gegend wusste, dass das ganz klar Tornadogefahr bedeutete.

Ohne ihre Mütze waren Gabis Haare in Sekundenschnelle durchnässt, und Wasser lief ihr über das Gesicht. Sie blinzelte und betrachtete die Situation. Auf keinen Fall konnte sie den Trailer alleine da rausholen. Die Netzabdeckung war auch hier draußen schrecklich, darum war ihr Handy keine Option, um Hilfe zu rufen.

Fazit: Sie war allein.

Sie drehte sich um, suchte den Horizont ab und

blinzelte gegen den Wind und den Regen, der ihr Gesicht traf. In der Ferne erspähte sie ein Dach, und ihr Herz machte einen Sprung.

Es war ziemlich weit weg, und das Gewitter war in vollem Gang. Sie wusste trotz des Risikos, dass sie dort Hilfe suchen musste. Die einzige andere Möglichkeit war, in den Truck zu steigen und darauf zu warten, dass jemand vorbeikam. Gabi stand da und überlegte, was sie tun sollte. Die Kälber klagten lauter.

Die Situation verschlechterte sich von Sekunde zu Sekunde.

Ihr Mund wurde trocken, als Panik in ihr aufstieg.

Tu was!

Sie konnte nicht einfach nur dasitzen und darauf warten, dass jemand kam, um sie zu retten. Gabi wischte sich die Haare aus den Augen und entschied, dass ihre beste Chance darin lag, querfeldein zum Haus zu laufen.

Von Kopf bis Fuß durchnässt ging sie auf das Wasser zu. Dann zögerte sie. Sollte sie die Kälber aus dem Anhänger lassen? Sie entschied, dass es immer noch am besten war, mit Hilfe hierher zurückzukehren, und ging weiter bis zum Rand des rauschenden Wassers.

Sie trat mit einem Fuß ins Wasser, fand Halt und

stapfte vorwärts. Das Wasser war höher als sie gedacht hatte, der Graben viel tiefer. Sie kämpfte gegen das rauschende Wasser an und schaffte es hindurch, ohne hineinzufallen. Blitze zuckten am Himmel und Donner grollte, als sie den Hang auf der anderen Seite hinaufstieg.

Ein plötzlicher Blitzschlag ganz in der Nähe erschreckte sie. Sie rutschte aus, fiel auf die Knie und griff ins Gras, um Halt zu finden. Doch mit nassen Händen fand sie keinen und rutschte in das rauschende Wasser.

* * *

Jess Holden konnte nicht glauben, was er vor sich sah. Der Anhänger befand sich in gefährlicher Schräglage, doch es war die Frau, die sich dem rauschenden Wasser näherte, die ihn auf die Bremse treten ließ.

Er sprang aus dem Truck, rutschte auf dem nassen Schlamm aus, konnte sich jedoch wieder fangen und rutschte die Steigung wie ein Baseballspieler entlang, der mit den Füßen zuerst auf die Home-Platte rutschte. Sie versuchte, sich aufzurappeln, nachdem sie ins Wasser gefallen war, doch die Strömung und der glitschige Schlamm halfen nicht. Sie verlor wieder den Halt, und das Wasser trieb sie schnell weiter. Ihr Kopf ging unter, und sie schlug wild um sich. Jess schoss dicht hinter ihr ins Wasser und griff nach ihr, verfehlte sie aber. Er tauchte nach ihr und packte das erste, was er erreichen konnte – den Kragen ihrer Bluse. Als er sie aus dem Wasser zog, hustete und spuckte sie und wand sich, während sie sich bemühte, mit ihren Füßen im schlammigen Wasser Halt zu finden.

„Keine Angst!", schrie er über den Wind. „Ich hab dich." Er stand im schnell ansteigenden Wasser, legte den Arm um ihre Taille und zog sie heraus. Ihre Stiefel rutschten von ihren Füßen, als er sie über seine Schulter warf.

„Was tust du da?", schrie sie. „Lass mich runter. Meine Stiefel!"

Er konzentrierte sich darauf, nicht die Balance zu verlieren, hielt sie fest und ging den Weg zurück, den er gekommen war. „Ich rette dich, das ist, was ich tue."

„Aber meine Stiefel. Sie sind ..." Sie kämpfte wie eine Wildkatze.

Als er es den schlammigen Abhang hinauf geschafft hatte, ließ er sie los.

Sie brachte sofort Abstand zwischen ihn und sich. „Das hätte ich auch wunderbar selbst geschafft!", blaffte sie und strich sich eine wilde Masse nasser Haare aus dem Gesicht. Sie hatte Schlamm auf der Wange, den der Regen jedoch schnell wegwusch.

„Machst du Witze? Das hat da unten gar nicht so wunderbar ausgesehen, und ich wollte kein Risiko eingehen." Er ignorierte ihre gereizte Haltung und wandte seine Aufmerksamkeit dem Anhänger und den unglücklichen Tieren zu, die ihn anstarrten.

„Wir müssen sie da rausholen. Was hast du überhaupt auf der anderen Seite dieses Grabens gewollt?" Jess schüttelte den Kopf.

„Ich wollte die Weide überqueren, um auf der Ranch da Hilfe zu holen." Sie gestikulierte mit der Hand in Richtung des lächerlich weit entfernt liegenden Hauses. „Ich hab den Anhänger nicht da rausbekommen und musste Hilfe für die beiden Jungs hier holen."

„Während eines solchen Gewitters eine Weide überqueren – gar nicht klug", schalt er sie. „Und den Anhänger kannst du vergessen." Er ging auf seinen Truck zu. Die ahnungslose Frau folgte ihm. Am Truck angekommen öffnete er die Werkzeugkiste auf der Ladefläche.

Sie folgte ihm mit lediglich besockten Füßen. „Ich weiß das", schrie sie über einen lauten Donnerschlag hinweg. „Aber ich hab ihn nicht allein da raus bekommen. Was sollen wir tun?"

Der Sturm tobte, und er warf einen Blick zum wütend aussehenden Himmel. Für die ganze Region waren Blitzflut- und Tornado-Warnungen ausgegeben worden. „Wir verschwinden von hier." Er gab ihr ein Paar Gummistiefel. „Wahrscheinlich zu groß, aber besser als nichts."

Sie nahm die Stiefel und starrte ihn an. „Aber du kannst sie nicht einfach zurücklassen–" Sie legte ihre Hand auf seine Brust.

Er musste trotz der wenig angenehmen Situation schmunzeln. Dann trat er an ihr vorbei und riss die Hintertür seines Trucks auf. Schnell klappte er seine Sitze um und zwinkerte dem klatschnassen Mädchen zu, als er an ihr vorbei ging. Es war schwer zu sagen, wie sie wirklich aussah, nachdem ihr Haar ihr im Gesicht klebte. Ihre großen Augen weiteten sich, als er ihr zuzwinkerte.

„Wirst du sie da rein stecken?", fragte sie und schlitterte neben ihm her, bemüht, mit ihm Schritt zu halten.

„Jupp, das ist der Plan", sagte er gedehnt. „Und wie wäre es, wenn du die anziehst?"

Als er den Riegel am Anhänger hochhob, ergriff sie automatisch die Tür und hielt sie für ihn auf. Jess ging hinein, achtete darauf, nicht auszurutschen, packte das erste Kalb und hob es in seine Arme.

Nachdem er das erste verängstigte Kalb in den Truck gebracht hatte, wartete sie mit angezogenen

Stiefeln am Anhänger und öffnete ihm die Tür, damit er das zweiten Baby holen konnte.

Innerhalb weniger Minuten hatten sie beide tropfnasse Kälber in seinem Truck, dort, wo normalerweise die zweite Sitzreihe war. Blitze zuckten über den Himmel, als sie schließlich einstiegen und die Türen schlossen.

„Ich bin übrigens Jess Holden", sagte er, als er losfuhr.

„Ich bin Gabi Newberry", schrie sie praktisch über das Klagen der Kälber hinweg. „Danke, dass du mir geholfen hast. Tut mir leid, dass ich dich angeschrien hab. Ich war in Panik."

Schließlich entspannte er sich ein wenig und warf ihr ein Lächeln zu. „Gern geschehen. Aber hör zu, wenn du das nächste Mal mitten in einem Sturm wie diesem oder auch nur in einem Gewitter irgendwo steckenbleibst, komm nicht nochmal auf die Idee, über eine offene Weiden zu laufen. Das ist glatter Selbstmord." Er hatte seinen Hut irgendwo im Sturm verloren, darum nahm er eine Hand lange genug vom Lenkrad, um sein nasses Haar aus seiner Stirn zu streichen.

Ihre großen Augen verengten sich, als er sie ansah. Er hatte es vorher nicht bemerkt, aber sie waren von einem scharfen, klaren Grün und sahen fast unwirklich aus, als sie den Blitz einfingen, der den Himmel vor ihnen erhellte. Als er sie aus dem Wasser gezogen hatte, war sie aschfahl gewesen, doch jetzt hatte sie sich ein wenig erholt, und ihre Haut hatte einen zarten Goldton. So nass und aufgelöst sie auch war, die Frau neben ihm war wunderschön. Doch die hochgezogene Braue angesichts seiner Warnung sagte ihm, dass hinter diesen sanften Zügen mehr Feuer loderte, als man auf den ersten Blick sehen konnte.

„Ich hatte nicht vor, Selbstmord zu begehen", widersprach sie und straffte ihre Haltung. „Ich war auf dem Weg, Hilfe zu holen, weil ich welche gebraucht habe."

„Du warst auf dem besten Weg, Bekanntschaft mit einem Blitz zu machen, wenn du vorher nicht ertrunken wärst."

Er richtete seinen Blick wieder auf die Straße und befürchtete, sie könnten es nicht zurück zur Hauptstraße schaffen, bevor der Kies weggespült wurde. Dann würden sie hier draußen festsitzen.

Er behielt diese Informationen jedoch für sich – es war nicht nötig, sie noch mehr aufzubringen.

Sie lächelte plötzlich. „Weißt du was, du hast Recht. Ich bin so froh, dass du aufgetaucht bist. Danke, Jess Holden, mein Ritter in glänzender Rüstung."

Jess lachte. Ihn konnte nicht viel überraschen,

doch ihr kompletter Sinneswandel *war* eine Überraschung. „Gern geschehen. Du bist Adelas Enkelin, oder?" Er hatte die Jungs unten in Sam's Diner über sie reden hören. Adela Ledbetter Green war eine der älteren Damen in der Stadt. Sie war mit Sam verheiratet, dem das Diner gehörte, und es hatte jede Menge Aufregung um die Ankunft von Adelas Enkelin gegeben.

„Ja, die bin ich."

Er lächelte. „Angesichts der Tatsache, dass deine Großmutter eine der drei älteren Damen ist, die als die Kupplerinnen von Mule Hollow bekannt sind, hoffe ich, du weißt, worauf du dich einlässt, wenn du hierher zurückkehrst, oder?"

Sie hatten endlich die geteerte Straße erreicht, und Jess atmete auf. Er blieb am Stoppschild stehen, musterte seinen Passagier und wartete darauf, dass sie seine Frage beantwortete. Er hatte sich die Kupplerinnenbande eine Weile vom Leib gehalten, ein bisschen überrascht, dass sie sich nicht mehr bemüht hatten, ihn unter die Haube zu bringen. Denn diese drei hatten nicht viel anderes im Sinn.

Gabi lächelte, und ein Grübchen wurde in ihrer Wange sichtbar. „Oh, ich weiß, was meine Großmutter tut. Aber ich habe ihr schon gesagt, dass ich erstmal tabu bin. Glaub mir, ich werde mich wieder auf die Suche nach einem Ehemann machen – ich meine in nicht allzu ferner Zukunft. Aber zuerst will ich mich einfach nur einleben." Sie neigte ihren nassen Kopf und sah ihn an. „Ich muss mein Leben auf die Reihe kriegen."

Sie musterte ihn, als wäre er ein Gemälde an einer Wand oder sowas in der Art. Er verlor für eine Sekunde den Faden und entschied, dass es Zeit war, weiterzufahren. Er lenkte den Truck auf die Straße. Endlich, nach kilometerlangen, schlammigen Feldwegen, spürte er, wie seine Räder auf festen Boden stießen. Als er ihren Blick spürte, sah er Gabi erneut an, und, ja, sie studierte ihn immer noch.

„Stimmt was nicht?"

„Nichts." Sie seufzte. „Ich versuche nur herauszufinden, warum du gerade in meinem Leben aufgetaucht bist."

Eines war sicher: Gabi Newberry war anders. „Das ist leicht zu beantworten", neckte er und zog eine Augenbraue hoch, als er den Blick wieder auf die Straße wandte. „Du hast offensichtlich jemanden gebraucht, der dich aus dem Wasser zieht und dich warnt, dich aus den Elementen rauszuhalten." Er scherzte nur halb.

„Du bist einer von der Sorte, die Recht haben müssen, oder?" Sie drehte die Heizung auf –beide waren durchnässt, und in der Kabine war es kalt.

„Ich bin nur ehrlich."

Sie lachte kurz. „Du bist ein Besserwisser. Ich wäre nicht ertrunken. Ich kann schwimmen wie ein Fisch."

Der Platzregen war zu einem sanften Nieselregen geworden, und er konnte einen Sonnenfleck durch die grauen Wolken sehen. Das Gewitter lag hinter ihnen, blitzte aber in der Ferne immer noch über Gabis Schulter. Er sah sie an, als ein Blitz hinter ihr zuckte. Es unterstrich den Funken der Herausforderung, den er in den Tiefen ihrer grünen Augen sah. „Ähm, du warst dabei zu ertrinken, als ich dich aus dem Wasser gezogen habe. Du hast dein Leben riskiert, wo du auf Hilfe hättest warten sollen."

„Ich habe getan, was ich tun musste. Ich konnte die zwei kleinen Jungs nicht da draußen lassen und riskieren, dass der Trailer umkippt." Als ob sie wüssten, dass sie über sie sprachen, schrien die Kälber lauter und steckten ihre nassen Nasen über den Sitz.

„Schau, Gabi. Ich habe dich gerade erst kennengelernt, aber aus Respekt vor deiner Großmutter muss ich dich warnen, vorsichtiger zu sein. Du musst klügere Entscheidungen treffen, wenn du alleine hier draußen auf dem Land zurechtkommen willst."

Ein Kalb stieß seine Nase gegen ihr Ohr und brachte sie zum Lachen.

Sie schlug ihre Beine unter sich und drehte sich um, um die Kälber zu streicheln, die versuchten, über den Sitz zu kommen. „Du bist genauso aufdringlich wie diese Jungs. Danke, dass du dir Sorgen machst. Ich höre, was du sagst, aber ich habe getan, was ich tun musste."

Die Tierklinik kam in Sicht. Es war offensichtlich, dass sie sich seinen Rat nicht zu Herzen nehmen würde. *Stures Weib.* „Das nächste Mal hast du vielleicht nicht so viel Glück." Er hielt den Truck neben den Pferchen hinter dem Gebäude an.

Ihr Blick funkelte, als sie ihre Hand auf seinen Arm legte. Ihre Berührung war warm, und ein Funke des Bewusstseins tanzte über seine Haut. Ihr Gesichtsausdruck war eine Mischung aus Amüsement, vermischt mit der Entschlossenheit, sich nicht sagen zu lassen, was sie zu tun oder zu lassen hatte.

„Dann ist es eben so." Sie zog ihre Hand zurück und griff nach dem Türgriff. „Danke für die Rettung und die Fahrt."

„Aber *nicht* den Rat", sagte Jess, als er aus dem Truck stieg. Er war sich nicht sicher, ob die Frau ein bisschen dumm, stur oder beides war. So oder so war es bedenklich. Er ging zu ihrer Seite des Trucks, wo sie wartete, die Händen in die schmalen Hüften gestemmt. Ihre Haare hingen in Wellen in ihre Stirn — sie waren auf der Reise getrocknet und waren blass honigblond. Sein Puls schlug abrupt schneller, als sie dieses Lächeln lächelte, das ihr Gesicht strahlen und das Grübchen aus seinem Versteck kommen ließ.

„Du kannst mir alle Ratschläge geben, die du willst. Ich werde sie in Betracht ziehen. Ich werde dir sogar dafür danken.“

„Aber du wirst sie nicht annehmen, was anderes würde ich auch nicht von dir erwarten.“ Er öffnete die Tür und holte das erste Kalb heraus.

Gabi hatte das Tor bereits geöffnet. Sie hatte eine Hand an ihrer Hüfte und eine Hand am Tor, als er an ihr vorbeiging. „Denk bloß nicht, dass du weißt, was dich erwartet. Ich bin nicht so leicht zu lesen, wie du denkst, Cowboy.“

Er hielt inne, um sie anzusehen. Sie blinzelte unschuldig zu ihm auf, und ihr Lächeln wurde breiter und entblößte strahlendweiße Zähne. An diesem Lächeln war nichts Unschuldiges. Er kannte sie keine halbe Stunde und wusste bereits, wie sie tickte. „Ich habe nie gesagt, dass du leicht zu lesen bist. Ich habe das Gefühl, dass du dir wahrscheinlich sehr große

Mühe gibst, kompliziert zu sein", sagte er und ging, um das andere Kalb zu holen.

Gabi kicherte hinter ihm. „Weißt du was?"

Er ging mit dem anderen Kalb an ihr vorbei und blieb stehen, um es loszulassen, bevor er sie ansah. „Was?", fragte er.

„Ich mag dich, auch wenn du ein Besserwisser bist. Es wird mir Spaß machen, dich auf Trab zu halten."

Wenn er einen Hut gehabt hätte, hätte er ihn vor ihr gezogen, doch er trieb jetzt sicher irgendwo stromabwärts im Schlamm. Stattdessen nickte er nur. „Nur zu. Ich mag Frauen, die mich auf Trab halten."

„Dann wirst du mich lieben", witzelte sie und ging in Richtung Büro.

KAPITEL ZWEI

Die Jukebox spielte einen beschwingten Countrysong, als Gabi nach der Arbeit durch die Tür von Sam's Diner trat. Der Duft von gegrilltem Steak und Burgern ließ Gabis Magen sofort knurren und erinnerte sie daran, dass sie aufgrund des wilden Tages, den sie gehabt hatte, keine Gelegenheit zum Mittagessen gehabt hatte. Das Aroma von heißem Kaffee drängte sich durch die anderen unglaublich köstlichen Düfte nach vorn und lenkte ihren Blick auf die frische Kanne des schwarzen Gebräus, die hinter der Theke stand.

„Gabi! Hier drüben." Esther Mae Wilcox, deren knallrotes Haar wippte, winkte begeistert von der hinteren Sitznische. Ihre neongrüne Bluse war ein greller Farbtupfer vor dem Hintergrund rustikaler Holztäfelung und der dunklen Eckbank.

Gabi begrüßte ein paar Cowboys an einem Tisch, als sie an ihnen vorbeikam. Sie hatte am Tag zuvor geholfen, ein paar Rinder zu impfen. Einer von ihnen hatte sie um ein Date gebeten, und obwohl sie nach ihrer kürzlichen Trennung von ihrem Verlobten offiziell nicht mehr gebunden war, hatte sie sich schnell bei ihm für das Angebot bedankt, ihm jedoch gesagt, dass sie nicht auf dem Markt war. Er war süß gewesen, als er gesagt hatte, dass sie sein Herz gebrochen hatte – es war wirklich charmant gewesen, aber nichts weiter. Was Männer anging, war sie gerade ein bisschen desillusioniert und noch nicht bereit, wieder mit jemandem auszugehen. Sie musste ihr Leben auf die Reihe bringen und sich klarwerden, was ihre Prioritäten waren. Eines war sicher: Wenn sie wieder anfangen würde zu daten, wusste sie diesmal, dass die Art von Mann, die sie wollte, das genaue Gegenteil von dem war, für den sie sich zuvor entschieden hätte.

Ihre oberste Priorität bei der Suche nach einem Ehemann war diesmal, einen Mann zu finden, dessen Glaube so stark war wie der ihre.

Doch für den Moment war sie glücklich, bei ihrer Großmutter und deren Freundinnen hier in Mule Hollow zu sein. Sie würden ihr helfen, die Art Frau zu werden, die sie sein wollte. Gabi trat an die Nische und umarmte ihre Großmutter Adela und deren Freunde Norma Sue Jenkins und Esther Mae Wilcox, bevor sie auf den leeren Platz neben Esther Mae rutschte. Die drei älteren Damen hätten unterschiedlicher nicht sein können. Esther Mae war so lebhaft wie ihr rotes Haar und ihre bunten Kleider. Ihre Großmutter war eine zierliche, elegante Lady mit fedrigen weißen Haaren und einem ruhigen Porzellanpuppengesicht, das von leuchtendblauen Augen dominiert wurde. Norma Sue war stämmig, hatte drahtiges graues Haar und ein strahlendes Lächeln.

„Setz dich und erzähl uns von diesem aufregenden Tag, den du hattest."

Norma Sues Worte erschreckten Gabi.

„Schau nicht so überrascht", fuhr Norma Sue fort. „In einem kleinen Ort wie unserem verbreiten sich Neuigkeiten schneller als ein gefettetes Schwein eine Wasserrutsche runterrutschen kann."

„So ist es", nickte Esther Mae. „Wir wollen alle Details. Adela hat uns erzählt, dass du heute Morgen im Schlamm steckengeblieben bist und dass Jess Holden zu deiner Rettung gekommen ist."

Bevor Gabi antworten konnte, flogen die Schwingtüren der Küche auf, und Sam kam heraus, was ihr eine Atempause vor weiteren Fragen gewährte.

„Hey, Gabi-girl", rief er, und sein verwittertes

Gesicht strahlte. Er war ein kleiner, runzeliger Mann mit dem Körperbau eines Jockeys. Er zog die Kaffeekanne von der Heizplatte, nahm eine Tasse in die andere Hand und ging mit seinem breitbeinigen Gang zum Tisch und schenkte ihr eine Tasse ein. „Was hast du überhaupt mitten in einem Tornado da draußen getrieben?" Er musterte sie streng, als er den Kaffee eingoss.

Soviel zum Thema Atempause! Gabi wurde klar, dass sie sich auf mehr gefasst machen musste, als alle Augen auf sie gerichtet waren.

„Es war ziemlich schlimm. Einfach furchtbar", fuhr Sam fort, verschränkte die Arme und ließ die halb volle Kaffeekanne an seinem Ellbogen baumeln.

„Furchtbar ist das richtige Wort", zeterte Esther Mae und drehte sich auf der Sitzbank um, um Gabi direkt anzusehen. „Ich bin so froh, dass Jess dich gefunden hat. Ich kann mir gut vorstellen, wie dieser hübsche Cowboy herbeigeeilt kommt, um dich aus dem tobenden Wasser zu ziehen. Das wäre eine wunderbare Geschichte für Mollys Kolumne."

„Was!" Gabi schnappte nach Luft. Sie hatte Adela angerufen, nachdem sie in die Klinik zurückgekehrt war, um sich zu vergewissern, dass Adela sicher zu Hause war. Woher wussten sie, dass Jess sie aus dem überfluteten Graben gezogen hatte?

„Aber dir geht's gut, oder?" Sam tätschelte ihr sanft den Rücken.

Ein lebhaftes Bild einer übertriebenen Geschichte über sie und Jess, die sich in einem heftigen Sturm begegneten, tauchte vor ihrem inneren Auge auf. Molly war eine freie Redakteurin, die hier im Ort wohnte und eine Kolumne über Mule Hollow, die Cowboys und die Kupplerinnenbande schrieb. Diese Kolumne war sehr beliebt, und sie war selbst ein Fan. Aber ... „Nein – keinen Artikel", stammelte sie und verschluckte sich an ihrem Kaffee. „Im Ernst – nein."

Norma Sue johlte und klopfte mit der Hand auf den Tisch. „Wir machen doch nur Spaß."

„Oh ja", kicherte Esther Mae. „Du musst nicht anfangen zu stammeln. Für wen hältst du uns?"

„Die Kupplerinnen von Mule Hollow", platzte Gabi heraus. Sie kniff die Augen zusammen und sagte mit fester Stimme. „Grandma, bitte sag ihnen, dass ich nicht auf dem Markt bin."

„Das ist nach allem, was du durchgemacht hast, völlig verständlich", sagte Adela mit mitfühlendem Lächeln.

„Das ist es auf jeden Fall", mischte sich Esther Mae ein. „Ich kann nicht glauben, dass dieser Mann deines Glaubens wegen mit dir Schluss gemacht hat."

„Hmmph", schnaubte Norma Sue. „Ohne den bist du auf jeden Fall besser dran."

„Das ist wahr. Es gibt einen besseren Mann für dich da draußen", sagte Adela. „Mach dir keine Sorgen."

Unerwünscht traf ein Gefühl des Verlustes für Phillip Gabis Herz. Leider hatte Norma Sue Recht. Vor sechs Wochen hatten sie und er ihre Verlobung aufgelöst, nachdem sie eine schreckliche Erfahrung gemacht hatte, die ihr Leben verändert hatte – auf eine Weise, die ihm nicht gefiel. Rückblickend wusste Gabi, dass die Beziehung auch so zum Scheitern verurteilt gewesen war. Trotzdem hatte sie nicht erwartet, dass der Mann, von dem sie geglaubt hatte, dass er sie liebte, sie verlassen würde, weil ihm die neue Richtung ihres Lebens nicht gefiel. Doch sie wusste, dass mehr an der Geschichte dran war. Mehr, als die Frauen oder sogar ihre Großmutter wussten. Teile ihres Lebens, an die zu denken sie nicht ertragen konnte, geschweige denn anderen zu erklären. Trotz Philipps Ablehnung wusste Gabi, dass sie die richtige Entscheidung getroffen hatte.

Ein dicker Knoten schnürte sich in Gabis Brust. Ihr Blick fiel auf ihren leeren Ringfinger, und langsam brandeten Wut und Scham darüber auf, wer sie gewesen war. „Komm schon. Du weißt, ich bin nicht hier, weil ich eine Beziehung suche. Ich will verlorene Zeit wieder gut machen und versuchen, das Leben eines Menschen zu verbessern. Ich bin hier, um von euch zu lernen, wie man das macht, und nicht, damit ihr mich mit einem eurer Cowboys verkuppelt." Und sie wollte an sich selbst arbeiten – sie hatte viel zu tun.

„Das ist ein gutes Ziel", versicherte Adela ihr. „Ich bin so froh, dass du sicher bist und einen Plan hast."

„Ich auch", stimmte Gabi zu und verstand, wie nahe sie einer Katastrophe gekommen war – sowohl was den Autounfall anging als auch ihr Leben im Allgemeinen. „Jedes Mal, wenn ich daran denke, wie ich gegen diesen Telefonmast geknallt bin und wie zerstört mein Auto war..." Sie hielt inne, und ihr Herz pochte. „Ich kann einfach nicht fassen, dass ich mit so leichten Verletzungen davongekommen bin."

Es war ein furchtbarer Unfall gewesen. Gabi verdrängte die Gedanken und wollte nicht weiter darüber nachdenken.

„Ich bin so froh, dass es dir gut geht und du jetzt hier bei uns bist", sagte Esther Mae und prostete ihr mit ihrem Eistee zu, bevor sie einen Schluck trank.

„Beim nächsten Tornado darfst du dich nicht

wieder mit einer Ladung Vieh auf den Weg machen“, ermahnte Sam sie.

„Sam, ich hatte nicht damit gerechnet, dass der Sturm in diese Richtung kommt.“

„Das hätte er auch nicht sollen.“ Das Stirnrunzeln vertiefte sich auf seinem verwitterten Gesicht – Gabi war überrascht, dass seine Falten noch tiefer werden konnten. „Hier draußen musst du immer daran denken, dass man nie irgendetwas sicher weiß. Wie Jess gesagt hat, du musst vorsichtiger sein. Und das bedeutet, dass du nicht einmal daran denkst, mitten in einem Gewitter über eine Weide zu rennen.“

„*Jess* hat dir das gesagt?“ Sie hatte Adela nichts davon erzählt, dass sie durch den Graben gegangen war, um Hilfe zu holen. Was hatte der Cowboy gesagt? Sams nächster Satz bestätigte ihren Verdacht.

„Ja, kam gleich hier rein, nachdem er deinen Truck und Anhänger zur Klinik gebracht hatte. Der Junge war noch nass.“

Junge. Jess Holden war ein Mann, kein Junge – die Tatsache lenkte sie einen Moment lang ab. Über eins achtzig groß, Arme wie Eisen und Kraft genug, um sie leicht den Hügel hinaufzutragen, umwerfende bernsteinfarbene Augen, kantiges Kinn, dunkle Haare, die vom Regen lockig waren. An dem hübschen

Cowboy war nichts gewesen, was sie an einen Jungen erinnerte. Jess' Lächeln tauchte vor ihrem inneren Auge auf – okay, zugegeben, er hatte einen jungenhaften Charme.

Sie war ihm dankbar für das, was er getan hatte, aber hierher zu kommen und es gleich auszuposaunen war unangebracht gewesen. „Was genau hat er gesagt?"

Adela lächelte sanft und Sorgenfältchen beschatteten ihre Augen. „Er sagte, dass du in den Graben mit dem reißenden Wasser gefallen bist, als er dich entdeckt hat. Dass du von deinen Füßen gerissen und unter Wasser gezogen worden bist, bevor er dich erreichen konnte. Ein paar Sekunden später, und er hätte dich vielleicht nicht fallen oder untergehen sehen. Er war so dankbar, dass er da war, und wir sind das auch."

Obwohl es eine gute Tat war, fiel es Gabi schwer, über die Tatsache hinwegzublicken, dass Jess ins Diner gerannt war und über ihre Rettung gesprochen hatte. Prahlte er etwa? Er schien nicht der Typ dazu zu sein.

Was sie störte, war, dass er Details herausposaunt hatte, die sie lieber für sich behalten hätte, um ihrer Großmutter keine Sorgen zu machen. Dafür hatte es keinen Grund gegeben. Überhaupt keinen. Und es störte Gabi mehr, als er wissen konnte. Sie hatte Gran im Laufe der Jahre genug Sorgen bereitet und war entschlossen, sie vor weiteren zu schützen. Das bedeutete, dass sie sich keine Sorgen über Gabis Verdruss mit dem Cowboy machen musste.

„Ja, Grandma, du hast Recht", brachte sie heraus und versuchte, ihren Ärger über Jess zu verbergen, während sie gleichzeitig wirklich dankbar für die zweite Chance war, die sie bekommen hatte. Gabis Leben war außer Kontrolle geraten, bevor sie einen verheerenden Tiefpunkt erreicht und auf wundersame Weise eine zweite Chance erhalten hatte.

Bevor sie ihren Weg gefunden hatte – einen besseren Weg – war der Lebensstil, den sie und ihr Verlobter gelebt hatten, leer gewesen. Und gefährlich, das hatte sie in dieser schrecklichen dunklen Nacht herausgefunden, als sie fast einen Frontalzusammenstoß mit einem entgegenkommenden Auto gehabt hatte. Sie war der Krankenschwester immer noch so dankbar, die ihren Glauben mit Gabi geteilt und ihr gezeigt hatte, welcher Sackgasse sie mit ihrem Leben zusteuerte. Und das zu dem Schaden, den sie mit ihren Handlungen fast anderen zugefügt hätte.

„Ich wäre da rausgekommen, mit oder ohne Jess' Hilfe. Ehrlich gesagt war die Lage nicht so verzweifelt, wie er sie offensichtlich dargestellt hatte."

Sam sah weniger als überzeugt aus. „Jess sagte, du

bist im Wasser gewesen, weil du über die Weide laufen und Hilfe holen wolltest. Gabi, Mädchen, du hättest es vielleicht aus dem Wasser geschafft, aber nichts davon ist klug. *Vor allem nicht* mitten im schlimmsten Gewittersturm, den wir dieses Jahr hatten."

Gabi holte langsam und tief Luft. „Ich habe keine Hilfe *gebraucht*. Ich habe einfach getan, was ich tun musste."

„Ich kann auch gut auf mich selbst aufpassen", sagte Norma Sue gedehnt. „Aber manchmal bedeutet das, drinnen zu bleiben, wo es sicher ist."

Das Gespräch ging bergab. Wie hatte sich die Richtung doch geändert – von ihrer anfänglichen Sorge, verkuppelt zu werden, dahin, dass sie ihr in den Ohren lagen, weil sie nicht vorsichtig war? „Sooo, wie laufen die Pläne für das zweite Homecoming-Rodeo?", fragte sie und entschied, dass es Zeit war, das Thema zu wechseln. Sie war nach Mule Hollow nach Hause gekommen, um ihrer Großmutter näher zu sein und hier ein neues Leben zu beginnen. Dass es hier so viele Menschen gab, die darauf erpicht waren, sich in ihr Leben einzumischen, war gelinde gesagt gewöhnungsbedürftig.

Zu ihrer Erleichterung machte sich Sam auf den Weg, um nach der neuen Köchin zu sehen, die er in der

Küche einarbeitete, und die Frauen fingen an, über das zweite von drei Rodeos, die die Stadt diesen Sommer veranstaltete, zu reden. Die Rodeos sollten Besucher in den kleinen Ort bringen, doch auch Leute, die einst hier gelebt hatten. Sie hofften, dass einige von ihnen zurückkehren könnten wie Gabi.

Sie hörte zu und betete um Geduld und die Fähigkeit, gute Entscheidungen zu treffen. Es war ihr peinlich, darüber nachzudenken und zu sehen, was für ein Schlamassel sie aus ihrem Leben gemacht hatte. Es war schwer sich einzugestehen, dass sie schlechte Entscheidungen getroffen hatte, doch sie war entschlossen, es künftig besser zu machen. Sich selbst vertrauen zu lernen, würde auf so vielen Ebenen schwierig werden.

Es würde noch schwieriger werden zu lernen, Ratschläge anzunehmen. Doch sie konnte es schaffen.

Sie *würde* es schaffen.

Sie hatte eine zweite Chance bekommen und wollte sie nicht verschwenden. Sie war entschlossen, einen Unterschied in der Welt um sie herum zu bewirken. Sie musste nur tief durchatmen und aufhören, Mist zu bauen.

* * *

Jess wischte sich mit dem Handrücken über die Stirn.

Es waren heute definitiv keine Gewitterwolken am Horizont, wie es zwei Tage zuvor der Fall gewesen war, als er Gabi Newberry aus dem Flutwasser gezogen hatte.

„Sie sehen gut aus." Er blickte von dem neuen Viehbestand, den er gerade gekauft und entladen hatte, zu seinem älteren Bruder. Sie hatten den ganzen Tag in der Hitze mit dem Vieh gearbeitet, und Kurt sah genauso erhitzt und verschwitzt aus wie er.

„Wirklich gut", stimmte Kurt mit einem zufriedenen Schimmer in den Augen zu. „Mit denen in unserer Herde, werden wir nächstes Jahr ziemlich gut aussehen, was Kälber angeht. Der Ranch geht es großartig, Jess. Wenn wir bald ein bisschen schönen, langsamen Regen bekommen, ist alles bestens."

„Ja, das wäre gut." Jess tupfte seinen Hals mit seinem Halstuch ab.

„Jetzt müsst du und Colt nur noch eine Frau finden, die ihr liebt und die euch liebt, und heiraten." Obwohl Kurt schmunzelte, wusste Jess, wie ernst er es meinte.

„Ich hätte nie gedacht, dass ich es je erleben würde, aber du hast uns beide überrascht, und bist in den Hafen der Ehe eingelaufen", lächelte er dann.

Kurt sah ihn rundum zufrieden an. „Mandy macht mich glücklich – ich fühle mich lebendiger als ich je war, bevor ich sie getroffen habe. Ich wünsche mir das auch für dich. Ich wusste nie, wie es sich anfühlt, wenn mich jemand so liebt wie sie. Ich weiß, ich höre mich bescheuert an, aber es ist wahr, Jess."

„Weichei", grunzte Jess, und beide lachten und verstanden, wo sie einmal gewesen waren und wie weit sie gekommen waren. Er freute sich für Kurt. Die Kindheit der drei Brüder war alles andere als perfekt gewesen, und Kurt war Jess' Held.

Kurt war erst vierzehn Jahre alt gewesen, als ihre Mutter weggelaufen war und ihre Kinder bei ihrem alkoholkranken Vater zurückgelassen hatte. Nur vier Jahre älter als Jess hatte er die Verantwortung eines Mannes übernommen. Jess schuldete ihm eine Menge.

„Du hast uns unser ganzes Leben lang bei der Stange gehalten. Du warst stärker, als man es je von einem halben Kind verlangen sollte, darum darfst du jetzt so viel Weichei sein, wie du willst."

„Im Ernst, Jess, es ist gut, Mandy in meinem Leben zu haben. Aber ich möchte, dass diese Ranch und dieses Vieh dir und Colt genauso viel bedeuten wie mir."

„Wir sind an Bord, Kurt. Aber du hast dir immer Sorgen um uns gemacht. Warst immer für uns verantwortlich. Darum sind wir bessere Männer. Du weißt das." Niemand verstand wirklich genau, wie sehr

Kurt für sie da gewesen war. Niemand verstand, wie schlimm es gewesen war.

„Du weißt, ich würde alles für dich tun", fuhr Jess fort. „Aber wenn es um Ehe und Familie geht, muss ich meine eigenen Pläne verfolgen. Kurt – es ist Zeit für dich, an dich selbst zu denken. Colt und ich kommen ganz gut klar."

Kurt hatte Visionen von Jess und Colt mit vielen Kindern. Die Ranch sollte die Kulisse für ein perfektes Leben sein, das er und seine Brüder als Kinder nicht gekannt hatten. Das Problem war nur, dass Jess jahrelang seiner Vision gefolgt war, weil er Kurt nicht hatte sagen wollen, dass er kein Verlangen nach Familie hatte und nicht sicher war, ob er jemals eine wollen würde. Manche Menschen waren nicht auf Liebe eingestellt und er war einer von ihnen.

Er hatte Bindungsprobleme – egal wie sehr Kurt versucht hatte, ihn zu beschützen, Fakt war, dass ihr Vater ein Trinker gewesen war und ihre Mutter sie egoistisch im Stich gelassen hatte. Er war zwar in Mule Hollow von Menschen umgeben, die sich für lange und gesunde Beziehungen einsetzten, doch er hatte diese Gene nicht. Er hatte Holden-Gene. Er wünschte Kurt das Beste. Doch es war besser, wenn Jess allein blieb.

Er mochte es so.

Er genoss seine Freiheit und hatte nicht vor, das in nächster Zeit aufzugeben.

Nicht einmal für Kurt.

„Ich bin mir nur nicht sicher, ob ich der Typ für feste Bindungen bin", sagte er, obwohl er tief im Inneren wusste, dass Kurt es verstand. Beide wussten, dass ihre Kindheit eine bedeutende Rolle spielte.

„Doch, das bist du, Jess. An dem Tag, an dem du die richtige Frau findest, wirst du in der Lage sein, dich zu binden. Kein Zweifel. Du bringst zu Ende, was du anfängst, Jess; das hast du immer. Du bist ein zu großer Dickkopf, um das nicht zu tun, und das schon seit deiner Kindheit."

Jess lächelte seinen Bruder schief an. „Das nennt man Überlebensfähigkeiten."

Kurt ging den Pferch entlang zu ihrem Truck und hielt inne. „Ja, aber du hast mich wirklich stolz gemacht, als du Adelas Enkelin geholfen hast."

Jess hatte seitdem viele Male an Gabi gedacht. Er schmunzelte, als er wieder an sie denken musste. Er zuckte mit den Schultern. „Sie war in einer Notsituation", sagte er, ohne näher darauf einzugehen. „Ich bin froh, dass ich da war, um zu helfen, sonst hätte es gar nicht gut ausgehen können."

„Ich bin auch froh, dass du da warst. Aber Fakt ist, du warst da und hast die Sache, ohne darüber nachzudenken, bis zum Ende durchgezogen. Sam hat mir gestern erzählt, dass du nochmal dahin zurückgefahren bist, ihren Truck und ihren Anhänger aus dem Schlamm gezogen und ihn dann zu ihr zurückgebracht hast. Das musstest du nicht tun."

„Das hätte jeder getan. Es war das Richtige."

„Vielleicht und vielleicht auch nicht. Aber *du* hast es getan." Er hielt inne. „Ich höre, sie ist Single."

Das musste ja so kommen. „Ja, ich habe das auch gehört."

„Bist du interessiert?"

Jess hörte die Hoffnung in der Stimme seines Bruders. „Vielleicht. Wir werden sehen. Ehrlich gesagt ist sie diejenige, die nicht allzu interessiert zu sein schien."

Kurt öffnete seine Truck-Tür. „Na bitte, Kumpel. Du kannst deine Meinung ändern, wenn du willst. Und ich kann dir sagen, dass dieses belanglose Rumgedate eine Sackgasse ist."

„Okay, Mann, komm mal wieder runter. Im Moment bin ich einer ganzen Herde von Ladys auf der Südweide verpflichtet, die auf dieses Heu warten."

Kurt lachte, als er in seinen Truck stieg und die Tür zuschlug. „Und ich habe eine Lady zu Hause, die auf mich wartet, und sie ist viel hübscher als alle diese haarigen Mädels, mit denen du eine Verabredung hast, zusammen. Wir sehen uns später." Kurt lächelte ihn durch das offene Fenster an. Als er den Truck zurücksetzte, rief er: „Denk darüber nach, Jess. Ich bete, dass du eine so gute Frau findest wie ich."

„Du solltest besser für Regen beten. Selbst bei der Dürre hast du da bessere Chancen." Jess schüttelte den Kopf und fuhr mit seinem eigenen Truck zum Vieh auf die Südweide. Er hatte Arbeit zu erledigen. Kurt verschwendete nur seine Zeit, wenn er für ihn betete.

Jess hatte vor langer Zeit aufgehört, um irgendetwas zu beten.

Er blickte über die Weide, drehte das Radio auf und ließ die Umgebung auf sich wirken. Er liebte die Ranch. Kurt hatte *eines* völlig richtig verstanden. Und das war die Tatsache, dass Jess es mochte, einen Ort zu haben, den er sein Eigen nennen konnte. Diese Ranch füllte ein Loch in seinem Herzen und linderte einen Schmerz, den er schon hatte, solange er denken konnte. Hier auf der Ranch war er glücklich und zufrieden. Er war sich nicht sicher, ob er das jemals riskieren wollte, indem er heiratete.

Er würde alles für Kurt tun, aber heiraten? Das kam nicht in Frage.

Auf dem Kamm eines niedrigen Hügels wurde seine Aufmerksamkeit von einer Gruppe Bussarde erregt, die am hellblauen Himmel kreisten.

Da musste ein totes Tier sein. Bussarde waren hier auf dem Land ein häufiger Anblick, doch Jess ging immer nachsehen, wenn er sich um das Vieh kümmerte. Er fuhr zum nächsten Kamm und ließ den Blick über das weite Weideland vor ihm schweifen. Es war trocken, es war nicht mehr viel Gras übrig, daher das Heu und Futter, das sie ausbringen mussten, doch es war immer noch gutes Land, das sie gekauft hatten.

Die Herde von Angus-Rindern weidete in der Nähe eines Weihers, der kaum mehr als einen halben Meter tief war, selbst nach dem Regen, den sie zwei Tage zuvor gehabt hatten.

Auf dem zweiten Hügel kam die Weide in Sicht. Jess' Blick richtete sich auf die Färse, die auf halber Höhe des Hügels lag, und seine Stimmung sank auf den Nullpunkt. Totes Vieh war teuer und eine Bedrohung für die gesamte Herde.

Es bestand kein Zweifel, dass diese Färse schon einige Zeit tot war. Er ließ für einen kurzen Moment den Kopf hängen, dann blickte er auf und sah sich auf der Weide um. In der Ferne war er sich sicher, einen zweiten dunklen Hügel gesehen zu haben, der eine weitere Färse sein musste.

Nicht gut. Ganz und gar nicht gut.

KAPITEL DREI

Gabi fuhr mit dem Truck über das Weiderost von Jess Holdens Ranch. Er hatte am Abend zuvor vier tote Färsen gefunden. Vier auf einmal. Sie waren zu lange tot, als dass eine Nekropsie die Todesursache hätte bestimmen können, darum hatte ihre Chefin Susan sie hinausgeschickt, um Blut zu entnehmen. Aus irgendeinem Grund machte die Idee, den Cowboy wiederzusehen, sie nervös.

Susan hatte ihr erzählt, dass Jess und seine beiden Brüder hart gearbeitet hatten, um das Geld für ihre Ranch und den Viehbestand aufzubringen. Die Möglichkeit, dass diese Todesfälle etwas waren, das ihre gesamte Herde betreffen könnte, musste sie beunruhigen, denn das war etwas, das ihnen finanziell das Genick brechen konnte.

Gabi fand den Gedanken schrecklich. Sie dachte

immer noch darüber nach, als der Pferch und Jess in Sicht kamen. Sie hätte gelogen, wenn sie behauptet hätte, dass sie nicht neugierig auf den Cowboy war.

Er stand neben dem Pferch am Rand der Weide und sah zu, wie sie den Wagen parkte. Sein Gesicht war ernst. Der Mann sah besser aus, als sie ihn in Erinnerung hatte – wenn das überhaupt möglich war. Wie um alles in der Welt dieser Mann immer noch allein in einem Ort herumlief, der kuppelwild geworden war, war ihr ein Rätsel. Sein Haar war gerade so lang, dass eine Frau mit den Fingern hindurch- und es hinter sein Ohr streichen wollte. Bei anderen Jungs hätte sie vielleicht gedacht, dass es ungepflegt aussah, doch nicht bei Jess. Nein. Bei ihm sah es großartig aus. Es sah richtig–

Was tust du da gerade?

Gabi war überrascht, dass sie intensiver über Jess nachdachte, als ihr lieb war, und schüttelte den Kopf. Ihre Verlobung war erst vor einem Monat wenig angenehm zu Ende gegangen. Das bewies, was sie zuvor erkannt hatte – obwohl er sie fallengelassen hatte, hatte sie Phillip nie wirklich geliebt. Trotzdem war sie schockiert, wie schnell sie sich von jemand anderem angezogen fühlen konnte.

Und nicht von irgendjemandem, nein, von Jess Holden.

Sie parkte den Truck und sprang heraus. Sie war gekommen, um ihren Job zu machen. Sie wollte nicht, dass sein Vieh krank wurde und starb, doch sie war auch nicht hier, um den Jungen zu heiraten. Gabi stolperte bei dem Gedanken und machte eine Beinahe-Bauchlandung zu seinen Füßen.

„Pass auf." Jess packte sie am Arm. „Bist du okay?"

„Oh ja, ich stolpere nur öfter mal." Ihre Stimme zitterte, als sie ihren Arm aus seinem warmen Griff zog.

Er lachte. „Ah, das ist also neulich passiert."

Sie verzog das Gesicht.

„Wo ist Susan?" Sein Blick wanderte an ihr vorbei zum Truck.

„Sie hat mich geschickt, um Blut zum Testen zu entnehmen, damit das Labor damit anfangen kann."

Ein kurzer Anflug von Sorge huschte über sein Gesicht.

Sie wusste, dass er lieber Susan hier gesehen hätte.

„Klingt nach einem guten Plan", sagte er, sah jedoch nicht allzu glücklich aus. „Ich habe das Vieh beiseitegenommen, von dem ich denke, dass wir es uns ansehen sollten. Sind alle im Pferch."

Gabi ließ sich normalerweise nicht von negativen Reaktionen stören, besonders in solch einer stressigen

Situation. Schließlich machte sich der Mann Sorgen um sein Vieh. Sie folgte ihm zum Pferch, ein wenig verblüfft darüber, welche Wirkung seine Reaktion doch auf sie hatte, und bemühte sich, es nicht persönlich zu nehmen.

* * *

Jess hatte das Anwesen nach toten Rindern abgesucht und insgesamt vier gefunden. Er machte sich Sorgen. Alles, was sie hatten, steckten sie in das Land und das Vieh. Ihr Vieh gehörte ihnen, doch das war ungefähr das einzige, was nicht eigentlich die Bank besaß.

„Sind das alle?" Gabi musterte die zehn Kühe.

„Bisher ja. Ich habe sie heute Morgen beobachtet und versucht, die von der Herde zu trennen, die in irgendeiner Weise kränklich ausgesehen haben."

Gabi stand still und beobachtete sie. Ihr Blick wanderte über die Tiere und verweilte hier und da. „Sie sehen ein bisschen mitgenommen aus. Nicht nur ihre nasale Aktivität, sondern einige von ihnen sehen angespannt aus in der Magengegend."

„Ja, sie scheinen nicht viel Appetit gehabt zu haben."

Sie warf einen Blick in seine Richtung. „Wenn Vieh nur zögernd frisst, ist es in der Regel krank. Die

Frage ist nur wie krank? Lass mich meine Tasche holen, und wir machen uns an die Arbeit. Je schneller mein Teil erledigt ist, desto eher kann Susan dir Antworten geben."

„Ich hole in der Zwischenzeit einen Fixierstand, dann können wir loslegen."

„Klingt gut." Nach ein paar Schritten hielt sie inne und sah ihn über ihre Schulter an. „Wir kriegen das schon hin, Jess." Sie schenkte ihm ein beruhigendes Lächeln, bevor sie weiter zum Truck ging, um ihre Ausrüstung zu holen.

Er öffnete das Tor und betrat den Pferch mit dem Vieh. Er brauchte nur ein paar Minuten, um eines vom Rest zu trennen und es in den Fixierstand zu treiben. Er zog den Hebel, der das Tier einklemmte und es stillhielt, damit Gabi ihm Blut abnehmen konnte.

„Du bist schnell." Sie kehrte zum Pferch zurück.

„Sollte ich auch", sagte er. „Ich mache das ja jeden Tag." So besorgt er auch um sein Vieh war, er bemerkte, dass sie so sonnig und strahlend aussah wie ein frischer Sommertag. Sie trug alte Jeans und abgenutzte Stiefel, die aussahen, als hätten sie viele Kilometer gesehen. Ihr Tanktop war hellrosa und sah frisch aus und zeigte ihre sonnenverwöhnten Arme. Sie hatte ihre Haare mit einem leuchtendgelben Band, das in der warmen Brise flatterte, zu einem Pferdeschwanz zurückgebunden. Er sah zu, wie sie die Spritze vorbereitete, um die erste Probe zu entnehmen. „Du siehst selbst ziemlich geschickt aus."

„Sollte ich auch. Ich mache das ja jeden Tag." Echote sie und lächelte durch die Stahlstangen, bevor sie die Nadel in den Hals der Färse stach.

Das Tier reagierte kaum auf ihre fachmännische Berührung. Aus irgendeinem Grund hatte er sich vorgestellt, dass Gabi das Tiere nervös machen würde.

„Weißt du was? Ich bin wirklich wütend auf dich." Sie blickte nicht auf, als sie sprach.

„Warum?"

Sie begegnete seinem neugierigen Blick mit offenen Augen. „Du hast im Diner damit geprahlt, dass du mich aus dem *rauschenden Wasser* gerettet hast."

„Ich habe nicht geprahlt. Sam hat gefragt, warum ich seinen Holzboden nasstropfe, darum habe ich es ihm gesagt. Geprahlt habe ich nicht. Sorge? Ja. Prahlerei? Auf keinen Fall."

„Du hast meiner Großmutter ohne Grund Sorgen gemacht."

Daran hatte er nicht gedacht. „Ich habe ihnen ja gesagt, dass du in Sicherheit bist." Die süße Art, wie sie ihre linke Augenbraue hochzog, sagte ihm, dass sie wirklich böse auf ihn war. Ganz zu schweigen von dem grünen Lodern in ihren Augen.

„Du hättest ihnen nicht brühwarm jedes Detail erzählen müssen. Du hättest wissen müssen, dass Adela sich Sorgen machen würde." Sie zog den Stahlhebel und ließ die Färse frei.

Jess schob das nächste Tier in den Fixierstand. „Mir kam es nicht so vor, als hätte sie sich große Sorgen gemacht. Du regst dich vollkommen umsonst auf."

„Denkst du? Meine Großmutter hat sich Sorgen gemacht, und das war vollkommen unnötig."

Er dachte eine Minute darüber nach. Er hatte weder Colt noch Kurt angerufen und ihnen von den toten Färsen oder von dem Vieh erzählt, das krank aussah. Warum hatte er es nicht getan? Weil er sie nicht beunruhigen wollte. „Tut mir leid", sagte er. „Ich hab mir nichts dabei gedacht."

Sie begegnete seinem Blick durch die Gitterstäbe. „Es ist nur so, dass ich sie in meinem Leben genug beunruhigt habe. Das will ich lieber nicht mehr tun."

Lange arbeiteten sie schweigend. Er fragte sich, was sie getan hatte, um Adela Sorgen zu bereiten. Wenn sie die Neigung hatte, bei Gewittern über Weiden zu wandern, konnte er jedoch verstehen, warum. „Ich bin sicher, du hast sie nicht zu sehr beunruhigt", sagte er, denn er konnte ihre Bemerkung nicht in der Luft hängen lassen.

Sie zog mehr Blut in die Spritze und runzelte die Stirn. „Leider doch. Wie auch immer, ich denke, in gewisser Weise sorgen sich alle Eltern und Großeltern um ihre Kinder und Enkel. Trotzdem möchte ich Adela keine Sorgen mehr machen."

Jess hätte ihr sagen können, dass das nicht unbedingt stimmte. Eltern mussten sich um ihre Kinder scheren, bevor sie sich Sorgen machen konnten. „Du hast Glück, Adela in deinem Leben zu haben."

Sie zog erneut am Hebel und ließ eine weitere Färse los. „Das ist kein Glück. Das ist ein Segen. Meine Mutter und meine Großmutter sind wunderbare Frauen."

In seiner Kindheit hatte Jess andere Kinder mit Eltern beobachtet, die sich um ihre Kinder sorgten und sie liebten, und hatte sich immer gefragt, wie sich das anfühlen musste.

„Ich weiß, dass Miss Adela eine gute Frau ist. Ich bin sicher, deine Mutter ist es auch", sagte er, als sie sich weiter durch das Vieh arbeiteten. Sie lächelte gerade genug, um ein bisschen von dem Grübchen zu zeigen, das er während des Sturms gesehen hatte.

„Weißt du, was jetzt mein Ziel ist?" Sie schien das Licht anzuziehen, was ihren blonden Pferdeschwanz und ihre sonnengebräunte Haut zum Leuchten brachte.

„Was?"

„Ich möchte ein Segen für meine Grandma und jeden anderen sein, den ich treffe. Ich bin mir nicht sicher, ob ich es schaffen kann, aber ich versuche es." Sie legte die Spritze mit dem Blut der nächsten Färse ab. „Weißt du, was ich meine?" Aufrichtigkeit vibrierte in ihrer Stimme, als sie den Hebel zog und das letzte Tier frei laufen ließ.

„Nein. Ich glaube nicht, dass ich weiß, was du meinst." Er runzelte die Stirn. „Aber ich kann dir sagen, dass du ein großer Segen für mich bist, wenn die Blutuntersuchungen bestätigen, dass die Tiere gesund sind."

Sie lächelte ihn mit ihrem blendenden Lächeln an, das ihm die Stiefel auszog. „Hoffentlich." Sie nahm den Koffer voller Blutproben und ging zu ihrem Truck.

Er schloss das Gatter hinter sich und folgte ihr, während sie den Koffer auf den Sitz schwang.

„Lass uns beten, dass dieser Bericht zurückkommt, und es eine einfache Lösung gibt, oder noch besser, dass mit diesen Färsen alles okay ist." Sie drehte sich wieder zu ihm um.

„Das wäre gut", sagte er.

Sie neigte den Kopf ein wenig und wackelte dann mit den Fingern. „Halt meine Hand."

Jess war keineswegs ein Dummkopf. Er wollte nicht darauf verzichten, die Hand einer schönen Frau zu halten, auch wenn er nicht sicher war, was sie tun würde. Als er ihre Hand ergriff, schlug sein Puls ein bisschen schneller.

„Alles wird gut." Sie sah ihm tief in die Augen. „Ich spüre das." Sie lächelte, drückte seine Hand, bevor sie losließ und sich von ihm entfernte. „Ich fahre jetzt schnell zurück und bringe die Proben zu Susan. Wir sollten bald mehr wissen."

„Großartig. Danke", sagte Jess, immer noch ein wenig taumelig von der Berührung ihrer Hand. Er hatte eine Welle des Bewusstseins gespürt, als ihre Hand seine berührt hatte.

Gabi Newberry hatte die Fähigkeit, ihn unvorbereitet zu erwischen, was den meisten nie gelang. Das gefiel ihm, und sie schien auch einen sehr starken Glauben zu haben.

Er nicht. Seinen Glauben hatte er vor langer Zeit verloren. Seine Gedanken gingen zu seinem Vater, der ihnen alles andere als eine schöne Kindheit beschert hatte. Jess wünschte, er hätte es vergessen können.

Nein, Gabi und ihr Glaube waren okay, doch er konnte sich nicht vorstellen, dass sie sich auf einen Mann wie ihn einlassen würde.

So attraktiv er sie fand, ihr Glaube ließ ihn sich zurückziehen.

Außerdem hatte er das Gefühl, dass zwei Dinge

passieren könnten, wenn sie herausfand, wie er wirklich empfand. Erstens würde sie nichts mit ihm zu tun haben wollen, selbst wenn sie sich zu ihm hingezogen fühlte. Oder zweitens, sie würde ihn zu ihrem Projekt machen und zu dem Schluss kommen, dass sie ihn „reparieren" musste.

Ihm ging es gut, so wie er war, und er musste oder wollte nicht repariert werden! Nein, dieser Gedanke gefiel ihm überhaupt nicht. Tatsächlich dachte Jess, dass es am besten wäre, Gabi insgesamt zu meiden, was ein weiterer guter Grund war zu hoffen, dass sein Vieh an nichts litt, das viel Interaktion mit der Tierklinik oder Gabi erfordern würde.

Er brauchte gute Testergebnisse. Er wollte Gabi nicht hier draußen haben, um Vieh zu testen, Blut zu entnehmen oder ihm in irgendeiner Weise zu helfen.

Als er sie losfahren sah, verspürte er dennoch so etwas wie Bedauern. Sie war wie ein Sonnenstrahl. Sogar, wenn sie böse auf ihn war. Das brachte ihn zum Lächeln.

Ja. Er brauchte gesundes Vieh.

Und er musste sich von Gabi Newberry fernhalten.

* * *

„Ich denke, es ist eine Pflanze."

„Eine Pflanze?" Gabi wechselte gerade den Verband an Peanuts Wunde, als Susan durch die Schwingtür aus der Klinik in den Stall kam. Trotz der schmerzhaften Wunde ging es dem Hengstfohlen gut. Nicht jedes Tier würde einem Menschen erlauben, es nach einer solchen traumatischen Verletzung zu berühren. Besonders nach einer Attacke wie der, die Peanut überstanden hatte. „Das kann gut oder schlecht sein. Was denkst du?"

Gabi fuhr mit einer sanften Hand über Peanuts Flanke, bevor sie aus dem Stall trat. Sie hatte mehr an Jess denken müssen als ihr lieb war. Sie hatte sich Sorgen um ihn und seine Ranch gemacht – nach dem, was Susan ihr erzählt hatte, konnte Gabi den Gedanken nicht ertragen, dass etwas Schlimmes mit seinem Vieh sein und der gesamte Bestand verenden könnte, was ihn und seine Brüder in finanzielle Schwierigkeiten bringen würde. Sie hatte versucht, weiter böse auf ihn zu sein, als sie gegangen war, um die Blutproben zu entnehmen, doch sie war nicht in der Lage gewesen, ihren Ärger aufrechtzuerhalten.

Meine Güte, wenn der Mann seine wunderschönen Augen auf sie richtete, war es ein bisschen schwer, länger wütend zu bleiben. Es war wirklich verrückt.

Susan verschränkte die Arme, lehnte sich gegen die Stalltür und betrachtete den Zustand des Hengstes, während sie sprach. „Laut den Leberwerten gibt es Schäden. Ich bin mir ziemlich sicher, dass es irgendeine Pflanze ist. Aber wir wissen beide, dass ich nicht sicher sein kann, welche Art von Pflanze es ist, ohne den Inhalt des Magens eines toten Tieres zu sehen. Nur so sehen wir, was das Vieh gefressen hat, und wir können dem schnell auf den Grund gehen, wenn wir rechtzeitig dort ankommen. Lass uns beten, dass wir die Pflanze schnell finden und das Problem lösen können, bevor noch mehr Vieh verloren geht."

Genau wie Gabi gedacht hatte! „Genau." Einerseits hoffte sie, dass sie zum Testen rausgeschickt werden würde, andererseits jedoch auch wieder nicht. „Soll ich sie finden?", fragte sie. Susan hatte auf keinen Fall Zeit, auf der Suche nach einer giftigen Pflanze über Jess' Weiden zu streifen. Es gab viele tödliche Pflanzen und Kräuter, insbesondere unter Dürrebedingungen, wenn das gute Gras gefressen wurde und Unkraut gedieh. Es konnte schwer zu finden sein, doch Susan wusste, dass Gabi Erfahrung darin hatte.

Susan nickte. „Genau darum bitte ich dich. Also schnapp dir eine Probenkiste, und geh raus auf Jess' Weiden und nimm eine Probe jeder giftigen Pflanze, die du finden kannst."

Hoffnung erfüllte Gabi – und, ja, Vorfreude, Jess

Holden wiederzusehen. Doch sie hatte einen Job zu erledigen, und wenn sie es gut machte, konnte sie möglicherweise verhindern, dass noch mehr von Jess' Rindern starben. „Ich mach mich gleich auf den Weg!"

„Ich liebe deine Einstellung." Susan ging zurück ins Büro. „Ich werde Jess anrufen und ihm sagen, dass du auf dem Weg bist. Ich bin mir sicher, er wird aufgeregt sein."

Gabi lachte, weil sie sich da nicht so sicher war. Sie war sich ziemlich sicher, dass Jess lieber Susan auf der Ranch gehabt hätte, doch hoffentlich würde er Gabi genug vertrauen, um ihr eine Chance zu geben.

Sie ignorierte ihre Nervosität, ihn wiederzusehen. Sie würde dieser unerwünschten Emotion einen Riegel vorschieben müssen. Sie war hier in Mule Hollow, um zu helfen, und das hatte überhaupt nichts damit zu, sich von einem Mann angezogen zu fühlen. Sie freute sich jedoch darauf, jemandem ein Segen zu sein, das Leben eines Menschen zu verändern – und dass dieser jemand Jess Holden sein könnte.

KAPITEL VIER

„Da ist was." Gabi zeigte vom Sitz seines Trucks auf einen kleinen Fleck einer violett blühenden Pflanze.

„Wicken", sagte Jess, schockiert, dass sie ihn auf ein weit verbreitetes Unkraut hier auf den Weiden von Texas hinwies. Die Liste der Pflanzen, die die Färsen hätten töten können, war lang, doch ihr Hinweis auf die Wicke überraschte ihn ebenso wie ihre Begeisterung, auf seiner Ranch nach giftigen Pflanzen zu suchen. Er hatte ihren Enthusiasmus, die Pflanze zu finden, die für den Tod seiner Färsen verantwortlich sein könnte, begrüßt. Von dem Moment an, als sie vorgefahren war, hatte sie sich in die Arbeit gestürzt. Er freute sich über die Hilfe, versuchte aber, sich nicht zu erlauben, zu lange darüber nachzudenken, wie süß sie war. Sie war hier, um ihm zu helfen. Und er war froh darüber. Aber das? Wicken? Die wuchsen überall. Wenn die giftig waren, würde er sich ziemlich dumm vorkommen.

„Ja, Rauhaarige Wicken können sehr giftig sein."

„Ernsthaft? Ich habe noch nie von Wicken gehört, die Vieh töten. Es ist eine gute, nahrhafte Futterquelle."

„*Meistens* ist es eine großartige Futterquelle. Halt kurz an und lass mich eine Probe holen. Wicken sind wirklich knifflige kleine Pflanzen. Du kannst dein Vieh immer darauf weiden lassen und nie ein Problem haben, und dann, eines Tages – boom! – hast du krankes Vieh. Totes Vieh."

„Warum habe ich das nicht gewusst?"

Sie lachte. „Du bist nicht dumm. Es ist eine hinterhältige Pflanze. Es betrifft auch nur dunkelhäutige Tiere, wie eure Angusrinder und Angusmischlinge."

„Das ist seltsam. Was passiert da genau?"

„Sie verursachen Hautläsionen um den Kopf und den Halsbereich und auch den Schwanzkopf."

„Das habe ich bei den verendeten Färsen nicht bemerkt."

„Ich habe es auch bei keinem der Rinder bemerkt, die du zum Testen zusammengetrieben hast. Das sind definitiv nicht deine Schuldigen. Aber ich nehme

Proben von allem, was ich sehe. Wer weiß, vielleicht werden wir überrascht. Es gibt noch ein paar schlimmere Symptome von Wicken, die du bemerkt hättest, weitaus offensichtlichere Warnungen, dass etwas nicht stimmt."

Jess hörte zu, wie sie über die Symptome sprach, die diese Pflanze bei seinem Vieh verursachen konnte. Er musste zugeben, dass er beeindruckt war. Sie kannte sich aus.

Energisch sprang sie aus dem Truck und nahm ein paar Plastiktüten mit. Er folgte ihr und sah zu, wie sie verschiedene Pflanzen abschnitt und sie in die Tüten steckte. Mit den Händen in den Hüften starrte er mit neuem Argwohn auf seine Weide und fragte sich, welche anderen giftigen Pflanzen möglicherweise direkt unter seiner Nase wuchsen, von denen er keine Ahnung hatte.

„Hör auf, dir Vorwürfe zu machen, dass du nicht gewusst hast, dass Wicken giftige Pflanzen sind", sagte Gabi und las seine Gedanken, als sie ihn in der späten Nachmittagssonne ansah. „Allein in Texas sind etwa hundert giftige Pflanzen bekannt. Man kann nicht erwarten, dass du sie alle kennst. Und glaub mir, es gibt noch ein paar andere, die dich überraschen würden. Manche Rancher kennen ein paar, aber ganz ehrlich, ich gehe nicht davon aus, dass es viele

Rancher gibt, die alle kennen. Das macht es so schwierig. Einige ahmen andere nach, andere sind nur unter bestimmten Bedingungen giftig.“

Sie war nah genug, dass er die winzigen schillernden dunkelblauen Flecken sehen konnte, die den Rand ihrer funkelnden grünen Iriden bildeten. Ihre Augen waren unglaublich. Er konnte nicht aufhören, sie anzustarren. Diesem Bedürfnis, Gabi Newberry anzusehen, musste er einen Riegel vorschieben. „Woher weißt du das alles?“ *Lahme Frage, Holden.* „Hast du das alles in der Ausbildung gelernt?“

„Machst du Witze? Susan ist die Tierärztin, und selbst sie muss Bücher konsultieren und suchen, um herauszufinden, welches Kraut es sein könnte.“

„Also sagst du mir, dass du extrem intelligent bist und all das Zeug über giftige Pflanzen einfach so weißt.“

Daraufhin musste sie lachen und winkte ab.

„Nein, nein. Ich bin kein Superhirn. Ich bin ein Praktiker. Weißt du, ich muss die Arbeit vor Ort machen, meine Hände schmutzig machen und es so lernen.“

Das brachte ihn zum Lächeln. „Also woher weißt du das alles?“

Sie zuckte mit den Schultern. „Eine der Ranches, auf denen ich in meinem ersten Jahr zu tun hatte, hatte ein großes Problem. Das Vieh ist tot umgefallen wie die Fliegen. Es war schrecklich. Es dauerte Wochen, und so viel Vieh ist gestorben, bis wir herausgefunden haben, wo das Problem lag. Es stellte sich heraus, dass es eine Kombination aus zwei Dingen war, nicht nur giftige Pflanzen. Das war, was alle in die Irre geführt hatte. Ein dummer Zufall, dass das gekaufte Futter von einem Pilz befallen war und sie gleichzeitig ein Problem mit Gelbkletten hatten."

„Du hast also viele Stunden auf den Weiden verbracht und Proben genommen."

„Genau. Und noch mehr Zeit, um in Büchern und im Internet nach Symptomen zu suchen. Giftige Pflanzen sind wirklich sehr, sehr schwer zu diagnostizieren. Deshalb dachte Susan, ich könnte zumindest rauskommen, um zu sehen, was die offensichtlichen Pflanzen sein könnten, die für euer Problem verantwortlich sein könnten. Nicht super schlau, nur super hartnäckig. Ich gebe nicht auf, wenn ich an einem Projekt arbeite."

„Ich bin beeindruckt."

„Das ist doch nichts, wovon man beeindruckt sein könnte. Ich bin nicht sonderlich intelligent. Meine Vergangenheit sagt das laut und deutlich. "

Das machte ihn noch neugieriger auf ihre Vergangenheit, doch er bohrte nicht nach. „Ich bin beeindruckt und dankbar für deine Hilfe. Wenn es eine Kuh gewesen wäre, hätte es alles sein können. Aber vier auf einmal machen mir Sorgen, dass bis morgen alle tot umfallen könnten.“

„Dann lass uns weitermachen. Zeig mir, wo du die Kühe gefunden hast, dann sehen wir uns zuerst da um. Wenn es giftige Pflanzen sind, ist die Vergiftung wahrscheinlich über einen bestimmten Zeitraum aufgetreten. Es hätte aber auch fast unmittelbar sein können. Wenn ja, dann befinden wir uns in einem Wettlauf gegen die Zeit. Wer weiß, vielleicht haben wir Glück und finden sofort etwas.“

Jess hatte das dumpfe Gefühl, dass das nicht passieren würde, als sie zurück zum Truck ging und sie auf die Weide fuhren, auf der er die erste tote Färse gefunden hatte.

Sobald er anhielt, machte sich Gabi an die Arbeit. Er ging neben ihr her, und sie unterhielten sich eine Weile über Pflanzen und nahmen dabei einige Proben.

„Warum hast du dich entschieden, hierher zu ziehen?“, fragte Jess in die Stille, die sich zwischen ihnen einstellte, als sie wieder im Truck saßen. Er sah sie an, als er durch ein Tor auf eine andere Wiese fuhr, auf der das Vieh weidete.

„Um in Grandmas Nähe zu sein – ich habe viel nachzuholen. Erzähl mir von dir, Jess“, sagte sie und sah ernst aus. „Dir und deinen Brüder gehört diese wunderbare Ranch. Arbeitest du die ganze Zeit hier?"

„Ich führe die Ranch mit meinen Brüdern. Meine Aufgabe ist es, Vieh für mich und andere zu kaufen und zu transportieren. Das Einkommen daraus unterstützt die Ranch. Das gilt auch für Kurt. Er hat seine Rodeo-Tiere. Ich mache mir genauso Sorgen um seinen Bestand wie um unser Vieh. Er hat einen vollen Kalender für sie und wenn wir irgendwas Ansteckendes hier haben, ist das nicht gut."

„Ich versuche, positiv zu sein, aber die Wahrheit ist, es könnte so oder so nicht gut sein." Sie redete nicht um den heißen Brei, das gefiel ihm, doch sie schenkte ihm ein beruhigendes Lächeln. „Andererseits könnte es auch nichts Schlimmes sein. Konzentrieren wir uns also darauf, es herauszufinden. Der Rodeo-Bestand wird von eurem Nutzvieh getrennt gehalten, oder?"

„Ja." Er hielt den Truck an, wo er eine andere tote Kuh gefunden hatte.

„Okay. Alles wird gut werden. Gott hat das im Griff. Und wir werden es herausfinden. Nicht wahr?"

Jess beobachtete sie, als sie aus dem Truck sprang.

Sie hielt mit der Hand an der Tür inne und neigte den Kopf. „Nicht wahr?", wiederholte sie.

Jess runzelte die Stirn und wusste nicht genau,

was er dazu sagen sollte. „Ich hoffe, du findest es heraus."

Sie runzelte ihrerseits die Stirn und hielt seinen Blick fest. „Ich werde mein Bestes geben", sagte sie, und er wusste, dass sie von seiner Antwort enttäuscht war, doch wenn er nicht lügen wollte, war es die einzige Antwort, die er auf ihre Frage hatte.

KAPITEL FÜNF

Der Sonntagmorgen ließ Gabis Herz lächeln, als sie sich im Bett umdrehte und in ihrem Zimmer im Haus ihrer Großmutter aus dem Fenster starrte. Sie atmete den Duft von Zitronenwachs und Rosenblüten ein, streckte sich und genoss die letzten Minuten, bevor sie aus dem Bett sprang.

Als Grandma Sam geheiratet hatte, hatte sie sich entschlossen, aus dem kleinen Haus, in dem sie jahrelang gelebt hatte und das sich neben dem großen Familienhaus befand, in dem Adela aufgewachsen war, auszuziehen. Sie hatte das große Haus in ein Mietshaus mit mehreren Wohnungen verwandelt. Das prächtige alte Haus mit seinen breiten Veranden, majestätischen Türmen und vielen, vielen Erinnerungen an Gabis Kindheit befand in der Main Street am Eingang der Stadt.

Doch Adela hatte ihr kleines Haus behalten, obwohl sie zu Sam aufs Land gezogen war – nur für den Fall, dass Familie zu Besuch kam oder nach Hause ziehen wollte. Sie hatte darauf bestanden, dass Gabi es nutzte. Gabi starrte aus dem Fenster und sah einen roten Vogel auf der Regenrinne sitzen. Freude erfüllte sie. Sie liebte ihr Leben und war so dankbar, nur die Chance zu leben, die ihr geschenkt worden war. Sie fühlte sich auf mehr als nur eine Art zu Hause.

Sie stand auf und zog eine alte Jeans und ein weites grünes T-Shirt an, dann schlüpfte sie in ihre Stiefel und ging zur Tür hinaus. Sie hatte Tiere in der Klinik, um die sie sich kümmern musste, bevor sie sich für die Kirche fertig machte.

Die Klinik war ruhig, als sie die Tür aufschloss und eintrat. Aus dem Stall hörte sie das Hengstfohlen wiehern. Zu wissen, dass sie dem verletzten Tier helfen würde, erneuerte Gabis Gewissheit, dass sie genau das tat, was sie mit ihrem Leben anfangen sollte.

„Hey, Peanut", sagte sie leise. Er kam auf sie zu und beobachtete, wie sie das Tor öffnete und seine Box betrat. Gabi strich mit ihrer Hand über den seidenen Stern auf seiner Stirn und genoss das Vertrauen in seinen Augen.

„Alles wird gut, Junge", versicherte sie ihm, dann begann sie, behutsam seine Wunde zu reinigen. Sie liebte es, dass sie helfen konnte, Tiere zu heilen. Sie mochte es außerdem zu wissen, dass sie auch den Tierbesitzern helfen konnte. Jess kam ihr sofort in den Sinn.

Der hübsche Cowboy war die ganze Nacht in ihren Gedanken gewesen. Selbst nachdem sie die Ranch verlassen hatte, hatte sie viel Zeit damit verbracht, in ihrem Buch mit giftigen Pflanzen zu stöbern. Doch das war nicht das Einzige, woran sie dachte. Es war seine Reaktion darauf, dass sie über ihren Glauben sprach.

Peanut zuckte zusammen, als sie Salbe auf seine Wunde auftrug. „Tut mir leid, Junge", entschuldigte sie sich. „Was geht nur in diesem hübschen Kopf von Jess vor sich, Peanut?"

Nachdem sie mit dem Hengstfohlen fertig war, sah sie nach den anderen Patienten, eilte dann nach Hause, duschte und zog sich um und ging zur Kirche.

Als Gabi ankam, standen mehrere Gruppen von Leuten im Gras vor dem weiß beplankten Gebäude herum. Sie liebte das steile Dach und den hohen weißen Kirchturm der Kirche. Obwohl es eine typische alte Landkirche war, war es ein gepflegtes Haus. Sie hatte ein Lächeln im Gesicht, als sie aus ihrem alten Truck ausstieg und zu ihren Freunden ging.

Das Leben war gut. Wie könnte es besser werden?

„Na, wenn du heute Morgen nicht ein schöner Anblick bist", dröhnte Applegate Thornton laut genug, dass jeder in einem Umkreis von einer Meile es hören konnte – was so gar nicht zu seinem geradezu beängstigend dünnen Körperbau passte – und schaffte es sogar, zu lächeln.

Gabi strahlte bei seinem freundlichen Gruß. „Oh, danke, Mr. Applegate." Sie hatte eine weiße Bluse und einen roten Rock mit weißen Sandalen angezogen und fühlte sich frisch und sommerlich. Nachdem sie die ganze Woche Jeans und Stiefel bei der Arbeit getragen hatte, machte es Spaß, ein bisschen mädchenhaft zu sein. „Sogar ein Wildfang wie ich genießt es, sich mindestens einmal die Woche hübsch zu machen."

„Und das hast du gut gemacht", fügte Stanley Orr hinzu, fast so laut wie seine Kumpel App. Seine roten Wangen strahlten. Die beiden Männer waren Ende siebzig, schwerhörig und im Ruhestand. Sie waren fast jeden Morgen bei einem Dame-Spiel im Sam's Diner zu sehen. Gabi sah sie normalerweise, wenn sie sich ihren Morgenkaffee holte.

Sie genoss es, die beiden alten Männer liebevoll zu necken, die es ihr und allen anderen, die vorbeikamen, mit gleicher Münze zurückzahlten. Sie waren definitiv ein Teil von Mule Hollows Charme.

Bevor sie mehr sagen konnte, eilten Esther Mae und Norma Sue auf sie zu.

„Wow, was für ein Hut, Esther Mae." Gabi konnte ihre Augen nicht von der bunten Monstrosität abwenden. In alle Richtungen standen Federn und Blumen ab. Es sah aus wie ein Blumenarrangement, das frontal gleich mit mehreren Vogelschwärmen zusammengestoßen war.

„Danke. Joseph hat seinen Amazing Technicolor Dreamcoat und ich habe meinen bunten Hut. Ist der nicht einfach wunderbar?"

Norma Sue brummte. „Wenn Josephs Mantel so schrecklich war wie dieser Hut, dann ist es kein Wunder, dass seine Brüder ihn nach Ägypten verkauft haben. Zeigt dir nur, dass Gott alles einsetzt, um seinen Willen zu verwirklichen."

Esther Mae schnaubte und schob ihr Kinn vor. „Sie waren eifersüchtig auf seinen Mantel." Sie tätschelte ihre Federn und lächelte ihre Freundin an. „Das ist meiner, Norma Sue. Hol dir selbst auch einen."

„Auch einen? Wir können nur hoffen, dass das ein Unikat ist."

Gabi lachte. „Ihr hört nie auf, oder?"

„Wo sie Recht hat...?", polterte App. Er warf

ihnen einen angesäuerten Blick zu, schüttelte den Kopf und sagte zu Gabi: „Ich wollte dich fragen – bevor wir so unhöflich unterbrochen wurden—" Er warf ihnen einen weiteren harten Blick zu. „Was du gestern bei Jess über sein Vieh herausgefunden hast?"

„Das wollten wir auch fragen", nickte Esther Mae ernst. „Hast du die giftige Pflanze gefunden, die sein ganzes Vieh tötet?"

Neuigkeiten verbreiteten sich hier tatsächlich schnell. Sie hatte es Grandma nicht erzählt, also wie hatten sie alle davon erfahren? „Ich war gerade erst draußen und habe mich umgesehen — und bevor ihr alle durchdreht, es waren nur vier Färsen."

Stanley sah schockiert aus. „Vier sind genug, aber ich habe gehört, dass es eher zehn waren."

„Ich weiß nicht, wo du das herhast, aber es waren nur vier."

„*Für den Moment*", sagte App besorgt. „Ich hoffe, du findest die Pflanze."

„Wir wissen nicht genau, ob es sich wirklich um eine Pflanze handelt. Susan vermutet es anhand des Blutbilds und wollte, dass ich mich umsehe."

Daraufhin fühlten sich alle genötigt, ihr Ratschläge zu den verschiedenen giftigen Pflanzen zu geben, von denen sie wussten, dass sie im County wuchsen. Andere Leute kamen dazu, um an dem

Gespräch teilzunehmen. Gabi hörte zu und saugte alles, was sie lernen konnte, auf wie ein Schwamm, denn das waren die Leute, die diese Gegend am besten kannten. Sie musste sie ernst nehmen.

Sie unterhielten sich, als Norma Sue Esther Mae plötzlich so fest mit dem Ellbogen anstieß, dass ihr Hut nach vorn rutschte. Sie nickte zum Parkplatz und alle, einschließlich Gabi, drehten sich um, um zu sehen, warum Norma Sues Mund offenstand.

Es war Jess.

* * *

Die Hälfte der Leute auf dem Rasen vor der Kirche drehte sich zu Jess um, als er über den Parkplatz ging. Er sah auf die Uhr und wusste, dass er zwischen Sonntagsschule und dem Gottesdienst gekommen war. Normalerweise kam er immer kurz, bevor Adela anfing, Klavier zu spielen, und alle schon in der Kirche waren. Heute war er ein bisschen früher dran.

Sein Blick fiel sofort auf Gabi, die in der Gruppe stand. Ihr blondes Haar funkelte wie immer in der Sonne. Es war das erste Mal, dass er es nicht zu dem Pferdeschwanz gebunden sah, den sie normalerweise trug, und so fing es *wirklich* die Sonne ein. Sie trug einen Rock. Er war rot und schwang sehr feminin um ihre Waden. Er hatte fast erwartet, dass sie in ihrer Jeans zur Kirche gehen würde, und war überrascht und erfreut, sie so zu sehen. Und genau das war der Grund, warum er Ärger bekommen würde. Weil die Hälfte der Gemeinde wusste, was ihn heute Morgen hierher gebracht hatte. Das war auch der Grund, warum sie ihn immer noch beobachteten, anstatt in die Kirche zu gehen, als Adela schon angefangen hatte, Klavier zu spielen.

Er forderte den Ärger geradezu heraus und sofort begann das Gerede, weil er den ganzen Sommer zum ersten Mal zur Kirche gekommen war. Alle wussten, warum er hier war.

Er war gekommen, um Gabi zu sehen. Punkt.

Er war ziemlich glücklich für einen dreißigjährigen Mann. Er hatte sich ein gutes Leben geschaffen, obwohl er Eltern hatte, die keinen Cent wert waren, und einen „himmlischen Vater", der ihn genauso verlassen hatte wie sie ihn.

Ja, er war in die Kirche gekommen, um Gabi zu sehen, obwohl er sich sehr bemüht hatte, es sich auszureden. Das Problem war, dass Gabi Newberry einen so starken Glauben hatte. Er sollte vor ihr davonlaufen.

Doch nein, hier war er, ging in die Kirche und löste jede Menge Kuppelgetuschel aus. *Und wofür?*

Er wusste, dass Gott nicht an einer Beziehung mit allen interessiert war. Er wusste das aus erster Hand, und er wusste auch, dass er Gabi das auf keinen Fall sagen würde. Er war nicht derjenige, der ihren Augen diesen Glanz nehmen würde, denn dieser Glanz zog ihn an.

Dieser Glanz war das, was ihm noch nachging, wenn sie schon lange gegangen war.

Gabi Newberry hatte etwas, das er wollte. Und so sehr er es sich hatte ausreden wollen, er hatte sein gestärktes Hemd und seine Jeans angezogen und marschierte sehenden Auges in die Schwierigkeiten hinein.

Es war ein völlig verrückter Schachzug.

KAPITEL SECHS

„Morgen", sagte Jess gedehnt und hob die Hand an seinen Stetson, als er vor Gabi stehenblieb.

Er sah aus, als wäre er gerade von der Titelseite eines Cowboy-Magazins gestiegen, ganz geschniegelt und gebügelt, wie ihr Großvater gesagt hätte. Und oh, wie geschniegelt und gebügelt er war!

Gabi spürte einen Schubs in ihrem Rücken, entweder von Esther Mae oder Norma Sue.

Alle außer ihr hatten ihm bereits geantwortet. Sie war immer noch sprachlos. Es brachte sie vollkommen durcheinander, wie diese schönen bernsteinfarbenen Augen sie ansahen.

Sie zwang ihre Stimmbänder zur Arbeit. Sie würde nicht vor allen Leuten wie ein Einfaltspinsel dastehen. „Auch Morgen. Ich hatte nicht erwartet, dich hier zu sehen."

„Wir auch nicht", fügte Norma Sue hinzu und

brachte es direkt auf den Punkt. „Aber es ist schön, dich zu sehen!" Sie zog ihn in eine Bärenumarmung, die Jess steif und verlegen über sich ergehen ließ.

„Ähm, danke, Norma Sue. Ich freue mich auch, dich zu sehen."

„Ich auch." Esther Mae tätschelte seinen Bizeps. Sie sah Gabi an. „Ist er nicht ein hübscher Kerl? Ich liebe seine Haare."

„Ein ganz Hübscher", stimmte Gabi zu und wollte lachen, als er beinahe die Augen verdrehte. Es war offensichtlich, dass er lieber über heiße Kohlen gelaufen wäre, als hier herumzustehen und der Mittelpunkt aller Aufmerksamkeit zu sehen. Doch sie mochte die Art und Weise, wie er geduldig dastand und sich von den Kupplerinnen beglucken ließ. Er war wirklich bezaubernd, obwohl sie sehen konnte, dass er lieber woanders gewesen wäre. „Und er ist so wunderbar geduldig. Findet ihr nicht?"

„Meine Geduld wird von Moment zu Moment weniger."

Das brachte sie alle zum Lachen.

„Kommt", kicherte Norma Sue. „Wenn wir nicht reingehen, kommen wir noch alle zu spät. Adela spielt gleich die letzte Strophe von „Standing on the Promises", und wir sollten alle sitzen, bevor sie fertig ist."

App, der zuvor schon in die Kirche gegangen war, um seinen Posten an der Tür zu besetzen, streckte ungefähr zu dieser Zeit den Kopf heraus, starrte sie gereizt an und winkte sie herein.

„Da ist das Signal." Esther Mae kicherte.

Norma Sue ging voran und schüttelte den Kopf. „Wie dieser Mann die Position als Begrüßer bekommen hat, ist mir ein Rätsel."

„Ich denke, ich werde App umarmen", flüsterte Jess Gabi ins Ohr, als er neben ihr her ging.

„Wird aber auch Zeit", zischte App und veranlasste die halbe Kirche, sich umzudrehen und zu sehen, wovon er sprach.

Gabi hätte gelacht, doch sie ging neben Jess in das Gebäude, und alle Augen waren auf sie gerichtet. Sie blieb wie angewurzelt stehen. Jess stieß mit ihr zusammen, und sie glaubte, ihn leise stöhnen zu hören. Esther Mae und Norma Sue hatten sie im Stich gelassen. Sie waren vor ihnen eingetreten und wie zwei Linebacker zur Empore gestürmt. *Wo sollen wir sitzen*, fragte sie sich und sah App an. Er zog seine Brauen hoch und lächelte sie erneut an, was sie nervös machte.

„Ihr zwei folgt mir", befahl er und führte sie und Jess zur drittletzten Reihe von hinten.

Als sie sich in die fast volle Bank schoben, stöhnte diesmal Gabi. Sie war in die Kirche gekommen, um zu beten, und hatte nicht mit einem gut aussehenden Cowboy gerechnet, dessen Ellbogen in der überfüllten Bank an ihrem rieb.

Was für eine Ablenkung... doch es würde nicht funktionieren.

Nein, Sir, sie ließ sich nicht so leicht hereinlegen ... nun, zumindest nicht mehr.

Sie griff nach einem Gesangbuch, entschlossen, sich nicht von Jess stören zu lassen. Sie half ihm auf der Jagd nach giftigen Pflanzen und das war's.

Jess griff zur gleichen Zeit nach dem Buch wie sie.

„Entschuldigung", flüsterte sie und zog ihre Hand zurück.

Er lächelte, und ihr Magen flatterte. Das würde nicht einfach werden.

* * *

„Colt, Glückwunsch. Du machst uns stolz, Bruder."

„Vielen Dank." Colts Stimme knisterte angesichts der schlechten Verbindung. „Ich versuche es trotzdem. Jemand muss den Namen Holden ins Licht rücken."

Jess lachte. „Ja, und Mandy macht das mit ihrem Barrel Racing großartig." Er konnte nicht anders, als seinen kleinen Bruder mit Mandys Sieg am Wochenende aufzuziehen. Colt hatte auch gewonnen, doch er hatte an diesem Wochenende nur den dritten Platz belegt. Beide versuchten, genug Punkte zu sammeln, um sich für die National Finals Rodeo Championship im November in Las Vegas zu qualifizieren. Sie brauchten jeden Punkt, den sie verdienen konnten. Das bedeutete lange Stunden, viel Fahrerei und jede Menge Einsatz. Colt war stark und stieg an die Spitze der Rangliste. Mandy war spät ins Rennen gegangen, doch auch für sie lief es gut. Doch die Zeit lief ihnen davon. Beide standen unter Druck.

Aus diesem Grund hatte Jess beschlossen, das Problem mit dem Vieh bei Colt erst zu erwähnen, wenn er etwas Konkretes wusste. Er hatte beschlossen, es Kurt und Mandy zu erzählen, wenn sie von ihrer Reise nach Hause kamen. Er hoffte, bis dahin mehr über die Situation zu wissen.

„Was steht als nächstes an?", fragte er Colt und konzentrierte sich eher auf seinen kleinen Bruder als auf das Vieh.

„Ich komme wieder von Calgary runter, werde aber auf dem Weg noch ein paar Rodeos mitnehmen, bevor ich beim Mule Hollow Rodeo antrete. Mir raucht der Kopf, und die Reifen auf meinem Anhänger sind schon ziemlich runter. Aber mir geht's gut. Ich habe mit Mom gesprochen, und sie will kommen, um mich in Mule Hollow reiten zu sehen."

„Das ist gut." Doch Jess fühlte nichts. Colt war das Baby und hatte früh die Ausreden ihrer Mutter, warum sie sie zurückgelassen hatte, geschluckt. Jess hatte kein Interesse, über sie zu reden. Seine Gedanken wandten sich seinem langen Tag zu. Die Kirche war eine ziemliche Katastrophe gewesen, und er hatte sich den ganzen Nachmittag deswegen gegeißelt, als er auf den Weiden herumgefahren war und das Vieh beobachtet hatte.

Gabi hatte in der Kirche verändert gewirkt. Sie war steif gewesen und hatte so gut wie gar nicht reden wollen. Als der Gottesdienst vorbei war, war sie ganz schnell verschwunden. Er war sich nicht sicher, was das Problem war, doch er hatte das Gefühl, dass er es war. Natürlich hatte sie ihn mindestens zweimal beim Starren erwischt, und er hatte den Eindruck, dass sie darüber überhaupt nicht glücklich gewesen war.

Damit waren sie schon zu zweit. Was dachte er sich dabei, der Tierarzthelferin hinterherzujagen?

„Bist du noch da, Jess?"

Colts Frage zog Jess zurück zum Gespräch. „Ja, tut mir leid. Ich habe einfach viel um die Ohren."

„Ist es okay für dich, Mom zu treffen?"

Seine Brüder wussten, dass er ihr weniger freundlich gesinnt war als sie, doch sie verurteilten ihn nicht dafür. Jeder von ihnen ging auf seine Weise mit seiner Kindheit um. „Ich werde hier sein, um dich reiten zu sehen, Colt, und ich werde..." Er machte eine Pause. Wie *würde* er mit ihr umgehen? So sehr er sich auch bemühte, er sah keinen Weg, seiner Mutter zu vergeben oder sie willkommen zu heißen, als ob sie eine normale liebende Mutter gewesen wäre.

„Was sie getan hat tut ihr leid, Jess." Colts leise Worte hallten über das Knistern der Leitung. „Sie wünscht, sie könnte es rückgängig machen und das Richtige tun."

Die Worte kratzten an seinen Nerven. „Ja, ich auch." Travis Tritts Song *Here's a Quarter, Call Someone Who Cares* spielte in Jess' Kopf.

Was ihn anging, war der Zug abgefahren.

Und das schon lange.

* * *

Die Tierarztpraxis war am Montagmorgen immer überfüllt. Heute war das nicht anders. Die Telefone schrillten, Hunden und Welpen bellten und kläfften. Susan behandelte pausenlos Patienten – den ganzen

Vormittag hindurch. Gabi war ebenso beschäftigt, indem sie sich um die Telefone kümmerte, bei Impfungen, Wiegen und Temperaturkontrollen half und alles andere, was sonst noch in den Aufgabenbereich einer Tierarzthelferin fiel.

Es war fast elf, bevor sie ihre erste Verschnaufpause bekamen.

„Wenn das so bleibt, muss ich jemanden für das Büro einstellen, um dich zu entlasten", sagte Susan.

Gabi tippte Patienteninformationen in den Computer, so schnell sie ihre Finger bewegen konnte. „Da hörst du keinen Protest von mir. Ich krieche auf dem Zahnfleisch."

Susan kicherte. „Ich auch. Aber das ist gut. Mein Vater hat mir beigebracht, dass ein vielbeschäftigtes Leben ein gutes Leben ist. Kann manchmal anstrengend sein, aber ich bin so dankbar für die Praxis und das Vertrauen der Leute in Mule Hollow in diese Klinik."

„Nun, wenn man heute Morgen als Indikator hernehmen darf, bist du eine wirklich vertrauenswürdige Frau."

„Die Praxis läuft gut, und ich beschwere mich nicht. Jetzt, wo wir eine Minute Zeit haben..." Susan lehnte sich an den Empfangstresen. „Unsere Kupplerinnen vom Dienst waren hin und weg, weil

Jess zur Kirche gekommen ist und neben dir gesessen hat."

„Ha! Er hat neben mir gesessen, weil Applegate uns zusammengesetzt hat."

Susan lächelte. „Schämen sollte er sich."

„Ich will nicht, dass alle auf die nächste große Romanze hoffen, Susan."

„Das könnte schwer zu verhindern sein. Sie waren sich sicher, dass er aus einem Grund und nur aus einem Grund zur Kirche gekommen ist – und zwar um dich zu sehen. Auch wenn dem vielleicht nicht so ist, sie interpretieren es so. Doch ich denke, sie liegen nicht falsch, Gabi. Was ist da draußen auf der Ranch passiert, als ihr nach den Giftpflanzen gesucht habt? Komm schon, Zeit für ein offenes Gespräch unter Mädels."

Gabi seufzte. „Ich meine, was an ihm ist nicht anziehend? Der Mann ist umwerfend."

„Wo liegt dann das Problem?"

„Ich bin noch nicht wieder soweit, mich zu verabreden. Und außerdem würde das zwischen uns einfach nicht funktionieren. Wir wollen nicht dasselbe vom Leben."

„Gegensätze ziehen sich an."

Gabi entging der neckende Unterton in Susans Worten nicht. Doch da war mehr als das.

„Beim letzten Mal habe ich so richtig danebengegriffen." Sie hatte Susan von Phillip erzählt und dass er ganz schnell die Flucht ergriffen hatte, als sie ihren neugefundenen Glauben erwähnt hatte. Dabei war sie nicht auf ihre Party- und Trinkvergangenheit eingegangen, sondern behielt sie weiter für sich. „Das werde ich nicht nochmal tun."

„Ich verstehe, was du meinst", sagte Susan.

„Ein Typ, der sich schick macht und aus keinem anderen Grund in die Kirche kommt, als in meiner Nähe zu sein oder um mich zu beeindrucken, ist für mich ein vollkommener Abtörner. Ich werde nicht zulassen, dass sich etwas anderes als Freundschaft zwischen uns entwickelt."

Susan zog kurz die Augenbrauen hoch. „Starke Worte."

Gabi holte tief Luft. „Ja, ich weiß, es hört sich hart an, nicht wahr?"

„Ziemlich. Aber bei deiner Geschichte kann ich es nachvollziehen. Wenn es mir so ergangen wäre, wäre ich auch besonders vorsichtig."

Gabi sah sie mit Bedauern im Blick an. „Ich gebe mich nicht mit einem Kompromiss zufrieden. Jess Holden sieht gut aus. Er hat etwas an sich, von dem ich nicht leugnen kann, dass es mich anzieht. Aber ich bin eine starke Frau. Das bin ich." Sie tippte auf ihr Herz, um ihre Worte zu unterstreichen. „Und ich werde mich nicht auf eine Situation einlassen, die mich von meinen neuen Lebenszielen abbringt, eine Romanze, die keine Zukunft hat."

„Junge, das ist ein schwerer Fall. Unsere Kupplerinnen werden das verstehen. Hoffe ich zumindest. Also, in diesem Sinne … ist es okay für dich, heute Nachmittag zu Jess rauszufahren?" Susan sah aus, als täte es ihr leid, dass sie Gabi wohin schicken musste, wo sie vielleicht nicht hin wollte.

„Sicher. Ich will ihm helfen, herauszufinden, was mit seinem Vieh nicht stimmt. Deshalb habe ich so viel Zeit damit verbracht, die möglichen Pflanzen zu recherchieren, die dafür verantwortlich sein könnten. Ich *will* helfen."

Susan lächelte. „Du bist einfach zu gut, um wahr zu sein. Ich bin froh, dass du hierhergekommen bist."

Das Lob berührte Gabi. „Danke. Ich bin so froh, dass du zufrieden bist." Und das war die Wahrheit. Sie mochte Susan und die Klinik sehr und fühlte sich zufriedener als je zuvor in ihrem Leben. „Bist du sicher, dass du mich heute Nachmittag nicht brauchst?"

„Ich habe eine Tonne Embryonen selbst implantiert, bevor ich den Luxus einer Assistentin hatte. Ich komme heute Nachmittag schon ohne dich zurecht." Susan stieß sich von der Theke ab und ging nach hinten. „Fahr da raus, sobald du soweit bist. Sag Jess, dass wir die Blutprobe bald zurückbekommen sollten. Dann wissen wir, ob wir es mit was Ansteckendem zu tun haben, das sich auf die Herde und Kurts Rodeotiere ausbreiten könnte."

„Ich werde es ihm sagen."

„Und viel Glück dabei, dich aus Ärger rauszuhalten." Susan blieb stehen und hielt die Tür fest.

Das Telefon klingelte, bevor Gabi Zeit hatte, etwas dazu zu sagen. „Mule Hollow Tierklinik", sagte sie.

„Gabi, hey, ich bin's Jess."

Natürlich musste er anrufen, nachdem sie über ihn gesprochen hatten — und natürlich machte ihr Puls einen albernen Sprung, als sie seine Stimme hörte. „Hey, Jess", antwortete sie, überhaupt nicht begeistert vom quietschigen Klang ihrer eigenen Stimme. „Wie geht's?"

„Ich hab ein Problem hier draußen", sagte er in ernstem Ton. „Ich habe gerade zwei weitere tote Färsen gefunden."

„Oh nein, ich bin gleich da", sagte sie und begegnete Susans fragendem Blick, als sie auflegte. „Mehr totes Vieh."

„Lass uns ein paar Termine absagen und zusammen rausfahren", sagte Susan.

Gabi verlegte die Nachmittagstermine für Susan auf den nächsten Tag, dann fuhren sie zu Jess. Wie sie gehofft hatten, waren die Tiere noch nicht zu lange tot, sodass sie eine Nekropsie durchführen konnten. Es war traurig, doch ein totes Tier konnte den Durchbruch für sie bedeuten.

Gabi verdrängte alle anderen Gedanken an Jess und war dankbar für die Möglichkeit, den Grund für das Sterben der Tiere herauszufinden. Die Nekropsie würde ihm vielleicht die Sorgenfalten aus den Augenwinkeln nehmen, wenn sie Antworten fanden.

Susan beeilte sich mit der Untersuchung. Der Inhalt der Mägen verriet nicht, was die Tiere gefressen hatten, doch sie nahm Proben von allem, um sie ins Labor zu schicken. Die Leber war geschädigt, und das reichte, um weiter nach einer Pflanze zu suchen, die die Leber vergiften und schädigen konnte.

Jess hatte einen besorgten Schatten in den Augen und sah zu, wie sie die Nekropsie durchführten.

„Glaubt ihr, wir werden Antworten bekommen?", fragte er nach ein paar Minuten. „Ich habe Kurt angerufen und es ihm gesagt. Er und Mandy werden heute Abend kommen. Er macht sich Sorgen, doch das war zu erwarten gewesen. Ich würde ihm gern mehr bieten können als noch mehr totes Vieh, wenn er ankommt."

Susan versicherte ihm, dass sie in ein paar Tagen etwas haben würden. „Ohne Regen und unter diesen Dürrebedingungen habt ihr und alle anderen Viehzüchter das Problem der Mischverhältnisse. Die meisten der Pflanzen, von denen wir sprechen, werden immer gefressen, doch unter normalen Umständen mit Nährpflanzen, die die Toxizität auf einem erträglichen Niveau halten."

„Wir füttern schon Heu", sagte Jess defensiv und sah aus, als hätte Susan ihn gescholten und in die Ecke gestellt.

Gabi fand es irgendwie süß, dass er glaubte, sie würde auf seinem Stolz herumtrampeln.

„Das sehe ich", sagte Susan ruhig. „Aber irgendwo stimmt was nicht, Jess."

„Das weiß ich auch", stimmte er zu, und seine Frustration war ihm deutlich anzusehen.

Er tat Gabi leid, und sie war wild entschlossen, ihm zu helfen. Sie würde alles tun, um das Rätsel zu lösen.

Als Susan fertig war, ließ sie Gabi zurück, um weitere Pflanzenproben zu suchen. Da sie mit Susan hergekommen war, hatte Jess ihr versichert, dass er Gabi nach Hause bringen würde, nachdem sie nach der Killerpflanze gesucht hatten.

„Auf geht's."

Gabi nickte, die Hände in die Hüften gestemmt. „Wir müssen zwar darauf warten, dass die Testergebnisse zurückkommen, aber die Nekropsie hat bestätigt, dass wir unsere Suche auf Pflanzen beschränken sollten, die die Leber schädigen. Also lass uns loslegen."

Obwohl er sehr besorgt wegen des toten Viehs war, lächelte er. „Das sind die besten Nachrichten, die ich den ganzen Tag gehört habe."

Zu wissen, dass sie dazu beigetragen hatte, seinen Tag besser zu machen, trug auch zu ihrer Stimmung bei. Mit etwas zu stark federndem Schritt ging sie zur Ladefläche seines Trucks. „Ich habe Farbfotos von jeder Pflanze ausgedruckt, auf die wir achten müssen." Sie legte sie aus und genoss die Tatsache, dass sie die Chance bekam, den Tag dieses Cowboys noch besser zu machen. Im Moment konzentrierte sie sich nicht auf die Tatsache, dass ihr dieses bisschen Macht gefiel. Als er sie anlächelte, zitterte ihr Innerstes vor Aufregung. „Wenn wir die Ergebnisse bekommen, haben wir das Rätsel vielleicht auch so schon gelöst. Bist du dabei?" Sie hob die Hand zu einem High Five.

Jess' Augen leuchteten auf. Er hob seine Hand und schlug ein. „Ich bin dabei."

KAPITEL SIEBEN

Jess fühlte sich ziemlich niedergeschlagen, nachdem sein Vieh in Zweier- oder Dreiergruppen starb. Das war nur verständlich. Doch mit Susans Fachwissen und Gabis positiver Einstellung fühlte er sich optimistischer.

Sie hatten die Suche auf der Weide begonnen, wo er das letzte tote Vieh gefunden hatte. Die Färse war in einem Gebiet gestorben, durch das sich eine große mit Büschen und Bäumen bewachsene Schlucht zog. Überall weideten Rinder, und sie sahen einige aus dem Gebüsch kommen.

„Ich würde gern da drüben anfangen." Sie zeigte auf die Schlucht. „Sieht interessant aus, findest du nicht?"

„Ich bin bereit, alles zu versuchen", sagte er und meinte es ernst.

„Dann lass uns loslegen. Du kennst die Routine."

Sie zog ihre Plastiktüten und ihr kleines Buch hervor und wackelte mit den Augenbrauen, als sie alles in einen kleinen Rucksack stopfte, den sie auf ihren Rücken schwang. Sie strahlte Selbstvertrauen und eine gute Laune aus, die auch seine Stimmung verbesserte, als sie in den Wald gingen.

„Ich fühle mich wie ein Detektiv", sagte sie. „Alles, was ich jetzt noch brauche, ist ein Trenchcoat und ein Fedora. Was denkst du?" Sie lächelte ihn über die Schulter an und ging eine Reihe alter Fernsehdetektive durch.

Jess lachte. Einer Sache war er sich absolut sicher – Gabi fühlte sich vielleicht wie eine Detektivin, aber sie sah nicht so aus.

„Warum lachst du?" Sie lächelte und zeigte ihm ihr Grübchen.

Er stolperte über eine Senke auf dem Pfad und wäre fast vor ihren Füßen gelandet.

„Oh, wie elegant", witzelte sie und blieb stehen, um eine Pflanze zu betrachten.

Jess starrte sie an und konnte einfach nicht anders. Sein Vieh starb, doch im Moment musste er zugeben, dass er Spaß hatte.

* * *

Gabi fühlte sich ein wenig verunsichert, als Jess sie

anstarrte. Sie trug ihre Stiefel, die es ihr ermöglichten, wenn nötig durch das Unterholz zu stapfen, doch sie hatte sich entschieden, einem der vielen Kuhpfade zu folgen, der sich unter den Bäumen entlang schlängelte. Das Sonnenlicht fiel in Flecken durch Mesquite und Eichen, die hoch über die Yaupon-Büsche ragten. Diese Gegend von Texas war für Gabi das Beste aus beiden Welten. Am Rande des Hügellandes gelegen war es eine Kombination aus Hügellandfelsen und Mesquite, gemischt mit Eichen und Gras. Das Gras verschwand jedoch schnell, da es lange keinen guten anhaltenden Regen gegeben hatte. Das hier war kein dichter, dunkler Wald, sondern es gab Bereiche, in denen die Sonne auf den Boden durchdrang und Pflanzen gediehen. An anderen Stellen war er schattig, und die Luft war schwer von Hitze und den Düften der Erde.

Gabi dachte jedoch nicht viel darüber nach, als sie voran durch den Wald ging. Sie schwatzte über dies und jenes, um ihrem attraktiven Begleiter ein Lächeln zu entlocken. Sie lächelte vor sich hin und war sich sicher, dass der Mann sie für absolut kopflos halten musste. Doch das war okay. Es hatte ihr nicht gefallen, ihn besorgt zu sehen. Doch sie war hartnäckig und würde nicht aufhören, bis sie herausfand, was sein Vieh tötete.

Sie würde auch nicht aufhören, bis sie begriff, wie Jess tickte. Er interessierte sie auf so vielen Ebenen. Nein, es war nicht nur so, dass er ihren Puls dazu brachte, in einem Tempo zu pochen, das einen älteren Menschen in die Notaufnahme bringen würde. Und es war auch nicht nur so, dass sie das Funkeln der Überraschung in seinen Augen genauso wie seine Augen an sich mochte. Es war so viel mehr: Dinge, die augenfällig waren genauso wie Dinge, die sie nicht greifen konnte. Sie mochte, wie hart er zu arbeiten schien. Und wie wichtig ihm diese Ranch und seine Brüder zu sein schienen, die er vor der Tatsache zu schützen versuchte, dass ihre Ranch in Schwierigkeiten steckte. Sie wusste nicht, was für ein Freund oder Partner er sein würde – doch sie ermahnte sich vehement, dass sie das auch nicht interessierte. Doch sie mochte, wer er sonst war. Er war grenzenlos loyal. Und das war einfach nur attraktiv.

Nicht, dass sie sich zu ihm hingezogen fühlte ...

Okay, sie fühlte sich zu ihm hingezogen, doch sie ging nicht auf diese Anziehung ein. Sie versuchte nur, seine Stimmung mit ihren lockeren Gesprächen zu heben.

Sie konnte nichts dafür, dass er es zu mögen schien.

Während sie durch den Wald gingen, sich

unterhielten und suchten, fanden sie ein paar giftige Pflanzen, die normalerweise keine große Bedrohung darstellten, doch Gabi nahm trotzdem Proben. Sie verursachten auch keine Leberschäden, daher bezweifelte sie, dass sie ein Problem darstellten, doch sie wollte sie dokumentieren.

„Also hast du früher Ärger gehabt und deiner Großmutter Sorgen bereitet?"

Seine Frage kam aus heiterem Himmel und überraschte sie.

Sie waren ungefähr drei Stunden unterwegs, hatten sich unterhalten und gelacht und gescherzt. Obwohl sie früh im Leben ziemlich Mist gebaut und erwähnt hatte, dass sie ihrer Großmutter Sorgen bereitet hatte, hatte sie nicht damit gerechnet, dass er danach fragen würde. Sie hatten gerade den Pfad verlassen, als er die Frage gestellt hatte.

„Und meiner Mutter", fügte sie hinzu, während sie überlegte, was sie ihm über ihre Vergangenheit erzählen sollte. „Nicht meine stolzeste Leistung. Ich bin mir sicher, dass du das verstehst." Sie lächelte ihn an und hoffte, das Gespräch auf ihn und von ihr weg lenken zu können. „Ist das nicht eher ein Männerding, seinen Eltern Sorgen zu bereiten?"

Sie ging in die Hocke, um eine Pflanze zu betrachten, die nahe am Boden wuchs, während sie weiterredete, nervös darüber, dass es für ihren Geschmack zu persönlich wurde. „Du hattest sicher auch deine Momente. Ich will mich nicht rechtfertigen, aber ich denke, Eltern Sorgen zu bereiten gehört zum Erwachsenwerden und seinen eigenen Weg finden dazu. Zu einem gewissen Grad lässt sich das nicht vermeiden. Findest du nicht?" Sie plapperte vor sich hin, und bisher Jess hatte nichts kommentiert.

„Wahrscheinlich nicht", sagte er schließlich und mit ausdrucksloser Miene.

Sie blickte von der kleinen Pflanze auf, denn sie hatte den seltsamen Ausdruck auf seinem Gesicht bemerkt. „Wahrscheinlich nicht?", wiederholte sie. „Moment. Willst du mir weismachen, dass du es nie vermasselt hast und sich deine Eltern nie Sorgen um dich gemacht haben?" Ha! Sie wusste, dass das unmöglich war. Sie kannte ihn noch nicht lange, doch sie war sich sicher, dass Jess wahrscheinlich ein typischer schelmischer kleiner Junge und höchstwahrscheinlich ein wilder Teenager gewesen war. „Es ist unmöglich, dass deine Eltern nicht früh graue Haare deinetwegen bekommen haben, weil sie sich Sorgen um dich gemacht haben. Vollkommen unmöglich."

Ein gleichgültiger Ausdruck huschte über sein Gesicht. „Ich habe meinen Eltern nie Sorgen bereitet."

„Komm schon. Das gibt's nicht!" Er musste sie aufziehen. Sie stand auf und lächelte ihn an. „Du machst dich lustig über mich. Nicht, dass du jetzt nicht den Eindruck erweckst, alles unter Kontrolle zu haben, aber du hast sie sicher das eine oder andere Mal in den Wahnsinn getrieben."

Er zuckte die Achseln und sah... verlegen aus. „Gabi, man kann jemanden nur in den Wahnsinn treiben, wenn sich der jemand um dich schert."

Jetzt war es an ihr, verlegen dreinzublicken, als es ihr bewusst wurde – er hatte ihr gesagt, dass er und seine Brüder nicht die beste Kindheit hatten. *Was hatte sie sich nur gedacht?*

„Ich – ich... Daran hatte ich nicht gedacht. Es..." Sie stolperte über ihre Worte. Es war nicht oft so, dass ihr die Worte fehlten. Wie hatte sie so unbedacht sein können?

Er streckte die Hand aus und zog an ihrem Pferdeschwanz. „Hey, alles okay", versicherte er ihr und lächelte, damit sie sich besser fühlte – doch es machte es nur noch schlimmer. „Ich bin schon lange darüber hinweg."

Das hörte sich seltsam an. *Themenwechsel, Gabi. Themenwechsel.* Sie war nie wirklich diplomatisch gewesen. „Ich sollte meinen Mund halten und den unbehaglichen Moment vergehen lassen", sagte sie.

„Aber ich kann das nicht. Stattdessen werde ich noch tiefer in den Fettnapf steigen und fragen, warum es deinen Eltern egal war. Das hört sich einfach schrecklich an."

Ein Sonnenstrahl fiel auf sein Gesicht, und sie wollte ihn plötzlich von ganzem Herzen umarmen und trösten für den Schmerz, mit dem er offensichtlich aufgewachsen war ... und unter dem er immer noch litt.

Sie fragte sich, ob Jess eine Ahnung hatte, dass er in diesem Moment wie ein verlorener kleiner Junge aussah. Niemandem war es egal, ob sich Eltern kümmerten oder nicht. Nicht einmal erwachsenen Männern.

Er sah aus, als würde er dichtmachen. Doch in Gedanken zupfte er ein Blatt von einem Eichenzweig, das in der Nähe seines Kopfes baumelte. Einen Moment lang studierte er das Blatt, als wäre es das interessanteste Blatt, das er jemals gesehen hatte.

„Es ist kein Geheimnis", sagte er schließlich. „Jeder weiß, dass mein Vater sich nur für seinen Alkohol interessiert hat. Er hat für die nächste Flasche gelebt und sonst nichts. Und meine Mutter, sie hatte es satt – alles, einschließlich uns – und hat uns verlassen, als wir noch klein waren. Ich war zehn, Kurt vierzehn und Colt acht."

Sein Vater war Alkoholiker gewesen.

Gabi zuckte angesichts der Neuigkeit fast zusammen. Die Art und Weise, wie Jess darüber sprach, sagte ihr sofort, wie verheerend und hart es für ihn gewesen war. Ihr Mund wurde trocken, und sie dachte an ihre eigene Situation, die ihr viel zu frisch in den Sinn kam. „Das tut mir leid", brachte sie heraus. Blut rauschte in ihren Ohren. Jess Holden war ein starker, erwachsener Mann, doch was sein Vater getan hatte, hatte Spuren hinterlassen. Eine tiefe, immer noch klaffende Wunde. Niemals, niemals hätte sie das ihrer Familie antun wollen. Und doch war sie auf dem besten Weg dorthin gewesen.

„Nicht schlimm", sagte er, als wäre es ihm egal, wo es das eindeutig nicht war. „Wie schon gesagt, ist lange her."

Gabi musste den Blick abwenden – zu einer Pflanze, einem Baum, auf ein Erdhörnchenloch. Überallhin, nur nicht in die Augen dieses Cowboys, die voller Schmerz waren.

Und Wut. In diesen Augen war Wut, und das traf Gabi tief.

Das hätte ich sein können. Er hätte ihr eigenes erwachsenes Kind sein können, das sie eines Tages hasste, wenn sie nicht aufgewacht wäre und den Weg gesehen hätte, den sie fast eingeschlagen hatte.

Ihre Knie gaben nach, als die Hitze und die

Realität sie auf einmal zu treffen schienen. „Ich muss mich setzen", flüsterte sie.

„Bist du okay?" Jess war sofort neben ihr, seine Hand an ihrem Ellbogen, als sie einen unsicheren Schritt in Richtung eines großen, flachen Felsens machte.

„Du bist kalkweiß und ganz klamm."

„Ich bin okay. Ich – ich muss mich nur einen Moment hinsetzen."

Er hielt ihren Arm, als sie sich auf den Felsen niederließ. Sie stützte die Ellbogen auf die Knie, grub die Finger in ihre Haare und starrte auf den Boden zwischen ihren Füßen.

„Die Hitze kann sich hier draußen ganz schön an einen ranschleichen." Jess tätschelte tröstend ihren Rücken.

Gabi lachte freudlos und hob nur ein wenig den Kopf, um zu nicken. *Was hätte sie sonst tun sollen?*

Sie würde diesem Mann hier sicherlich nicht sagen, wer sie war … dass sie ihre eigenen Probleme mit Alkohol hatte. Nein, auf keinen Fall würde sie das tun. Ihr Leben war eine Katastrophe gewesen, die leicht mit den schlechten Reality-Shows da draußen mithalten konnte. Sie zuckte zusammen und brach erneut in kaltem Schweiß aus. Ihr und Philipps Leben war eine echte Katastrophe gewesen.

Was würde Jess von ihr denken? Ihre Hände ballten sich zu Fäusten, und sie grub sie tief in ihre Haare, um sich aus dem Loch zu ziehen, in das sie gerade gefallen war.

Gabi nahm die Flasche Wasser, die er aus dem Rucksack gezogen hatte, trank einen großen Schluck und zwang sich, ihn anzusehen. „Gib mir eine Minute, dann können wir weiter." Sie hielt die Wasserflasche hoch. „Ich hätte mehr trinken sollen."

„Ich hätte darauf achten sollen, dass du–"

„Es ist nicht deine Schuld, Jess. Ich bin erwachsen, weißt du? Ich kann gut selbst auf mich aufpassen", sagte sie und wiederholte die Worte in ihrem Kopf ein drittes Mal wie ein Mantra. Jess' Vater war Alkoholiker gewesen – „Tut mir leid, dass ich dich angeblafft habe. Wirklich, danke, dass du auf mich aufgepasst hast." Sie fühlte sich schrecklich. „Und das mit deinem Vater tut mir wirklich leid."

Er zuckte mit den Schultern. „Kinder überall auf der Welt müssen mit sowas zurechtkommen. Leider waren meine Brüder und ich nicht die ersten und wir werden nicht die letzten sein. Ich lasse aber nicht zu, dass es mein Leben heute ruiniert. Kinder werden erwachsen und übernehmen die Kontrolle über ihr Leben. Sie können ihre eigenen Entscheidungen treffen."

„Das ist wahr." Gabis Hand zitterte, als sie einen weiteren Schluck Wasser trank und versuchte, seinem Blick zu begegnen.

„Und ich kann dir versprechen", sagte er mit harter Stimme. „Mit einem Alkoholiker werde ich mich nie wieder in meinem Leben herumschlagen. Nie wieder."

KAPITEL ACHT

Jess brachte Gabi nicht lange, nachdem sie überhitzt eine Pause machen hatte machen müssen, zu ihrem Haus. Es war ihm unangenehm gewesen, und obwohl sie beide heiß und verschwitzt waren und dringend eine Dusche brauchten, hatte er sie bei Sam zum Abendessen eingeladen. Sie hatte das Angebot jedoch abgelehnt und sich stattdessen dafür entschieden, nach Hause zu gehen, um sich abzukühlen. Es war wahrscheinlich besser so, dachte er und sah zu, wie sie das Törchen des Lattenzauns hinter sich schloss.

„Bist du sicher, dass es dir gut geht?", rief er, denn er war sich nicht sicher, was es war, doch er spürte, dass etwas nicht stimmte. Vielleicht lag es an ihm. Immerhin war er derjenige, der seine große Klappe aufgerissen und ihr seine Lebensgeschichte erzählt hatte.

Das tat er sonst *nie*. Doch heute hatte er seine Vergangenheit ausgegraben – oh, er hatte versucht, sie davon abzulenken, als er begriffen hatte, was er getan hatte, doch es war zu spät gewesen. Er hatte bereits das Mitleid in Gabis Augen gesehen.

„Ich bin okay, danke", rief sie von der Tür aus. „Du hast genug Wasser in mich gepumpt, um ein Pferd zu ertränken. Ich seh dich morgen." Sie verschwand im Haus, und er sah zu, wie sich die Tür hinter ihr schloss.

Mit der Absicht, nach Hause zu fahren, fuhr er rückwärts aus der Einfahrt, beschloss jedoch spontan, bei Sam vorbeizufahren. Er hielt seinen Truck vor dem Diner an und ging hinein. Auf dem Schild neben der Tür stand „Essen auf eigene Gefahr", doch jeder wusste, dass Sams Küche deftige Hausmannskost war. Keine Gefahr. Es sei denn, man aß den Hackbraten – der brannte wie Feuer. Sam machte ihn mit Chilis, die gleich zweimal brannten. Damit erwischte er viele ahnungslose Greenhorns vollkommen unvorbereitet – während der Raum voller Zuschauer vor Lachen johlte.

Es war nicht viel los, als er eintrat. Er war verschwitzt, ließ sich jedoch nicht davon abhalten. Sam's Diner hatte immer einen Platz für einen müden, verschwitzten Cowboy. Sams beste Kunden waren staubbedeckt und verschwitzt. Seine Gastfreundschaft hatte das Diner über die Jahre zwischen der Ölpleite, die einen Großteil der Bevölkerung von Mule Hollow in die Flucht getrieben hatte, und der „Ehefrauen gesucht"-Aktion der notorischen Kupplerinnen von Mule Hollow am Leben gehalten. Verrückt wie sie war, war dies Anzeigenaktion der alten Frauen ein Erfolg gewesen. Doch davor waren es die fleißigen, oft schmutzigen Cowboys gewesen, die den kleinen Ort am Leben erhalten hatten.

Vor der Anzeigenaktion war der Ort anders gewesen, eine traurige Ansammlung von Häusern mit verwitterten Schindeln, die einer Geisterstadt ähnelte, weil so viele Geschäfte nach der Ölpleite in die Knie gegangen waren. Jetzt, nachdem Lacy Matlock und die alten Damen den Ortskern in allen Farben des Regenbogens gemalert hatten – und das im wörtlichen Sinne – sah er hell und strahlend und anders aus. Wie jeder andere Cowboy im Raum hätte er nie behauptet, dass ihm der zweistöckige, flamingopinke Friseursalon auf der Hauptstraße gefiel. Oder Petes Futterladen, der jetzt himmelblau mit gelben Fensterrahmen war ... oder das Lila oder Limonengrün oder eine der anderen ausgefallenen Farben, in denen jedes Gebäude an der Hauptstraße gestrichen war. Doch es hatte das Gesicht des Ortes verändert, und die Leute waren zurückgekommen.

Lächelnde, glückliche Menschen. Und es kamen

immer mehr. Das war großartig. Mule Hollow hatte eine Energie, die nicht zu leugnen war, und alle Cowboys begrüßten sie. Trotzdem war es schön, dass Sam den hartarbeitenden Cowboys treu geblieben war.

Jess war tief in Gedanken versunken und ging durch das Restaurant, um sich auf einen mit Rindsleder bezogenen Hocker an die Theke zu setzen. Die vertraute Atmosphäre hatte etwas für sich – sie war beruhigend. Jess fühlte sich besser, einfach weil er hier war. Als Kinder hatten sie nie viel Geld gehabt, um sich hier ein Frühstück oder Mittagessen zu gönnen. Doch nachdem Kurt angefangen hatte, für Mr. Matlock zu arbeiten, hatte Kurt sie manchmal alle hierher gebracht, wenn Mr. Matlock ihm einen Bonus gegeben hatte. Er hatte Kurt immer gesagt, dass es ein Bonus für gute Arbeit war – doch rückblickend wussten sie, dass Mac Matlock ihnen damit einfach unter die Arme hatte greifen wollen. Wie Sam. Er hatte dafür gesorgt, dass sie immer Nachschlag bekamen, wenn sie hier waren, und es gab immer irgendein Extra aus der Küche, das er ihnen zum Mitnehmen einpackte. Als sie nach Mule Hollow gekommen waren, war ihre Mutter natürlich schon aus ihrem Leben verschwunden, und sie hatten sich immer glücklich auf Sams Hausmannskost gestürzt.

Das Diner war ein guter Ort.

„Hey, Sam", sagte er und stützte seine Ellbogen auf den polierten Tresen.

„Wie geht's dir, Jess? Habt ihr rausgefunden, warum euer Vieh stirbt?"

„Noch nicht."

„Ich habe gehört, Susan hat Gabi zu dir geschickt, um die Pflanzen zu untersuchen."

„Ja. Sie hat den Nachmittag mit Suchen verbracht und kommt morgen wieder raus." Er würde morgen besser auf sie achten und dafür sorgen, dass sie mehr Wasser trank.

Sam nickte. „Das ist gut. Kommt ihr zwei gut miteinander aus? Sie war neulich ziemlich böse auf dich."

„Ich denke, das tun wir. Das war alles ein Missverständnis. Ich habe ihr erklärt, dass ich nicht damit geprahlt habe, dass ich sie gerettet habe. Das würde ich nie tun."

„Ich weiß das. Sie war ein bisschen empfindlich, weil wir ihr alle gesagt haben, wie dumm es war zu versuchen, bei diesem Wetter über die Weide zu laufen."

Jess sagte nichts weiter dazu. Er hatte an diesem Tag bereits gesagt, was dazu zu sagen war. Die Sache war, sie war nicht dumm. Er hatte es heute daran gesehen, wie sie das Problem der giftigen Pflanzen angegangen war. Sie hatte am Tag des Unwetters nur eine schlechte Entscheidung getroffen. „Ich bin froh, dass es gut ausgegangen ist und ich helfen konnte." Er lächelte. „Ich mag sie. Sie ist ein schlaues kleines Ding."

„Ja. Meine Adela ist so glücklich, dass sie wieder hierher gezogen ist. Und das freut mich. Sie hatte ein paar Probleme, aber jetzt geht es ihr gut. Was kann ich dir bringen? Gleich dürfte der Abendessenansturm losgehen, du hast also Glück."

Jess lachte und bestellte sein Essen. Er fragte sich, welche Probleme Gabi gehabt hatte. *Geht dich nichts an, Holden.*

Vielleicht nicht, aber das hinderte ihn nicht daran, darüber nachzudenken.

Heute war etwas passiert. Er wusste nur nicht, was es war. Sie war ein wenig überhitzt, doch dann hatte sie trotz seines Protests weitergemacht und war wieder an die Arbeit gegangen. Es gab eine Menge Fragen, die er über Gabi stellen wollte, doch als sein Steak kam, aß er es, ohne ein Wort zu sagen.

Als er mit dem Essen fertig war, ging er zurück zu seinem Truck und blickte in Richtung von Gabis Haus. *Was sie wohl tat? Fühlte sie sich besser?* So verrückt es auch war, er fragte sich, ob sie vielleicht einen späten Film in Ranger sehen wollte.

Was war nur los mit ihm?

Er hatte totes Vieh auf der Weide und dachte darüber nach, mit Gabi Newberry auf ein Date zu gehen!

Wenn er es nicht besser wüsste, würde er denken, dass er es war, der heute zu viel Sonne abbekommen hatte.

* * *

„Hey, hey, Mr. Holden", sagte Gabi am nächsten Morgen, als sie neben der Scheune anhielt. „Bereit, unsere giftige Pflanze zu finden?" Zum Glück fühlte sie sich heute besser. Sie war am Abend zuvor ziemlich niedergeschlagen gewesen, nachdem sie von Jess' Vergangenheit gehört hatte. Besonders das von seinem Vater. Alkohol machte ihr so viel Angst, wie er Jess wütend machte. Sie hatte beschlossen, dass es heute kein Herumwühlen in seiner oder ihrer Vergangenheit geben würde.

„Auf geht's." Er öffnete die Beifahrertür seines Trucks. „Ich bin froh, dass ich berichten kann, dass ich heute Morgen kein totes Vieh mehr gefunden habe."

„Das ist großartig." Sie sprang von ihrem Truck, ihren Rucksack in der Hand, und sie ging hinüber zur Tür, die er für sie aufhielt. Er trug abgewetzte Jeans und ein schwarzes T-Shirt, das sich über seiner breiten Brust spannte. Sie ignorierte, wie ihr Puls stolperte, als er lächelte und ein winziges Grübchen zum Vorschein kam, das sie vorher nicht bemerkt hatte.

„Ich sage dir, ich habe das Gefühl, dass wir heute Glück haben, Jess."

Er lachte, und ein verschmitzter Schimmer funkelte in seinen Augen. „Das höre ich gern."

Schmetterlinge flatterten in ihrem Bauch, doch sie ignorierte sie. „Dann halt dich an mich, Kumpel. Ich hab heute ein ganz gutes Gefühl bei der Sache." Sie hatte sich daran erinnert, als sie gestern Abend schlafen gegangen war: jeder Tag war ein Segen, und sie war hier, um ihn zu genießen.

Heute war ein neuer Tag.

Ihre Vergangenheit war Vergangenheit. Sie würde nie wieder zu diesem Lebensstil zurückkehren. Jess hatte sich selbst geschworen, sich nie wieder mit einem Alkoholiker auseinandersetzen zu müssen. Sie hatte sich ein ähnliches Versprechen gegeben, nie wieder zu trinken, und sie würde dieses Versprechen für immer halten.

* * *

Einen Arm im offenen Fenster angewinkelt, den

anderen am Lenkrad, fuhr Jess zurück zu den Bäumen, die sie am Tag zuvor untersucht hatten. Zack Brown sang im Radio eine fröhliche Melodie, und obwohl er mit seinem Vieh ein Problem hatte, das die Ranch in ihrer Existenz gefährdete, fühlte er sich großartig. Er neigte den Kopf und betrachtete Gabi. Ihr Pferdeschwanz hing über ihrer Schulter, und ihr Blick schweifte über die Weide. Er bemerkte, dass sie eine Stupsnase hatte, und ihre Mundwinkel zeigten ganz natürlich nach oben, als wäre sie immer bereit zu lächeln.

Etwas, das er nicht kannte, regte sich in seiner Brust. Er pfiff mit der Musik im Radio mit.

„Ich bin heute Morgen nicht die einzige, die gute Laune hat."

„Ich habe ein gutes Gefühl, Gabi." Er legte seine Finger fester um das Lenkrad und konnte nicht erklären, wie er sich gefühlt hatte, als sie vorhin die Einfahrt hinauf gefahren war. Er analysierte es nicht und nickte stattdessen zum grau-blauen Morgenhimmel. „Schau dir diesen Himmel an. Sieht nach Regen aus."

Sie betrachtete die dunklen Wolken in der Ferne. „Immer nur her damit, aber ich hoffe, dass es diesmal ein bisschen langsamer regnen wird als beim letzten Mal", lachte sie und sah ihn an.

„Hey, mach dir keine Sorgen", sagte er. „Heute passe ich auf dich auf."

Sie legte eine Hand auf ihr Herz. „Ich bin dir ja *so* dankbar."

„Und schon wieder verletzt du meine Gefühle."

„Ha! Ich kenne dich erst seit einer Weile, Jess, aber irgendwas sagt mir, dass du mit deinen Gefühlen nicht gerade hausieren gehst."

Das war eine Untertreibung. Manche Dinge, die man früh im Leben lernte, blieben hängen. „Ja, da hast du Recht." Ihre Blicke begegneten sich, und er spürte ein unterschwelliges Verständnis zwischen ihnen. Normalerweise sprach er nicht mit anderen über seine Vergangenheit, doch aus irgendeinem Grund hatte er mit Gabi gesprochen. „Also schrei einfach, wenn du irgendwas siehst, das du dir genauer ansehen willst." Er hatte plötzlich das Bedürfnis, das Gespräch in eine andere Richtung zu lenken, und begann, die Weide abzusuchen. Er konzentrierte sich darauf, was die Rinder aßen, als sie an ihnen vorbei fuhren.

„Fangen wir da an, wo wir gestern waren. Ich habe da noch einen anderen Kuhpfad gesehen und würde dem auch gerne folgen."

„Hört sich gut an." Dort angekommen, nahm er den Rucksack und ließ Gabi die Führung übernehmen. Sie hatte ihre Haare wie üblich zu einem

Pferdeschwanz gebunden und trug ihre „Uniform" aus Tanktop und Jeans.

„Wie viele Pflanzen haben wir bisher?", fragte er, nachdem sie ungefähr eine Stunde lang gegangen waren. Trotz aller Bemühungen wurde er seine wachsende Neugier auf das Energiebündel, das ihn den zweiten Tag in Folge durch seine Schlucht führte, nicht los.

Sie war heute ruhiger. Auch wenn sie immer noch mit ihm scherzte, wirkte sie verhaltener. „Sieben, einschließlich der, die wir gestern gefunden haben."

Jess kratzte sich bestürzt an der Schläfe. „Das ist unglaublich – es ist ein Wunder, dass ich überhaupt lebendes Vieh habe."

„Jess, das ist gar nicht ungewöhnlich–" Plötzlich verfing sich ihr Pferdeschwanz an einem dornigen Busch. „Au!", rief sie, als sie hängenblieb. Sie neigte den Kopf und versuchte sich zu befreien.

„Warte", sagte Jess und eilte zur Hilfe. Wenn sie versuchte, sich zu befreien, würde der Ast nur zurückschlagen und höchstwahrscheinlich einen bösen Kratzer hinterlassen. Sie waren nur ein paar Zentimeter voneinander entfernt, und er musste Strähne für Strähne aus den Dornen ziehen.

Der süße Duft ihres Haares kitzelte dabei seine Nase. Seine Finger fühlten sich groß und ungeschickt an, als sie ihren Kopf ein wenig drehte, um ihn zu beobachten.

„Lass mich einfach daran ziehen", sagte sie.

„Nein. Halt still", beharrte er und konzentrierte sich darauf, sie zu befreien, ohne dass die scharfen, zentimeterlangen Stacheln sie oder ihn dabei verletzten.

Sie stöhnte. „Stecke ich etwa für immer fest?" Ihr Blick fiel auf seine Lippen und sprang dann zurück zu seinen Augen.

Er konnte plötzlich nicht mehr klar denken. Sein Puls stolperte und seine Knie fühlten sich schwach an.

Als sich ihre klaren grünen Augen verdunkelten, als ob sie dasselbe empfand, machte sein Herz einen Sprung und sackte in seine Kniekehlen. Angesichts der Emotion zuckte er zusammen und rammte sich einen langen, harten Dorn in die Hand.

„Au!", rief er und starrte auf den Dorn, der in seiner Hand steckte.

Gabi zuckte auf seinen Schrei hin ebenfalls zusammen, und ihr Haar löste sich aus den Dornen. Sofort ergriff sie seine Hand. „Lass mich sehen."

Er glaubte, dass sie auch atemlos war, und sein Puls pochte bei ihrer Berührung unregelmäßig. Er schluckte schwer, und sein Blick fiel auf das Blut, das ihm über die Hand lief, dann konzentrierte er sich stattdessen auf sie, als ihm Schweiß auf die Stirn trat und sich alles um ihn zu drehen begann.

„Du blutest stark“, stellte Gabi fest und blickte zu ihm auf. „Und du bist *grün*! Du meine Güte, du musst dich setzen!“

Ja, das musste er. Blitze zuckten vor seinen Augen, und alles drehte sich. Gabi zog ihn zu einem umgestürzten Baum und drängte ihn, sich zu setzen.

„Du kannst kein Blut sehen!“, sagte sie und bückte sich, um ihn anzusehen. Ihre Augen weiteten sich bestürzt. „Oh nein, du kippst mir jetzt nicht um“, sagte sie, nahm seinen Hut ab und drückte seinen Kopf zwischen seine Knie.

„Wie ist das?“, fragte sie, und ihre Stimme drang wie durch einen Tunnel zu ihm. Sie hörte sich bestürzt an. „Du hast gestern zugesehen, wie wir diese tote Kuh aufgeschnitten haben. Nichts ist ekliger als das.“

Jess konzentrierte sich auf den Schmutz und das Gras zwischen seinen Stiefeln und betete, dass er nicht auf Gabis Füße fallen würde. „Es ist nur mein eigenes Blut, das mich stört.“

„Atme dann einfach ein paarmal tief durch. Das mag jetzt weh tun, aber wir müssen die Blutung stoppen und dich saubermachen.“ Sie tupfte seine Hand ab und zog dann mit fachmännischem Geschick den Dorn heraus. Routiniert – gut, dass wenigstens *jemand* die Kontrolle über die Situation hatte – übte sie Druck auf die Stelle aus. Alles, was er tun konnte, war den Kopf gesenkt zu halten, ihre Stiefel anzustarren und darauf zu warten, dass sein Magen aufhörte zu rebellieren und sein Kopf aufhörte, sich zu drehen.

„Den Dorn loszuwerden und die Blutung zu stillen wird helfen, oder?"

„Ja, gib mir nur eine Minute." Er atmete tief ein und fühlte sich schließlich weniger benommen, dann sctzte er sich auf und kam sich wie ein Verlierer vor.

Er sah ihr in ihre großen Augen.

Sie schenkte ihm ein zögerndes Lächeln, und Lachfältchen kräuselten sich an den Augenwinkeln. Er sah ihre Lippe zucken, und dann konnte sie sich nicht mehr zurückhalten und lachte. Es sprudelte zunächst als Kichern aus ihr heraus; dann lachte sie schallend, und auch wenn er sich wie ein Weichei vorkam, lachte er mit.

„Du bist ein tougher Cowboy", sagte sie dann. „Und doch warst du ein paar Minuten lang so schwach wie ein Kätzchen."

„Ja", gab er zu. „Und auf Booten bin ich auch nicht so tough..."

Ihr Schmunzeln war wie Sonnenschein. „Ich finde das perfekt. Tut mir leid, aber jeder Held braucht eine Schwäche."

„Wow, herzlichen Dank für dein Mitgefühl", sagte er und versuchte, im Moment zu bleiben und nicht auf den gefährlichen Pfad zurückzukehren, auf dem er sich befunden hatte, als der Dorn seine Hand durchbohrt hatte. In ihre funkelnden Augen zu starren half da nicht wirklich.

Einen Moment lang sah sie ihn mit Augen an, die ihn anzogen wie Zuckerwasser die Bienen. Oh ja, er dachte darüber nach, sie zu küssen – doch Panik flackerte in ihren Augen auf und sie wandte den Blick ab, als wollte sie fliehen, und dann tat sie es.

„Sieh dir das an!", rief sie plötzlich aus und kniete sich neben einen Hufabdruck.

So viel dazu.

„Wenn du dich besser fühlst, müssen wir dieser Spur folgen."

Wenn du dich besser fühlst? Sein Kopf schwirrte, und es hatte nichts mit dem Anblick seines eigenen Blutes zu tun.

Und sein Ego war im Keller. *Wenn du dich besser fühlst?*

Sicher. Großartig.

Nicht, dass sie ihm genug Zeit gegeben hätte, um es ihr auf die eine oder andere Weise zu sagen, bevor sie aufgestanden war und in eine neue Richtung ging, um ein paar von Zweigen und Unterholz halb verborgenen Hufabdrücken zu folgen.

Er stand auf und blickte ihr nach. *Was hatte er sich nur gedacht?* Er war völlig benommen gewesen, als er sein Blut gesehen hatte – nicht gerade die beste Art, ein Mädchen zu beeindrucken.

Nein. Die Frau stürmte durch den Wald und lachte sich über ihn kaputt ... *Gut gemacht, Cowboy.*

KAPITEL NEUN

„Sampson geht's großartig", sagte Susan am Mittwoch zu Esther Mae, als sie die energische Rothaarige aus dem Untersuchungsraum führte. Esther hatte ihren kleinen Hund für seine Impfungen zu ihr gebracht. Der schwarze Fellball wog ungefähr vier Pfund und hatte glänzende schwarze Augen, die unter der zotteligen Haarmähne hervor spähten, die über seine Stirn fiel. Als Dorkie war der kleine Hund eine Kreuzung zwischen einem Dackel und einem Yorkshire-Terrier.

„Komm her, Süßer." Gabi nahm Susan den schwanzwedelnden Fellball ab. Er sprang sofort in ihre Arme und versuchte, ihr Gesicht zu lecken. „Oh, Esther Mae, er ist zum Niederknien!"

„Der kleine Süße hier hat mein und Hanks Herz erobert. Aber er ist sowas von dreist. Man muss ihn die ganze Zeit im Auge behalten."

Susan und Gabi mussten beide lachen. Norma Sue, die mit Esther Mae gekommen und im Wartezimmer geblieben war, lachte mit. „Wie sein Frauchen."

Norma Sue hatte die Zeit, die sie gewartet hatte, genutzt, um Gabi darüber auszufragen, was zwischen ihr und Jess vor sich ging. Nichts, hatte Gabi versucht, sie zu überzeugen. Doch es hatte nicht funktioniert. Die alten Kupplerinnen würden glauben, was sie glauben wollten. Und sie glaubten, dass zwischen ihr und Jess mehr war.

Sie wussten nicht, dass es zwischen ihnen nichts geben konnte. Nicht, dass sie auf der Suche war, doch sie wusste mit ihrer beider Vergangenheit ... nein, keine Chance.

„Also", sagte Esther Mae mit einem verschmitzten Blick. „Das Leben wäre ziemlich langweilig, wenn wir uns alle immer perfekt benehmen würden, findet ihr nicht?"

„Wohl war", schnaubte Norma Sue. „Besonders, wenn es dich betrifft."

„Wenn es euch beide betrifft", kicherte Susan, als sich die Tür öffnete und ihr Mann eintrat.

„Hallo, die Damen", sagte Cole Turner. Er nahm seinen Strohstetson vom Kopf, ging zu Susan hinüber, legte seine Arme um sie und gab ihr einen Kuss. „Und wie geht es meiner Lieblings-Tierärztin?"

Susan wurde rot, gab ihm einen schnellen zweiten Kuss und lächelte. „Jetzt geht's ihr ganz wunderbar."

Sie waren ein gutaussehendes Paar. Susan war groß, blond und gertenschlank, ungefähr eins siebenundsiebzig, und Cole war dunkelhaarig und mindestens eins neunzig groß. Sie passten einfach zusammen.

„Ich war früh auf dem Weg nach Hause und dachte, ich komme mal vorbei, um zu sehen, ob du Zeit für ein Date hast."

„Oh, das hört sich wunderbar an." Susan wandte sich mit leuchtenden Augen Gabi zu, die an der Rezeption saß. „Wie sieht mein Zeitplan heute Nachmittag aus?"

Gabi warf einen Blick auf den Bildschirm, obwohl sie bereits wusste, dass Esther Maes Fellball der letzte Patient des Tages war. „Der Kalender sagt, dass du eine Stunde verschwinden sollst. Und tu's solange du kannst, bevor dich ein Notfall hier festhält. Geh nur. Ich nehme die Anrufe entgegen und störe dich nur, wenn irgendwas ist, womit ich nicht allein zurechtkomme."

Cole zwinkerte ihr zu. „Habe ich dir schonmal gesagt, dass ich dich liebe?", lachte er.

„Jede Woche, seit ich hier bin."

„Ich meine es ernst. Danke, dass du mir hilfst, Zeit mit meiner Frau zu verbringen."

„Gern geschehen." Gabi fühlte sich glücklich, als sie und die beiden Kupplerinnen Susan und Cole Hand in Hand gehen sahen.

„Ist doch immer wieder schön, das zu sehen", gurrte Esther Mae. „Neue Liebe ist einfach was Wunderbares."

„Oh ja, das ist es. Findest du das nicht auch, Gabi?", fragte Norma Sue.

Gabi wusste genau, worauf sie hinauswollten, und stupste Sampsons Nase an. „Ja, das finde ich auch. Und genau darum bin ich ja in diesen süßen kleinen Kerl verliebt."

„Wie wäre es mit diesem gutaussehenden Adonis von einem Holden-Mann?" Esther Mae kam zur Theke und sah Gabi erwartungsvoll an.

Als ob Gabi erzählen würde, was mit ihr draußen im Wald passiert war? Ha!

Wohl kaum.

„Esther Mae, ich habe Norma Sue schon gesagt, denk nicht mal daran. Ihr wisst, warum ich hier bin, und es hat nichts damit zu tun, einen Mann zu finden." Sie hatte kein Problem damit, den Mund zu halten, was das anging. Wenn sie Wind von der Anziehung zwischen ihnen bekämen, würden sie durch nichts aufzuhalten sein.

„Hey, wir sind die Kupplerinnen vom Dienst", sagte Esther Mae und bestätigte damit nur Gabis Argument. „Und wir mussten überhaupt nichts tun, um euch beide zusammenzubringen. Mir scheint, als ob es auch ohne unser Zutun ganz gut funktioniert."

Norma Sue starrte Esther Mae nur an, dann sah sie Gabi an und nickte. „Da hat sie Recht."

Während die beiden ihre Unterhaltung über ihr Leben fortsetzten, behielt Gabi ihre Gedanken für sich. Um ganz ehrlich zu sein, sie würde es vermissen, jeden Tag zu Jess zu gehen. Aber es war besser so. Sie war sich ziemlich sicher, dass sie den Grund für Jess' Problem bald finden würden, und dann würde sie nicht länger da rausfahren müssen. Sie hatte es in den letzten Tagen genossen, Jess' Anwesen zu durchstreifen, und natürlich gab es da die winzige Tatsache, dass dieser Mann ihr das Gefühl gab, als wäre sie gerade ohne Fallschirm aus einem Flugzeug gesprungen.

Hallo – der Mann war umwerfend, humorvoll und fiel beim Anblick seines eigenen Blutes praktisch in Ohnmacht! Süß. Und Gabi wusste, dass sie jederzeit gern zu Jess' Rettung kommen würde.

Für ein Mädchen, das nicht vorhatte, sich auf jemanden einzulassen, fiel es ihr sicher schwer, sich daran zu halten.

Sie vertraute sich in vielerlei Hinsicht nicht ...

besonders, wenn sie darüber nachdachte, was Jess als Kind durchgemacht hatte. So sehr sie es auch versuchte, sie konnte nicht aufhören, darüber nachzudenken. Sein Vater war Alkoholiker gewesen. Das Wort hallte in ihrem Kopf wider wie eine Migräne. Sie hatte ihm nicht alles über ihre Vergangenheit erzählt. Nicht einmal ihre Großmutter wusste davon.

Als sie am Tag zuvor in Jess' Augen geblickt hatte, hatte es sie getroffen – ein Bild des Ausdrucks auf seinem Gesicht, wenn er herausfand, dass sie ihren eigenen Kampf mit dem Trinken hinter sich hatte. Ihr Magen wurde sauer vor Scham, wenn sie nur daran dachte, was er oder all die anderen über sie denken würden, wenn sie davon erführen.

Nein, alles zwischen ihnen war rein geschäftlich, denn alles andere war von vornherein zum Scheitern verurteilt.

Und sie konnte niemandem die Schuld daran geben außer sich selbst.

* * *

„Giftpflanzen", grunzte Applegate. App saß an seinem üblichen Tisch am Eingang des Diner, in ein Dame-Spiel mit Stanley vertieft. „Ist das nicht ein Tritt in die

Hose?“ Seine Worte übertönten selbst den Lärm des voll besetzten Restaurants.

„Und ob“, stimmte Stanley zu und spuckte Sonnenblumenhülsen wie ein Maschinengewehr aus. Die Granaten trafen mittig in den Spucknapf – und warum nicht? Die beiden Rentner hatten viel Übung darin. Es war nichts Ungewöhnliches daran, dass die kleinen Jungen in der Stadt ihr Sonnenblumenhülsenspucken übten.

Morgens brummte für Sam das Geschäft, da mehrere Tische mit Cowboys voll besetzt waren, die ihr Frühstück bestellten, bevor sie zur Arbeit gingen. Jess würde gleich nach Oklahoma aufbrechen, um Clint Matlock eine Ladung Vieh zu liefern, und er und Kurt hatten sich zum Frühstück verabredet. Er musste bis zum Ende des Tages zurück sein, damit er am nächsten Tag Kurts Rodeotiere in einen kleinen Ort in der Nähe von Houston liefern konnte.

„Ja, das vermuten sie“, sagte Jess dem älteren Mann.

„Du hast ja ein hübsches Mädchen, das dir beim Suchen hilft“, polterte App.

„Ja, es ist wirklich nett von Gabi, dir zu helfen.“ Sam stellte zwei Teller mit Eiern und Speck vor Kurt und Jess auf den Tisch. „Sie ist ein Schatz.“

„Ja, das ist sie“, stimmte Kurt zu. „Wir schulden

ihr was. Susan auch. Doch wenn Gabi nicht mit Jess rausgegangen wäre und gesucht hätte, würden wir etliche Tage hinterherhinken und hätten wahrscheinlich noch mehr Vieh verloren.“

„Das stimmt. Ich wette, Susan ist froh, dass sie so eine gute Assistentin eingestellt hat“, dröhnte App.

„Und hübsch ist sie auch noch“, fügte Stanley hinzu und lächelte Jess an. „Das hast du doch auch bemerkt, oder, mein Sohn?“

Kurt grinste ihn über den Tisch hinweg an, als sich mehr als ein paar Augen in seine Richtung umdrehten. „Ja, Jess. Hast du bemerkt, wie hübsch sie ist?“

Er warf Kurt einen finsteren Blick zu. Er brauchte niemanden, der die älteren Männer noch weiter aufstachelte. „Ich habe es bemerkt“, war alles, was er sagte.

„Hübsch, klug, süß und auch ein gutes Mädchen. Wenn du mich fragst, ist das eine perfekte Kombination“, sagte Sam. „Natürlich bin ich ein bisschen parteiisch, was sie angeht. Meine Adela ist so glücklich, dass Gabi hierher zurückgezogen ist, dass ich jeden Tag, den sie bleibt, unendlich dankbar bin.“

Jess nickte. „Alles, was du über Gabi gesagt hast, ist wahr. Ich bin mir auch ziemlich sicher, dass sie gute Zähne hat und all ihre Impftermine wahrgenommen hat.“

Die drei alten Männer starrten ihn an – Kurt ebenso.

Jess hob seine Hände. „Hey, seht mich nicht so an", schnaubte er. Er fühlte sich ein wenig in die Ecke gedrängt und mochte es nicht. „Ihr redet über sie als wäre sie das beste Pferd im Stall."

Kurt schmunzelte, biss ein Stück knusprigen Speck ab und kaute. Nachdem ihm bewusst geworden war, dass das Vieh in Sicherheit war, war er begeistert gewesen zu sehen, dass Jess und Gabi so viel Zeit miteinander verbracht hatten.

„Sie *ist* das beste Stutfohlen auf dem Markt", sagte Sam defensiv. „Und eines nicht allzu fernen Tages wird ein kluger Cowboy kommen und das kleine Mädchen von ihren Füßen fegen."

Jess schob sich eine Gabel Rührei in den Mund und sagte nichts. Er erinnerte sich jedoch daran, wie er mit ihr im Wald gestanden hatte, während sie sich um seine blutende Hand gekümmert hatte. Sie hatte wahrscheinlich gedacht, dass er ein Weichei war, doch er konnte sich nur daran erinnern, wie sehr er sie küssen wollte. Wie gut sie geduftet hatte und wie hübsch ihre Augen waren, als sie ihm in seine geblickt hatte.

„Bist du auf dem Jahrmarkt dieses Wochenende in der Jury für den besten Brombeerstreusel?" fragte App

Jess. Er sprang auf eine von Stanleys schwarzen Damen und lächelte triumphierend.

„Grins nicht so, du alter Bock", warnte Stanley, während er das Spielbrett betrachtete. „Ah-ha!" Er nahm einen Spielstein vom Rand und warf die ungeschützte Dame vom Feld. „Das passiert, wenn du nicht aufpasst."

Jess war sich nicht sicher, ob jemand ihm Beachtung schenkte, doch er antwortete trotzdem. „Ja. Dieser dumme Cowboy würde nie einen Brombeerkuchen ablehnen, und das wisst ihr auch."

Sam war auf dem Weg aus der Küche, um Essen zu servieren, blieb aber neben seinem Tisch stehen. „Ich bin es leid zu hören, wie diese alten Hühner mit ihrem Brombeerkuchen angeben. Jedes Jahr dasselbe. Norma Sue und Esther Mae gehen mir damit so richtig auf die Nerven."

Jess lachte. „Ja, aber ich kriege dabei alles, was ich will. Und du weißt, die Beere, die ich nicht mag, muss erst noch erfunden werden. Ich mag Brombeeren, Himbeeren, Erdbeeren, Blaubeeren, Cranberries–"

Sam schmunzelte. „Wie wäre es mit Newberrys?"

Kurt schüttelte den Kopf. „Den hast du dir selbst zuzuschreiben, kleiner Bruder."

Jess gab auf. „Ja, Sam. Aber komm schon, was gibt's an ihr denn nicht zu mögen? Sie ist ein nettes Mädchen. Du magst sie auch."

„Ja. Aber falls du es nicht bemerkt hast, sind wir steinalt und hatten unsere Liebe schon“, sagte App fast in normaler Lautstärke. „Wir versuchen, dir zu helfen. Aber manchmal denke ich, dass bei euch jungen Hüpfern ein paar wichtige Drähte zu kurz gekommen sind.“

„Definitiv“, grunzte Stanley und holte weitere Sonnenblumenkerne aus dem halbleeren Fünf-Pfund-Beutel. „Wir versuchen, dich auf den richtigen Weg zu bringen.“

„Und du spielst nicht gerade gut mit“, blaffte Sam und ging dann zur Sitznische neben der Jukebox, wo er die Teller mit Essen vor dem hungrigen Haufen Cowboys auf den Tisch knallte.

Die alten Jungs waren heute ein bisschen empfindlich.

Jess begegnete Kurts wachsamen Augen über den Rand seines dampfenden Kaffees. Sein Bruder schien sich prächtig zu amüsieren damit.

Doch Jess viel nicht auf den Köder rein. Er sagte nichts.

Wenn diese Leute wüssten, wie oft er an Gabi dachte, würden sie ihn nie in Ruhe lassen. Und er hatte in den letzten Tagen ununterbrochen an sie gedacht.

Er hatte sich zusammenreißen müssen, sich keine Ausreden auszudenken, um zur Tierklinik zu fahren.

Doch er ging nicht. Egal wie versucht er auch war.

Nein. Er bekam vielleicht beim Anblick seines eigenen Blutes weiche Knie, doch für eine Frau hatte er noch nie weiche Knie bekommen.

Er hatte das Gefühl, als wäre sein Sattel verrutscht und er ritt seitwärts. Gabi Newberry ließ ihn Dinge fühlen, die er nicht gewohnt war, und er war sich nicht sicher, was er dagegen tun sollte.

Eines wusste er – in Gegenwart der drei alten Männer musste er den Mund halten.

Sie würden ihn sonst in Schwierigkeiten bringen und es in vollen Zügen genießen.

Nein, was Gabi betraf, musste er vorsichtig vorgehen.

KAPITEL ZEHN

„Riech nur diese Zuckerwatte." Gabi atmete tief ein, als sie und Grandma am Freitagmorgen zum Jahrmarkt gingen. „Ich könnte mein Gewicht in Zuckerwatte essen."

„Ja, aber dann hättest du keinen Platz für den Kuchen."

„Leider wahr." Gabi seufzte. Sie hatte zugestimmt, Richterin beim Brombeerkuchenwettbewerb zu sein, und war ein bisschen nervös deswegen. Die Frauen hier in der Gegend nahmen ihren Brombeerkuchen sehr ernst. Aber hey, sie liebte Brombeeren.

Überall auf dem Messegelände herrschte Aufregung. Hier und da rannten Kinder herum, und ihr Lachen vermischte sich mit dem Wiehern von Ziegen, Färsen und anderem Getier.

Als sie sich den Hühnerställen näherten, brachen Schreie und Gelächter aus, als die Hühner plötzlich entkamen und überall herumzuflattern begannen.

Erschrocken blieben Gabi und Adela stehen, als ein kleiner Junge von ungefähr zehn Jahren ein Huhn packte, stolperte und mit dem Gesicht voran in eine Pfütze fiel.

Gabi wollte ihm helfen und fürchtete, dass er sich wehgetan hatte. Doch noch bevor sie ihn erreichen konnte, sprang er auf, lachte und rannte dem entkommenen Huhn hinterher.

„Ich denke, das bedeutet, dass es ihm gut geht", sagte Gabi lächelnd zu ihrer Großmutter. „Das dürfte lustig werden", fügte sie hinzu. Überall war Action.

„Ich hatte gehofft, dass du das denkst. Erinnerst du dich, als du am Abend der Versteigerung ein Ferkel vorgeführt und es in diesen kleinen schwarzen Smoking gesteckt hast? Du hast damals so viel Spaß gehabt."

Gabi erinnerte sich. „Homer war ein sehr hübsches Ferkel und hat mit seinen guten Genen später eine ganze Herde kleiner Ferkel gezeugt." Sie hatte einen Beruf gewählt, in dem sie mit Tieren zu tun hatte, weil sie sie liebte. Doch irgendwann hatte Gabi begonnen, nach mehr Aufregung zu suchen als sie in den einfachen Dingen des Lebens gefunden hatte. Irgendwie war sie vom Weg abgekommen.

Adelas warmer Blick zog Gabi an, und sie wusste, dass ihre Großmutter etwas ganz Ähnliches dachte. „Ich könnte mir gut vorstellen, dass seine Nachkommen diese Woche hier antreten", sagte sie und ließ den Augenblick gemeinsamen Verstehens hinter sich.

„Das kann ich mir gut vorstellen", lachte Gabi. So abwegig war der Gedanke nicht. Ihr Schwein war großartig gewesen.

Als sie durch die Arena gingen, hielten sie hier und da an, um mit Leuten zu reden, die sie kannten. Ungefähr zwanzig Minuten später erreichten sie die Scheune, in dem die Kunst- und Lebensmittelwettbewerbe stattfanden. Das Gebäude befand sich ein Stück weit von den Stallungen entfernt auf einem kleinen Hügel, weit weg vom Trubel. Die Scheunentore waren auf beiden Seiten offen, sodass man leicht das Treiben am Fuß des Hügels sehen konnte.

Im Gebäude befanden sich Tische, auf denen bereits diverse Kuchen ausgestellt waren. Der Duft süßer Beeren lag in der Luft und ließ Gabis Magen sofort knurren.

„Ju-hu!" Esther Mae eilte auf sie zu. Ihre Wangen waren so pink wie die Bluse, die sie trug – irgendwo zwischen Fuchsia und Pflaume. „Ihr seid gerade rechtzeitig gekommen. Wir wollen gleich anfangen. Rose Cantrell leitet diesen Wettbewerb, musste aber kurz ins Büro und wird gleich zurück sein."

Dann sah sie Norma Sue und Jess auf der anderen Seite des Raumes. Sie hatte ihn seit Mittwoch nicht mehr gesehen, und obwohl es sie irritierte und sie sich wünschte, dass dem nicht so wäre, konnte sie nicht leugnen, dass sie ihn vermisst hatte.

Sein magnetischer Blick traf auf ihren. Sie war sich sicher, dass jeder hier das Pochen ihres Herzens hören konnte.

Das war jedoch nichts Ungewöhnliches. So etwas passierte jeden Tag. Aber als er auf sie zuging, wusste sie, dass diese seltsame Verbindung zwischen ihnen nichts war, was sie je zuvor gespürt hatte. Eine Woche! Sie kannte den Cowboy erst seit einer Woche…

„Wie ich höre, sind wir die Jury für den Brombeerkuchenwettbewerb." Er schenkte ihr sein süßes Lächeln, das ihn so aussehen ließ, als wüsste er ein Geheimnis, das sonst niemand kannte.

„Ach, sind wir das?", brachte sie heraus und versuchte, dem Zauber dieses Lächelns nicht zu erliegen. Sie sah ihre Großmutter vorwurfsvoll an.

Adela sah unglaublich unschuldig aus und lächelte gelassen.

Plötzlich begriff Gabi, dass die Verschwörung in vollem Gange war.

„Ich hab sie!", rief Rose Cantrell, eilte ins Gebäude und winkte mit einem Stapel Papier. „Tut mir leid wegen der Verzögerung, aber jetzt, wo wir die Punktekarten haben, können wir loslegen."

Adela schien es überhaupt nicht zu stören, ihre eigene Enkelin hinters Licht geführt zu haben, denn sie stellte Gabi Rose vor, als wäre nichts geschehen. Rose Cantrell besaß eine kleine Firma, die Kaktusfeigenmarmelade herstellte, und war mit dem Deputy der Stadt verheiratet, der ein Texas Ranger gewesen war und Rose einst im Zeugenschutzprogramm beschützt hatte. In weniger als zwei Minuten erfuhr Gabi von Esther Mae alles über Rose' Geschichte. Sie redete ohne Punkt und Komma und praktisch ohne Luft zu holen.

Rose wurde rot. „Esther Mae, Gabi ist nicht hier, um meine Lebensgeschichte zu hören", sagte sie und wandte sich Gabi zu. „Keine Sorge, sie wird dich später nicht abfragen."

„Dann ist ja gut, aber ich glaube, ich bin bereit dafür", schmunzelte Gabi, froh, etwas zu haben, das sie von dem Mann ablenkte, der geduldig neben ihr stand.

„Lasst uns loslegen", rief Norma Sue von dort, wo sie die Tür eines Wandschranks geöffnet hatte. „Ihr müsst hier rein, während wir alles fertig vorbereiten."

„Wie bitte?“, fragte Gabi, sicher, dass sie sie falsch verstanden hatte. „Da rein?“ Gabi ging zu Norma Sue, und Jess folgte ihr.

„Das ist ja was ganz Neues.“ Jess klang so misstrauisch, wie sie sich fühlte.

Rose sah sie entschuldigend an. „Die anderen haben sich dafür ausgesprochen. Tut mir leid, dass es so eng ist. Aber es wird nicht lange dauern.“

Jess beugte sich über ihre Schulter und spähte mit einem seltsamen Gesichtsausdruck in die Kammer.

„Sag’s nicht“, flüsterte Gabi, sich seiner allzu bewusst. „Du hast auch Platzangst.“

Seine gebräunten Wangen färbten sich rosa. „Nein.“

„Tut mir leid“, murmelte sie und biss sich auf die Lippe, um ein Kichern zu unterdrücken.

„Nachdem wir ein Stückchen von jedem Kuchen geschnitten und nummeriert haben“, erklärte Rose, „rufen wir euch. Dann setzt ihr euch hier an diesen Tisch und fangt mit eurer Verkostung an.“ Sie zeigte auf einen langen Tisch in der Mitte des Raumes.

Gabi hatte Stunden damit verbracht, mit Jess über die Weiden zu wandern, und spürte, wie diese Anziehung im Laufe der Woche gewachsen war. Und jetzt sollten sie und Jess in diesen Wandschrank gehen und warten?

Nur sie beide.

Plötzlich war Gabi nicht mehr zum Lachen zumute, und sie starrte Jess in die Augen.

* * *

Äpfel. Gabis Haar roch nach Äpfeln. Es kitzelte seine Nase wie der Duft eines frisch gebackenen Apfelkuchens. Er schluckte und versuchte, an Kuchen zu denken, nicht an Gabi. Doch sie ging ihm schon seit Tagen nicht mehr aus dem Kopf.

Und jetzt, in einem Raum von der Größe einer Satteltasche, war es schwer, sich auf etwas anderes als sie zu konzentrieren.

Norma Sue lächelte sie von der Tür aus an. „Entspannt euch. Ich komme in ungefähr zehn Minuten wieder." Dann schlug sie die Tür zu!

Gabi sah ihn amüsiert an. „Sie machen es ihrer Jury richtig nett, nicht wahr?"

„Wahnsinnig witzig", knurrte er. Die Tatsache, dass er mit einer schönen Frau in einem Wandschrank eingesperrt war, entging Jess nicht. Nicht, nachdem er fast eine Woche lang daran gedacht hatte, sie zu küssen. Er kämpfte gegen das Bedürfnis an, ihr näher zu kommen, nicht, dass sie sich noch viel näher hätten kommen können. Er hatte sie vermisst. Er war kurz davor gewesen, zu ihr zu gehen, um mit ihr zu reden, als sie hereingekommen war. Und seine Knie fühlten sich irgendwie weich an, doch diesmal hatte es nichts damit zu tun, dass er Blut sah. Er stand mit einer Schulter an der Tür da, während sie mit dem Rücken an einem Regal ihm gegenüber stand, eine Schulter an seiner Brust. Sie drehte sich plötzlich um und ertappte ihn mit seiner Nase in ihren Haaren.

„Ähm, du riechst gut", platzte er heraus.

Ihre Augen, grün wie ein polierter Apfel, durchbohrten seine. „Wenn du vorhin an mir geschnuppert hättest, nach dem, was ich heute mit sechzig Rindern gemacht habe, hättest du dich nicht gefreut, mit mir in einem Fußballstadion eingesperrt zu sein."

Er lachte. „Dann würde ich sagen, dass heute mein Glückstag ist."

Ihre Lippen verzogen sich zu einem Lächeln und ihr Grübchen sagte Hallo. Sie sah sich im Schrank um. „Naja, das hängt wahrscheinlich von der Perspektive ab."

Oh, seine Perspektive war großartig. Ihr gegenüber. Sie standen einander gegenüber und keine zwanzig Zentimeter voneinander entfernt. Er hatte ein bisschen Platz, um sich zurück oder seitwärts zu bewegen, doch er blieb stehen.

Er hatte die ganze Woche an sie gedacht. Hatte sie nicht aus seinen Gedanken verdrängen können, egal, wie sehr er es versucht hatte.

Jess war kein Fan von Frauenfilmen, doch er hatte einige gesehen, und es gab oft dramatische Pausen, in denen sich die Kamera den beiden Hauptfiguren näherte, die einander sehnsüchtig in die Augen starrten. Bis zu diesem Moment hatte er das für ziemlich komisch gehalten.

Doch im Wald hatte er sich genauso gefühlt. Er wehrte sich gegen den überwältigenden Drang, Gabi in die Arme zu schließen und sie zu küssen – genau wie im Film.

Was passiert hier?

Die Realität der Situation ließ ihn versuchen, zurückzuweichen. Gabi auch.

Bevor einer von ihnen etwas sagen konnte, riss Norma Sue die Tür auf.

Wenn sein Gesichtsausdruck dem von Gabi auch nur ansatzweise ähnelte, sahen beide aus wie Rehe im Scheinwerferlicht.

„Okay, ehrwürdige Richter. Macht euer Ding", sagte Norma Sue und lächelte Jess an, als wüsste sie genau, was er gedacht hatte.

Was sie natürlich nicht wissen konnte.

Jess brauchte Platz. Er wollte sich nicht in Gabi

verlieben. Er eilte zum Tisch, ließ sich auf den Klappstuhl aus Metall sinken und starrte auf die zwanzig kleinen Pappteller mit verschiedenfarbigen Kuchen. Selbst die Versuchung eines Brombeerkuchens konnte seinen Kopf nicht klären.

Sein Magen rebellierte, seine Handflächen schwitzten, seine Nerven flatterten. Er hatte nie – und er meinte *nie* – eine Reaktion wie die erlebt, die er gerade auf Gabi Newberry in diesem Schrank gehabt hatte. Jedes Mal, wenn er in ihrer Nähe war, wurde dieses Ding, diese Anziehungskraft immer größer. Sie schien ein Eigenleben zu entwickeln.

* * *

Jess steckte sich einen Löffel voll von Kuchen Nummer sechs in den Mund, schloss die Augen und genoss die Brombeeren. Er sah aus, als wäre er gerade durchs Himmelstor getreten.

Gabi musste lachen. „Ich kann sehen, warum sie wollten, dass du in der Jury bist. Du hast viel zu viel Spaß.“

Er öffnete ein Auge und lächelte. „Ich freue mich das ganze Jahr darauf. Und ich kann dir sagen, dass die Vorteile mit dem Wettbewerb nicht aufhören.“ Er öffnete sein anderes Auge. „Ich bekomme das ganze

Jahr über Brombeerkuchen zum Verkosten."

„Ich fass es nicht." Gabi schnappte nach Luft. „Du lässt dich bestechen?"

Er sah beleidigt aus. „Keine Bestechung. Nur vorläufige Geschmackstests." Er zuckte mit den Schultern. „Alles, was ich tue, ist, mich zu bedanken und Kuchen zu essen."

„Aber dann weißt du wahrscheinlich, wessen Kuchen du gerade isst."

Ein Lächeln breitete sich auf seinem Gesicht aus.

„Es ist wahr!" Gabi beugte sich zu ihm vor und zischte: „Wissen *sie*, dass du weißt, wessen Kuchen du isst?"

„Machst du Witze? Ich bin mir selbst nicht sicher, weil sie ihre Rezepte immer optimieren. Und selbst wenn ich es wüsste, würde es meine Entscheidung nicht beeinflussen. Außerdem sind zwei Stimmen erforderlich, um einen Gewinner auszuwählen, und normalerweise hilft mir jedes Jahr jemand Neues. Dieses Jahr sitzt du auf dem heißen Stuhl."

„Ich hatte nicht erwartet, dass es so schwer wird."

„Was ist schwer daran? Du isst Kuchen und darfst meine gute Gesellschaft genießen."

Unmöglich, dieser Mann!

Er war zu süß. Wie er es sagte, und das spöttisches Gesicht, das er dabei zog. Er war einfach bezaubernd –

und sie meinte nicht wie ein Welpe! Sie hatte mächtigen Ballast, was Jess betraf, und dadurch die Perspektive behalten, dass jede Anziehungskraft zwischen ihnen niemals irgendwohin führen könnte. Sie war froh, dass sie seine Geschichte und seine Meinung, was Alkohol anging, erfahren hatte. Das half ihr, sich nicht Hals über Kopf in irgendetwas hineinzustürzen. Wenn sie es nicht gewusst hätte, hätte sie in echte Schwierigkeiten geraten können.

„Gute Gesellschaft? Wo?" Sie blickte nach rechts und links und wandte sich dann mit unbeeindruckter Miene ihm zu.

„Hey, auch wenn du nicht denkst, dass ich gute Gesellschaft bin, ich finde dich fantastisch."

Gabis Herz setzte einen Schlag lang aus. Das schien langsam zur Gewohnheit zu werden.

„Nach all der Zeit, die du damit verbracht hast, Blutproben zu entnehmen und nach Giftpflanzen zu suchen, wäre ich ein Dummkopf, wenn ich dich nicht für großartig halten würde."

Ihr Herz sackte ihr mit überraschender Wucht in die Kniekehlen. Als hätte sie gehofft, dass er sie wirklich, wirklich auf persönlicher Ebene fantastisch oder großartig fand. „Das hoffe ich doch, Kumpel", lächelte sie ein wenig gezwungen. „Sei froh, dass ich meinen Job liebe."

Er schob sich einen weiteren Bissen Kuchen in den Mund und schloss die Augen. „Ich liebe meinen Job auch."

Gabis Magen fühlte sich schwach an. Sie schluckte und nahm den nächsten Teller. „Aber im Ernst. Die anderen, die nicht gewonnen haben, liegen dir nach dem Wettbewerb nicht in den Ohren?"

„Nein. Sie geben sich nächstes Jahr einfach mehr Mühe."

„Das heißt, du bekommst mehr Kuchen."

Er grinste. „Oh ja. Es ist eine Win-Win-Situation."

„Du genießt das, nicht wahr?"

Er kratzte seinen Löffel am Rand des fast leeren Tellers entlang. „Und wie!"

Gabi konnte nicht anders. Sie stützte ihre Ellbogen auf den Tisch, ließ den Kopf in die Hände sinken und lachte so heftig, dass ihre Schultern zitterten. Süßes Lächeln und Charme hatten eine begrenzte Schlagkraft im Leben. Die Liebe zum Brombeerkuchen war das Geheimnis. Zumindest schien sie das für Jess zu sein.

Dann traf es sie wie ein Schlag. Sie blickte auf, begegnete seinem Blick und fühlte sich plötzlich sehr traurig. Das war ein Mann, dessen Mutter ihn und seine Brüder in jungen Jahren verlassen hatte. Sicher hatte er in seiner Kindheit nie viele selbstgebackene Leckereien bekommen.

All diese Brombeerkuchen füllte wahrscheinlich eine Lücke in ihm… und er bemerkte es womöglich nicht einmal.

Ein unerwarteter Anflug von Emotionen überwältigte Gabi. *Wie konnte eine Mutter so etwas tun?*

Plötzlich hörten sie Geschrei von draußen.

Norma Sue rief vom Eingang aus: „Achtung, wir haben einen Ausbrecher!"

Jess bewegte sich bereits blitzschnell auf die großen geöffneten Türen zu. Gabi folgte ihm.

„Ein Ausreißer!", kreischte Esther Mae, wedelte mit den Armen und zeigte auf die riesige Färse, die den Hügel hinauf stürmte. Kinder stoben wie Ameisen auseinander und versuchten, ihr auszuweichen.

Cowboys, die hätten versuchen können, das Tier aufzuhalten, rissen stattdessen Kinder in Sicherheit. Offensichtlich hatte die Färse ein paar Pferche überrannt, denn überall waren Hühner, die zwischen den Jahrmarktsbesuchern in der Staubwolke herumflatterten, die die aufgeregte Färse aufgewirbelt hatte.

Gabi schob sich vor die Frauen, die vor der Tür standen.

„Geht rüber auf die Seite des Gebäudes!", schrie Jess allen zu.

Gabi ignorierte Jess' Warnung und dachte an die älteren Damen, die hinter ihr Schutz suchten. Schützend breitete sie ihre Arme vor den Damen aus. *Was war nur mit dieser Färse los?*

* * *

Gerade als Jess dachte, er hätte alles unter Kontrolle, damit er die wildgewordene Färse fangen konnte, sah er aus dem Augenwinkel, dass Gabi sich neben ihm aufbaute.

„Was tust du da? Geh aus dem Weg", schrie er.

„Auf keinen Fall", schrie Gabi zurück.

„Weib!", fluchte er abgelenkt, als er nach dem Führstrick hechtete, der am Halfter der Färse schwang. Das Tier stürmte an ihm vorbei direkt auf das leere Gebäude zu.

„Haya!", schrie Gabi und wedelte mit den Armen. Sie rannte diagonal hinter ihm her und stellte sich zwischen das offene Scheunentor und die Färse.

„Raus hier."

Jess sah eine Katastrophe nahen.

„So macht man das, Gabi!", rief jemand, der sich wie Esther Mae anhörte.

Jess sprang in Gabis Richtung, schlang einen Arm um ihre Taille, riss sie von den Füßen und wirbelte sie aus dem Weg der Färse.

Nichts konnte das Tier aufhalten. Es stürmte direkt in den Brombeerkuchenwettbewerb!

Blut schoss in Jess' Kopf, so wütend war er. „Hast du den Verstand verloren?", schrie er, als Glas zerbrach, Tische flogen und Metallstühle knirschten. „Das könntest du sein, die das Vieh da gerade pulverisiert."

„Ich?", schrie Gabi zurück und bemühte sich, sich aus seinem Griff zu befreien. „Zusammen hätten wir verhindern können, dass sie da reingeht, du Trottel!"

„Vielleicht hätte ich es geschafft, aber ich war zu beschäftigt damit, *dich* zu retten."

Zum Glück waren ein paar andere Cowboys dazu gekommen und rannten ins Gebäude.

„Lass mich runter", zeterte Gabi.

„Du hättest dich gerade fast wieder umgebracht", polterte Jess und sah rot, als er Gabi absetzte und sie einander wütend anstarrten.

* * *

Männer! Gabi schoss das Adrenalin durch die Adern, als sie Jess mit vor Schock offenem Mund anstarrte. *Wie konnte er es wagen?*

Ein gewaltiges Krachen hallte durch das Gebäude, und mehrere Männerstimmen schrien durcheinander.

Jess warf einen Blick über seine Schulter in die Scheune und starrte sie dann wieder an.

„Bleib, wo du bist." Er zeigte auf den Boden unter ihren Füßen.

Sie ignorierte ihn. „Ich kann helfen. Geh da rein und hör auf, dir Sorgen um mich zu machen…" Weiter kam sie nicht, bevor die Färse wieder nach draußen stürmte, bedeckt mit klebrigem Brombeerkuchen.

Jess stürzte sich auf das Seil und schnappte es sich. Die wildgewordene Kuh wehrte sich, und Gabi zog mit Jess am Seil. Es war glatt von der klebrigen Brombeerfüllung und schwer festzuhalten – offensichtlich der Grund, warum es den anderen Cowboys nicht gelungen war, sie aufzuhalten. Zusammen hielten sie es fest, während Jess das Halfter packte und festhielt, und die anderen Cowboys kamen, um zu helfen.

Endlich bekamen sie das Tier unter Kontrolle, und die anderen Männer brachten es zurück in einen Pferch.

„Was sollte das da eben?" Jess drehte sich zu ihr um, sobald die Färse verschwunden war.

„Was schon? Ich hab dir geholfen." Gereizt schritt Gabi den kleinen Hügel hinauf, weg von ihm.

„Gabi, man wirft sich nicht einfach so vor wildgewordenes Vieh. Was hast du dir dabei gedacht?"

Er klang wie eine kaputte Schallplatte! Sie drehte sich zu ihm um. „Dasselbe, was *du* dir gedacht hast – die Färse aufhalten, bevor sie jemanden verletzt."

„Du hättest verletzt werden können!"

„Du auch! Du hast dich ihr in den Weg gestellt, weil du wusstest, dass du sie aufhalten oder bremsen kannst. Das hätte ich auch gekonnt."

Wieder starrten sie einander an.

„Gabi", keuchte Esther Mae, die mit Norma Sue, Adela und Rose zu ihnen kam. „Ich dachte, das Biest würde dich überrennen. Jess, das war so mutig von dir, sie so zu packen."

„Ich habe keine Rettung gebraucht, Esther Mae", stieß Gabi hervor und versuchte, nicht die Geduld zu verlieren.

„Von da, wo wir gestanden haben, sah es schon so aus", sagte Norma Sue gedehnt. Norma Sue, die Rancherin, lebte in Jeans oder Latzhosen. Heute war es eine Latzhose und während sie sprach, hakte sie ihre Hände um die Träger und wippte auf den Fersen ihrer Stiefel zurück.

„Ach, so sah es aus?", konterte Gabi trocken. „Ich habe Beine. Ich habe gute Reflexe."

Gabi schüttelte den Kopf und marschierte davon, um sich die Schäden im Inneren des Gebäudes anzusehen. Tische und Stühle waren umgeworfen und überall klebten Beerenfüllung und Kuchen.

„Huch", sagte sie.

„Whoa." Jess pfiff durch die Zähne und blieb neben ihr stehen. Die Menge, die sich um sie herum versammelte, schnappte nach Luft.

„Du meine Güte", keuchte Adela hinter Gabi.

Es sah so aus, als hätte hier eine Essensschlacht stattgefunden.

„Was für eine Sauerei." Norma Sue verzog das Gesicht und klopfte Jess auf den Rücken. „Gehe ich recht in der Annahme, dass ihr euch noch nicht für den Gewinner des Wettbewerbs geeinigt habt, bevor das Vieh hier alles auf den Kopf gestellt hat?"

KAPITEL ELF

Jess hatte Viehfutter bei Pete's Feed and Seed abgeholt. Im Futterladen wurde viel über die Dürre und die Sorge gesprochen, dass sich sein Pflanzenproblem im gesamten Landkreis ausbreiten könnte. Alle beobachteten seine Situation mit wachsendem Interesse. Wie Gabi erklärt hatte, verursachten Dürrebedingungen ein ungünstiges Verhältnis von Pflanzen, die in geringeren Mengen relativ unschädlich waren. Wahrscheinlich waren die Rinder einer Blausäure- und Nitratvergiftung erlegen. Nur welche Pflanze war daran schuld?

Es war auch die Rede von der wildgewordenen Färse, die den Brombeerkuchenwettbewerb zunichtegemacht hatte. Danach war Jess nach Hause gefahren. Er war immer noch verärgert über Gabi wegen ihrer unüberlegten Reaktion in dieser gefährlichen Situation.

Er war nach dem Mittagessen in seinem Büro, als Gabi vor dem Gebäude anhielt. Die letzten zwei Anrufe waren von Viehkäufern gewesen, die wollten, dass er ihr Vieh transportierte, als er sah, wie ihr Auto durch das Tor fuhr. Geradezu verantwortungslos stur wie sie war, war Jess von Gabis kopflosem Verhalten enttäuscht gewesen. Ja, er wusste, dass sie viel mit Vieh zu tun hatte. Vielleicht war sein Beschützerinstinkt ihr gegenüber ein wenig übertrieben. Vielleicht auch nicht. Eines war sicher – heute würde es interessant werden.

Das Telefon klingelte erneut, als er von seinem Stuhl aufstand. Er nahm den Hörer ab und hoffte, dass es ein kurzer Anruf war.

„H & H Ranch", sagte er geistesabwesend, als er Gabi dabei beobachtete, wie sie aus ihrem Truck stieg.

„Hi Jess. Ich ... ich bin's, deine Mutter. Hast du einen Moment Zeit?"

Seine Hand schloss sich fester um den Hörer, die Versuchung, aufzulegen, war stark. Es störte ihn, dass die Wut, die er auf seine Mutter hatte, ihn immer noch so beeinflusste. Wenn sie in der Nähe war, schaffte er es, höflich zu sein, doch er hätte lügen müssen, wenn er behauptete, dass er nicht froh war, dass sie nicht oft in der Nähe war.

„Hallo Rhonda. Ich wollte gerade gehen." Er

verspürte einen Anflug von Schuldgefühlen. *Doch warum fühlte er sich schuldig, wo sie doch diejenige war, die gegangen war und ihre Kinder zurückgelassen hatte?* Er fuhr sich mit der Hand durch die Haare und ließ den Kopf hängen. „Was brauchst du?"

Es folgte eine lange Pause. „Ich brauche nichts, Jess. Ich habe angerufen, um–"

Gabi klopfte an die Tür. In Anbetracht dessen, dass sie ihn durch das Glasfenster sehen konnte, blieb ihm nichts anderes übrig, als sie hineinzuwinken.

„Um zu sehen, ob du am Samstag in zwei Wochen in der Stadt sein wirst", sagte Rhonda, als Gabi hereinkam. „Ich hatte gehofft, ein bisschen Zeit mit dir verbringen zu können. Und vielleicht zu reden, bevor ich in der darauffolgenden Woche zum Rodeo komme."

Reden. Zeit mit ihm verbringen. Sein Instinkt wollte sagen: „Ein bisschen spät dafür." Aber um Kurts und Colts willen tat er es nicht. „Ich bin da." Die Worte waren angespannt und knapp, belastet von der Erinnerung, dass er als Kind so oft gebetet hatte, dass „Rhonda" nach Hause kommen würde. Zeit mit ihm verbringen. Sein, was sie für ihn hätte sein sollen. Seine Mutter.

„Gut. Dann sehen wir uns dann."

„Ja, okay. Aber jetzt muss ich Schluss machen." Wenn sie in der Nähe war, hielt er normalerweise seine Gefühle in Schach. Doch der Anruf hatte ihn überrascht und ließ seine Gefühle aufflammen.

Und dann war da noch Gabi, die in der Tür stand.

„Hey", sagte er und fühlte sich gereizt, als er auflegte. „Dann sind wir wohl bereit."

„Ich denke schon. Unangenehmer Anruf?"

Mit gerunzelter Stirn nahm er seinen Stetson von der Hutablage neben der Tür.

„Tut mir leid, das hätte ich nicht fragen sollen. Geht mich nichts an."

Er zuckte mit den Schultern. „Kein Problem. Lass uns gehen. Ich bin seit einer Stunde hier am Telefon und brauche dringend frische Luft."

„Naja, wenn du es heiß magst, hast du Glück."

„Im Moment", sagte er, unfähig, seinen Ärger einzudämmen, „nehme ich frische Luft und freies Feld, wie immer ich es bekommen kann." Er hielt Gabi die Tür auf, und der Duft ihres Apfelshampoos verstärkte seine Verzweiflung.

* * *

„Du hast heute nicht vor, dich meinen Bullen in den Weg zu werfen, oder?", sagte er sarkastisch und zog eine Braue hoch, als sie ihn scharf ansah.

„Witzig", schnaubte Gabi. „Wenn ich den Drang verspüre, wer weiß, was ich tun werde." Immer noch verärgert über seine gestrige Reaktion war sie neugieriger als sie sein sollte bei dem, was sie gerade mitangehört hatte.

Jess machte sich nicht die Mühe, zu kontern. Stattdessen brummte er und stieg in den Truck.

Er war sichtlich irritiert und erinnerte sie ein wenig an sich selbst gestern Abend nach dem sehr ereignisreichen Tag, den sie durchgemacht hatten. Ihre Gefühle und ihre Geduld waren durch Jess' herablassendes Verhalten nach dem Fiasko mit der wildgewordenen Färse bis an ihre Grenzen gedehnt worden.

Und jetzt verbrachten sie den Nachmittag zusammen. Ihr erster Gedanke war, dass seine schlechte Laune von der ungeklärten „Sache" zwischen ihnen herrührte, doch ihre Intuition sagte ihr, dass es das Telefonat war, das sie mitangehört hatte, als sie hereingekommen war. Der Ausdruck auf seinem Gesicht, als sie ihn durch das Fenster gesehen hatte, war angespannt gewesen.

Sie beschloss, zur Sache zu kommen und heute nicht persönlich zu werden. „Der toxikologische Bericht ist heute Morgen gekommen."

„Und?"

„Es ist eine Nitratvergiftung, wie wir schon so ziemlich herausgefunden hatten. Das Problem ist jedoch, dass wir immer noch nicht wissen, welche Pflanze. Im Mageninhalt haben sie nichts identifizieren können. Aber keine Sorge, wir werden sie finden. Wir müssen uns nur noch mehr anstrengen."

Er hielt mitten auf der Weide an. Gabi war sich nicht sicher, ob das Knirschen unter den Reifen Kies oder das trockene Gras war. In der kurzen Zeit, in der sie hier war, war das Gras noch trockener und brauner geworden. Die Temperatur war fast zwei Monate am Stück knapp unter vierzig Grad gewesen. Kein Wunder, dass das Vieh anfing, Dinge zu fressen, die es nicht fressen sollte.

„Was ist der Plan?"

„Susan will Proben deiner Pflanzen an das Texas Diagnostic Laboratory in College Station schicken. Sie hat Angst, dass wir im ganzen County Vieh verlieren werden. Es steht also mehr auf dem Spiel als nur eure Ranch."

Jess starrte auf die Weide, als würde er sich die Katastrophe vorstellen. „Ich habe die Leute reden hören. Alle sind nervös, wenn die Dürre so anhält wie jetzt. Und das bisschen Regen, das wir hatten, schafft nur die perfekten Bedingungen, um das Toxizitätsniveau zu erhöhen. Stimmt's?"

„Genau", antwortete sie. „Also werden wir weitere Proben der verschiedenen Pflanzen sammeln, die wir bereits gefunden haben, und alle anderen, die wir möglicherweise noch finden werden. Heute werden wir euer Land in Quadranten einteilen. Und am Montagmorgen fange ich an, Pflanzen etwa zehn Zentimeter über dem Boden zu schneiden, sie zu verpacken, auf Eis zu legen und sie gegen drei Uhr am Nachmittag per Kurier an das Labor in College Station zu schicken. Sie können uns genau sagen, welche Pflanzen in welchen Quadranten toxische Nitratwerte haben."

„Und dann?"

„Dann können wir uns Maßnahmen überlegen." Gabi fand, dass Jess sich zuerst abgelenkt angehört hatte, doch jetzt klang er besser. Sie war froh. Sie wollte ihn nicht zu genau analysieren. Sie war sich ziemlich sicher, dass das Telefongespräch, das sie mitangehört hatte, angespannt gewesen war. Eine Freundin vielleicht? Eine, die wahrscheinlich Probleme damit hatte, Befehle von ihm entgegenzunehmen. Fast augenblicklich verwarf Gabi diese Idee. Jess benahm sich nicht wie ein Mann, der an irgendjemanden gebunden war. Doch etwas schien ihn zu belasten. Vielleicht war es Sorge um sein Vieh. Vielleicht war er immer noch wütend auf sie.

„Bist du okay?" Die Frage kam heraus, bevor sie sie aufhalten konnte. „Ich habe das Gefühl, dass irgendwas nicht stimmt. Bist du immer noch böse auf mich, weil ich versucht habe, diese Färse aufzuhalten?" Sie beschloss, direkt zu sein.

„Machst du Witze? Du hattest Recht", sagte er mit vor Sarkasmus triefender Stimme. „Du arbeitest die ganze Zeit mit Tieren und bist qualifiziert, dich vor wildgewordene Färsen zu werfen, wann immer du willst."

Gabi ließ sich nicht provozieren. „Mir ist nichts passiert."

„Schau, Gabi. Ich würde dir sagen, dass ich es nicht wieder tun werde, doch das wäre eine Lüge. Wenn ich sehe, dass du auf eine Schlange treten oder eine fünfzehnhundert Pfund schwere Färse dich niedertrampeln wird, werde ich dich aus der Gefahrenzone holen. Schluss. Aus. Basta."

Gabi kochte, doch sie atmete tief durch, um sich zu beruhigen, und antwortete vorsichtig: „Solange du nicht denkst, dass ich nicht auf mich selbst aufpassen kann. Es macht mir nichts aus, einen Mann eingreifen zu lassen und den Tag zu retten. Denk nur nicht, ich hätte dir nicht helfen können. Und sag mir nicht, was ich wann tun soll."

„Du hast Komplexe, wenn es darum geht, Hilfe anzunehmen."

Ihr Mund blieb offenstehen. „Ich *musste* nicht gerettet werden. Es macht mir nichts aus, dass du so reagiert hast, weil du nicht anders konntest. Aber es war nicht nötig." Mit ihm war einfach nicht zu reden. Er war überzeugt, dass sie es vermasselt und er sich perfekt verhalten hatte. Ugh, zum Haare raufen. *Herr, gib mir Geduld.*

„Gut, du hast mich nicht gebraucht", blaffte Jess und starrte sie an.

Sie starrten einander einen langen Moment an. Gabi hatte ein Problem damit, klar zu denken, während sie den gutaussehenden, nervtötenden Mann ansah. Es war nicht fair – er war jetzt noch attraktiver als zuvor! Wie war das möglich?

„Wir haben eine Pattsituation", murmelte er schließlich.

„Haben wir die nicht immer?", zischte Gabi. „Aber wir haben auch noch zu tun."

Sein Mund verzog sich zu einem Lächeln. „Wie wäre es, wenn du mich dich retten lassen würdest, solange ich weiß, dass du auch allein zurechtgekommen würdest. Und du kannst mich retten, wenn ich Hilfe brauche. Wie du es mit diesen giftigen Pflanzen tust — an der Front musst du mich retten, und das kann ich ohne weiteres eingestehen."

Sie seufzte. „Wer könnte so ein Angebot

ablehnen?" So sehr dieser Mann auch an ihren Nerven zerrte, die Schmetterlinge in Gabis Bauch schienen es nicht zu bemerken, als seine Augen aufleuchteten und ihrem Blick begegneten.

„Also", fragte Jess schroff und runzelte die Stirn. „Wo willst du anfangen? Je früher wir das hinter uns bringen, desto besser."

Gabi verdrängte vehement ihre Gedanken. Das hier war rein geschäftlich.

Geschäftlich.

Aber, meine Güte, Jess Holden hatte eine Art, ihre Zehen prickeln zu lassen, selbst wenn er mürrisch und anmaßend war.

Und das war einfach nur ärgerlich.

* * *

Wellen von Hitze stiegen auf wie unsichtbarer Dampf aus dem Unterholz, das den Bach, der sich durch den Wald schlängelte, säumte. Jess blinzelte den salzigen Schweiß aus seinen Augen.

Augen, die er sich bemüht hatte, den ganzen Nachmittag von Gabi fernzuhalten. Wie machte sie das nur? Die Temperatur hatte die vierzig-Grad-Marke lange überschritten, doch trotz der Hitze zeichnete sie unermüdlich ein detailliertes Raster seiner Weiden und der Pflanzen, die sie für das Toxikologielabor ernteten. Der Respekt vor Gabi verdrängte langsam seine schlechte Laune über den Anruf von Rhonda und sogar über Gabis Angewohnheit, sich selbst in Gefahr zu bringen. Er konzentrierte sich darauf, sein aktuelles Problem zu lösen und nicht die seiner Vergangenheit.

Gabis Engagement war erstaunlich gewesen, als nur sein Vieh in Gefahr gewesen war. Jetzt, da die Gefahr bestand, dass sich das Problem im ganzen Landkreis ausbreitete, zeigte sie sogar noch mehr Einsatz. Eine Ernsthaftigkeit ging von ihr aus, während sie sich umsah und Skizzen machte.

Trotz seiner Bemühungen, sie nicht zu beobachten, half Gabi dabei, die Emotionen, die Rhondas Anruf in ihm hervorgerufen hatte, zu lindern.

Alte Gefühle zurückzustellen, wie er es immer getan hatte, und mit seinem Leben weiterzumachen, war ein Versprechen gewesen, das er sich als Teenager gegeben hatte. Doch heute war etwas passiert, als er Rhondas Stimme gehört hatte. Er verdrängte die Gedanken noch einmal und ging zum Rand des Baches. Normalerweise reichte das Wasser an dieser Stelle über seine Stiefel. Jetzt bedeckte es nicht einmal seinen Spann, wenn er in die Mitte des fast stehenden Wassers gehen würde.

Heute wehte kein Wind, was die Luft so dick und sauerstoffarm machte wie das Wasser.

Schweiß perlte auf Gabis Stirn und glitzerte auf ihren gebräunten Schultern. Die Haare um ihr Gesicht lockten sich vom Schweiß, und sogar ihr Pferdeschwanz schien lustlos in der Hitze zu hängen.

Trotzdem arbeitete sie.

Sein Magen zog sich zusammen, und er versuchte, seine Gedanken nicht persönlich werden zu lassen. Er zog eine Flasche Wasser aus dem Rucksack und ging in ihre Richtung. Vielleicht war es die Hitze, denn nichts schien zu helfen.

„Gabi, trink was", drängte er, entschlossen, auf sie aufzupassen. Da er gewusst hatte, dass sie heute in dieser Hitze draußen sein würden, hatte er eine Kühlbox mit Wasser vorbereitet, die sie im Truck erwartete. Sie arbeitete für ihn, und er fühlte sich verantwortlich – ob sie es wollte oder nicht. „Ich möchte nicht, dass du nochmal so überhitzt wie neulich."

Sie blickte auf und schob ihren Bleistift hinter ihr Ohr, bevor sie das Notizbuch unter ihren Ellbogen klemmte. Dann nahm sie die Flasche und ihre Augen begegneten seinen.

War es seine Einbildung, oder bemühte sie sich, ihn nicht zu berühren, als sie das Wasser nahm? Die Idee, dass sie sich genauso bewusst war, was passierte, wenn sie einander berührten, ließ sein Adrenalin fließen. Warnlampen blitzten in seinem Kopf, und er wusste, wenn er nicht aufpasste, könnte er in diesem Fall gegen die Wand laufen.

Er musste sich auf den Grund konzentrieren, warum sein Vieh starb. Nicht auf die hübsche Tierarzthelferin. Vielleicht war es die Hitze, die ihn so leichtsinnig machte. Im einen Moment stand er da und sagte sich, er solle auf die Bremse treten, und im nächsten hob er seine Hand und berührte zärtlich ihre Schläfe.

Gabi erstarrte – und er war sich nicht sicher, ob das besser war, als wenn sie sich von ihm entfernt hätte. Doch es hielt ihn nicht auf.

„Habe ich dir schon gesagt, wie sehr ich all deine Arbeit schätze?"

„Ja. Das hast du", sagte sie vorsichtig. „Aber das ist nicht nötig. Ich mache das gerne."

Was sah er in ihren Augen? Er wusste, dass sie sich genauso zu ihm hingezogen fühlte wie er zu ihr. Er trat näher, war angezogen von ihr. Er ließ seinen Finger zu ihrem Kinn gleiten und bog es hoch. Er gab ihr die Gelegenheit, sich zurückzuziehen, falls er die Zeichen falsch interpretiert hatte. Sein Herz donnerte in seiner Brust. Was hatte Gabi nur an sich, das das in ihm auslöste?

Sein Blick fiel auf ihre Lippen, und sein Magen verkrampfte sich.

* * *

„Jess." Gabi hauchte seinen Namen, und ihr Herz pochte von der Art, wie er sie ansah. Sie ermahnte sich, nicht zu begeistert zu reagieren. Jess war ein unglaublich gutaussehender Mann, mit einer Persönlichkeit, die die jedes Mannes in den Schatten stellte, den sie jemals getroffen hatte. Sie sollte sich geschmeichelt fühlen, dass er sie küssen wollte… und daran bestand kein Zweifel.

Schuldgefühle, scharf wie der Dorn, der sich in der Woche zuvor in seine Hand gebohrt hatte, stachen sie. Sie kannte seine Geschichte und wusste, dass es keine Zukunft für sie gab. Sie hatte etwas Schreckliches getan, und sie wusste, dass er seine Meinung über sie ändern würde, wenn er es erfuhr.

Sie wich von ihm zurück und drückte die Wasserflasche, die er ihr gegeben hatte, wie einen Schild zwischen ihnen an ihre Brust. „Ich muss dir was sagen."

Sie wollte Jess nicht sagen, was sie getan hatte. Der Gedanke verknotete ihren Magen, doch es war das einzig Richtige. Diese Sache zwischen ihnen war viel zu weit gegangen.

Sie würde ihn nicht täuschen, wenn sie in ihrem Herzen wusste, wie anders er für sie empfinden würde, wenn er die Wahrheit wusste.

Die Hitze nahm ihr die Luft, und der Wald bewegte sich um sie herum. Die Schatten vertieften sich, und ein Wirbel von Farben drehte sich in ihrem Kopf, als die Sorge mit der Hitze tanzte, die ihre Energie und ihren Willen aussaugte. Sie wollte, dass Jess sie mochte – das Wissen erschütterte sie. Aber sie konnte ihn nicht irreführen.

Sie konnte nicht.

Sie hatte mehr Integrität als das zu tun. Also war es Zeit für ein Geständnis.

„Wusstest du, dass ich bis vor einem Monat verlobt war?"

Seine goldenen Augen beobachteten sie unter einer Stirn, die ... vor Sorge gerunzelt waren? Oder waren es Zweifel?

„Ja, das wusste ich. Was ist passiert?"

„Phillip hat die Verlobung gelöst. Ich weiß jetzt, dass es so am besten war." Sie runzelte die Stirn und spürte wieder, wie wahr es war. „Aber was ich dir sagen muss ist, dass ich..." Sie hielt inne, erlaubte sich jedoch nicht, einen Rückzieher zu machen. „Jess, ich weiß nicht, wie ich es anders sagen soll als dass ich eines Nachts auf einer Party betrunken war, in mein Auto gestiegen bin und einen schrecklichen Unfall hatte."

Sein Kiefer spannte sich an, und sein

Gesichtsausdruck wurde hart. Sie wusste, dass er wahrscheinlich das Schlimmste von ihr dachte.

„Ich bin mit nur leichten Verletzungen in der Notaufnahme gelandet, was ein Wunder war, denn mein Auto war so zerstört, dass ich da nicht lebend hätte rauskommen sollen."

„Ist sonst noch jemand verletzt worden?" Seine Worte waren leise und hallten in der Stille des Waldes wider.

Gabi schüttelte den Kopf. „Nein. Aber nur durch Gottes Gnade", gab sie zu. „Da war ein Auto voller Teenager. Sie haben gerade noch geschafft, auszuweichen. Ich bin stattdessen frontal in eine Betonwand gekracht. Gott sei Dank."

„Ich bin froh, dass du nicht mit ihnen zusammengestoßen bist, aber warst du schwer verletzt?"

Tränen stiegen ihr in die Augen, doch sie blinzelte sie weg und erinnerte sich an den Segen in alldem.

„Ich bin glimpflich davongekommen. Manchmal stellt sich das Schrecklichste in deinem Leben als das Beste heraus oder sogar als schön. Und so war es für mich."

„Wie das?" Sie spürte eine Distanz in seinen Worten.

Sie holte tief Luft. „Die Sache ist, dass ich oft

betrunken war. Mein Leben war eine Party nach der anderen geworden. Phillip war Musiker, und ich habe mich in seinen Lifestyle hineinsaugen lassen."

Jess verschränkte die Arme, der Kiefer immer noch angespannt. Gabis Herz flatterte. Es fühlte sich an, als ob er eine Tür zwischen ihnen schloss.

Sie wusste, dass es noch schlimmer werden würde. „Als du über deinen Vater gesprochen hast, ist mir so schlecht geworden, weil ich ... ich hätte auch Alkoholikerin werden können, wenn mir nicht die Augen geöffnet worden wären." Ihre Stimme brach, und Schuldgefühle brodelten in ihrem Magen.

„Du hörst dich ziemlich sicher an, was das angeht. Wie das?" In seiner Frage spürte sie eine Abneigung, die sie wie ein Schlag ins Gesicht traf.

Gabi benetzte sich die Lippen. „Weil es mir zu gut gefallen hat. Es heißt, dass manchmal ein Drink reicht, um jemanden süchtig zu machen." Ihre Hände zitterten, die Wasserflasche zitterte, darum ließ sie ihre Hand sinken und versuchte, sie zu verbergen. „Das war ich nicht. Ich war nicht süchtig", erklärte sie. „Aber ich war auf dem besten Weg, die Kontrolle zu verlieren. Wenn ich erst einmal auf einer Party angefangen habe zu trinken, habe ich nicht aufgehört. Meine Mutter hat sich die ganze Zeit Sorgen um mich gemacht. Sie hat Großmutter erst vor ein paar Monaten erzählt, dass sie befürchtete, dass ich in Schwierigkeiten war. Sie wusste nicht, was sie tun sollte."

Gabi wollte ihre Vergangenheit in der Vergangenheit lassen, doch als sie anfing zu reden, sprudelte es einfach aus ihr heraus. Und ausgerechnet Jess gegenüber, der den besten Grund hatte, auf sie herabzusehen.

„Also was ist passiert?" Er ging ein paar Schritte von ihr weg.

Gabi holte tief Luft und fühlte sich unerklärlich traurig über den Ausdruck in seinen Augen. „Eine Krankenschwester im Krankenhaus hat sich ernsthaft mit mir unterhalten. Sie hat ihren Sohn wegen eines betrunkenen Fahrers verloren, und sie hat mir erzählt, wie am Boden zerstört sie war und wie knapp ich das Auto voller Teenager verfehlt habe. Sie hat mir die Leviten gelesen, mir erzählt, wie es sich angefühlt hat, einen Sohn zu verlieren und wie weh es immer noch tat und immer tun würde. Judy hat mir gesagt, dass sie in der Notaufnahme arbeitet, nur um mit Leuten wie mir sprechen zu können. Dass es jetzt ihr Ziel ist, ihren Glauben mit mir und anderen wie mir zu teilen." Gabi stand auf und ging auf und ab und fühlte diese Worte bis in die Tiefe ihrer Seele. „*Wie mir*. Das hat mich hart getroffen. Ich wollte in diesem Moment nicht *wie ich* sein. Mir war so übel wegen dem, was ich fast getan hätte. Ich werde niemals die Klarheit der Scham vergessen, die ich in diesem Moment der Erkenntnis empfunden habe." Der Ausdruck von Ekel in Jess' Augen ließ ihren Magen rebellieren, während die Schuldgefühle an ihr nagten.

„Der Gedanke, dass ich jemanden hätte töten können, macht mich immer noch krank. Ich habe Judy laut und deutlich gehört, und es hat mir die Augen geöffnet. Und mich für immer verändert. Ich bin jeden Tag dankbar, dass das Leben dieser Kinder verschont wurden."

„Deins auch."

Seine Worte überraschten sie.

„Ja, aber das ist zweitrangig. Ich werde nie den Ausdruck auf Judys Gesicht vergessen, als sie davon gesprochen hat, wie es war, ihren Sohn zu verlieren." Gabi schlang die Arme um ihre Mitte, als ein eisiger Schauer durch sie fuhr. „Als du über deinen Vater gesprochen hast, hatte ich den schrecklichen Gedanken, dass ich Phillip womöglich geheiratet und Kinder mit ihm gehabt hätte und mein Sohn eines Tages wie du hätte sein und so über mich hätte sprechen können."

Jess zupfte an seinem Ohr und starrte auf seine Stiefel, bevor er sie schließlich mit aufrichtigen Augen ansah. „Ich bin froh, dass du die richtige Wahl getroffen hast. Es gibt heutzutage zu viele Eltern, die die falschen Entscheidungen treffen. Du kannst darauf wetten, dass, falls ich mich jemals entscheide, zu heiraten und Kinder zu haben, wie Kurt es gerne hätte, dann nicht die geringste Chance besteht, dass meine Kinder jemals mit einem Alkoholiker zu tun haben werden."

Seine Worte hingen wie ein Warnsignal zwischen ihnen. Seine Leidenschaft ließ keinen Zweifel daran, dass das, was er sagte, stimmte. Die Hitze des Tages hatte nichts mit der Hitze der Emotionen zu tun, die von ihm ausstrahlten.

Gabi war erleichtert. Doch er hatte gesagt, falls … *falls ich mich jemals entscheide, zu heiraten und Kinder zu haben, wie Kurt es gerne hätte.* Gabi war traurig darüber. Hatte Jess' Kindheit ihn so tief getroffen, dass er überhaupt nicht über Ehe und Kinder nachdachte? Der Gedanke traf sie auf eine Weise, dass sie sich nicht dazu bringen konnte, mehr zu fragen … er hatte alles gesagt, oder?

„Also, was ist mit diesen Pflanzen?" Sein plötzlicher Themenwechsel war wie ein Riegel, der vor die Tür schlug, die er gerade zwischen ihnen geschlossen hatte.

Sie straffte trotz ihres verletzten Stolzes ihre Schultern. Sie war selbst schuld, und das waren nun einmal die Konsequenzen ihrer Handlungen.

„Du hast Recht", sagte sie, froh, dass ihre Stimme halbwegs normal klang. „Wir haben zu arbeiten und Lösungen zu finden."

Jess nickte, ging ihr voraus in den Wald und begann, das Unterholz zu studieren.

Gabi sah mit schwerem, schmerzendem Herzen zu.

KAPITEL ZWÖLF

„Hast du sie schon auf ein Date eingeladen?" Jess stützte seinen Stiefel auf das untere Rohr von Murdochs Paddock, hakte seine Ellbogen über ein höheres Rohr und betrachtete das Pferd, das auf dem Weg zum nationalen Champion im Barrel Racing der Frauen war. Jess hatte sich die ganze Nacht im Bett herumgewälzt. Bei Tagesanbruch war er endlich aufgestanden und über die Weiden geritten, um über Gabi und ihre Vergangenheit nachzudenken. Er war hier bei Kurt gelandet und hatte ihn bei Murdoch gefunden, bevor er ins Haus gegangen war, um sich für die Kirche fertig zu machen.

Kurt hatte Jess einmal angesehen und die Frage gestellt.

Er konnte sein Interesse an Gabi offensichtlich nicht vor seinem Bruder verbergen. Doch warum sollte er auch? Er war hierherkommen, um Rat zu suchen.

„Nein, habe ich nicht."

Kurt stützte seine Ellbogen neben ihm auf den Paddockzaun und sah ihn fragend an. „Jess, Mann, worauf wartest du noch? Du siehst aus, als hättest du die ganze Nacht nicht geschlafen. Was ist los?"

„Sie hat eine Geschichte, was Alkohol angeht, Kurt."

Die Worte hingen in der Scheune wie die bitteren Erinnerungen an ihre Vergangenheit. Mehr brauchte er nicht zu sagen.

„Ich verstehe." Kurt verzog das Gesicht und verstand ohne Worte, was das für Jess bedeutete.

Schweigend beobachteten beide das Pferd. Sekunden wurden zu Minuten, während Murdoch an seinem Heu kaute und sich nicht daran störte, beobachtet zu werden.

„Du hast gesagt, eine Geschichte. Hat sie ein *Problem* damit?"

„Nach allem, was sie sagt, hat sie das Trinken ganz aufgegeben, nachdem sie einen schweren Autounfall hatte. Eine Krankenschwester hat ihr geholfen zu sehen, wie glücklich sie sich schätzen durfte, weder sich selbst noch die Wagenladung Kinder, die ihr nur knapp ausgewichen ist, umgebracht zu haben. Sie sagt, sie hat ihr Leben in die Hände des Herrn gelegt und ein neues Kapitel angefangen."

„Aber du glaubst ihr nicht."

„Es ist nicht so, dass ich ihr nicht glaube. Du kennst das alte Lied und den Tanz. Wie oft haben wir das von unserem Vater gehört? Ich gebe den Alkohol auf, hat er gelallt, denn er hat es nie gesagt, wenn er nüchtern war. Nur, wenn er stockbesoffen in sein Bier geheult hat und in Selbstmitleid zerflossen ist." Jess schloss seine Hände fest um die Streben und sein Magen zog sich vor verlorener Hoffnung zusammen. „Doch er hätte es nie wirklich getan", beendete er angewidert. Als Kind hatte er Schmerz empfunden. Schmerz und Verlust.

„Nicht jeder ist wie er, Jess."

„Das weiß ich. Aber wenn es um meine persönlichen Lebensentscheidungen geht, ist das, was wir erlebt haben, der Maßstab, den ich anlegen werde."

Kurt fuhr mit einer Hand durch sein dunkles, welliges Haar, das dem von Jess ähnlich war. Sie hatten ihre Haare und ihr Aussehen von ihrem Vater geerbt. Colt hatte sandbraunes Haar, eher wie das ihrer Mutter. Kurt und Colt hatten auch die braunen Augen ihrer Mutter geerbt. Jess hatte jedoch nicht das Glück, wenn er in den Spiegel sah. Jeden Tag starrte ihn das Gesicht seines Vaters aus dem Spiegel an. Es erinnerte Jess an den Mann, der er niemals sein wollte – niemals.

Und das bedeutete, dass Jess alle seine Entscheidungen so traf, dass sie ihn nicht an die Lebensentscheidungen seines Vaters erinnerten. „Du weißt, ich trinke nicht. Ich habe das Zeug nie angefasst und habe nie jemanden gedatet, der es tut. Und ich werde nicht mit jemandem ausgehen, der mir gerade gesagt hat, dass er ein Problem damit hat."

„Das hat sie dir gesagt? Ich meine, einfach so, dass sie ein Problem damit hat?" Kurt warf Jess einen ungläubigen Blick zu.

„Sie hat fast sich und einen Haufen Kinder umgebracht, weil sie so betrunken war. Ja, sie hat es gesagt."

Kurt starrte einen Moment lang auf seine Stiefel. Als er endlich aufblickte, war Bedauern in seinen Augen. „Das ist schade, Jess. Ich verstehe, wie du dich fühlst. Es tut mir leid, aber ich verstehe es." Er richtete sich auf und steckte die Hände in seine Hosentaschen. „Ich will dir sagen, dass du die Vergangenheit loslassen und ihr eine Chance geben solltest – aber ich weiß, wie schwer das für dich ist."

Jess richtete sich auf und fühlte sich plötzlich, als wären seine Gefühle offen an der Oberfläche, wund und nackt. „Was diese Sache angeht, ja."

Kurt war enttäuscht. „Ich verstehe, wie du dich fühlst, aber Gabi ist nicht Dad. Ich glaube nicht, dass du sie für seine Fehler verurteilen solltest. Ich habe gehört, dass ihr euch auf dem Jahrmarkt eine Weile ziemlich gut verstanden habt."

„Kurt, ich habe dir das nie gesagt, weil ich dich nicht enttäuschen wollte, nach allem, was du für mich und Colt getan hast. Diese Ranch, dieser Traum, den du hast, dass sie unser Vermächtnis wird ... Du weißt, ich bin dabei. Aber mich verlieben und glücklich bis ans Ende meiner Tage leben…"

„Ich weiß. Du hast mir schon gesagt, dass du nicht der Typ bist, der sich bindet. Aber vielleicht bist du es doch und weißt es einfach nur noch nicht."

Kurt, immer der Positive, bemühte sich sehr. Jess schüttelte den Kopf. „Es ist mehr als das, Kurt. Ich bin mir nicht sicher, ob ich überhaupt an Liebe glaube. Jedenfalls nicht für mich." Frustration, Enttäuschung, Unglaube – ja, Unglaube war die stärkste Emotion, die Jess in Kurts Gesichtsausdruck las.

„Ich *versuche* kein Happy End, Jess. Ich lebe es. Und das kannst du auch."

„Nein, kann ich nicht. Ich glaube nicht, dass ich meine Zukunft jemand anderem anvertrauen kann."

Kurts Gesichtsausdruck war Ausdruck seines Zweifels. „Ich verstehe nicht, was du meinst."

„Sich in eine Frau zu verlieben würde bedeuten, dass ich ihr mein Glück anvertraue. Und ich vertraue niemandem mehr damit als mir."

Es war die hart erlernte Wahrheit.

„Du weißt nicht, was dir entgeht. Schau, ich muss rein und mich fertigmachen. Mandy denkt sonst noch, ich will nicht mit ihr in die Kirche gehen." Er lächelte und überraschte Jess. „Wenn du weiter so denkst kann ich dir versprechen, dass du das Beste verpassen wirst, was dir jemals passieren könnte. Ich weiß nicht, was ich jemals ohne Mandy gemacht habe. Warum kommst du nicht mit zur Kir–"

Jess unterbrach Kurt, bevor er fragen konnte. „Ich gehe nach Hause. Ich habe eine Ladung Vieh, die ich gegen zwei Uhr drüben in Centerville abholen und hierher transportieren soll."

„Du hättest das nicht morgen machen und heute in die Kirche kommen können? Ich wünschte du würdest..."

Jess unterbrach ihn wieder. „Ich arbeite morgen hier mit Gabi. Proben verpacken, damit wir sie per Kurier über Nacht ins Labor nach College Station schicken können."

„Soll ich das übernehmen? Ich meine, wenn es dir etwas ausmacht, in Gabis Nähe zu sein."

„Du hast auch so schon genug zu tun. Außerdem bin ich niemand, der kneift. Nur, weil ich nicht vorhabe, Gabi Newberry zu heiraten, heißt das nicht, dass ich nicht mit ihr arbeiten kann."

„Klingt nach einem guten Plan." Kurt schmunzelte und schlenderte dann zum Haus.

Jess sah ihm nach und ging dann zu seinem Pferd. Warum dachten alle, sie wüssten alles besser? Er wusste es sicher nicht. Und mit Gabi in der kommenden Woche zusammenzuarbeiten hörte sich nicht nur nach einem Plan an. Es war genau so, wie es sein musste. Das war sein totes Vieh, also würde er an Gabis Seite suchen, bis die Lösung gefunden war. Und wenn das erledigt war, würden sie getrennte Wege gehen. Und das war ein Versprechen.

* * *

Gabi war der Ansicht, einen guten Tag gehabt zu haben. Sie und Jess hatten es geschafft, den Montag zu überstehen, ohne, dass sie einen Nervenzusammenbruch hatte, Jess ohnmächtig wurde oder sich selbst verletzte oder irgendein anderes neues Missgeschick, das ihnen zu passieren schien, wenn sie auf dem Feld zusammenarbeiteten. Sie hatte auch den Mund gehalten. Sie hatte ihre Lektion am Samstag gelernt und hatte heute keinen Drang, Jess mehr über ihre schmutzige Vergangenheit zu erzählen. Was hatte sie sich nur dabei gedacht?

Der Mann fühlte sich heute eindeutig unwohl bei

ihr. Doch ihr ging es mit ihm nicht anders. Wem sollte es nicht so gehen, nachdem so viel schmutzige Wäsche gewaschen worden war? Bei den Eierschalen, die scheinbar unter ihren Stiefeln knirschten, hielten sie sich strikt an den Plan, die verschiedenen Pflanzen einzusammeln und sie dann in die beschrifteten Ziploc-Beutel zu stecken.

„Schwer zu fassen, dass all das Proben giftiger Pflanzen sind."

Einige von ihnen waren so groß, dass sie sie falten und in Müllsäcke packen mussten. Als sie sie alle verpackt hatten, war es eine große Kiste, die sie ins Labor schickten.

„Und es gibt noch mehr zu tun", sagte Gabi und sah zu, wie der Lieferwagen aus der Auffahrt verschwand. Zum Glück hatte jemand die Proben abgeholt, sonst hätte sie bis nach Ranger fahren müssen.

Nachdem die Arbeit mit den Pflanzen für den Tag beendet war und es nichts mehr gab, worauf sie sich konzentrieren konnte, wollte Gabi nur noch nach Hause und weg von Jess. Es war ein anstrengender Tag gewesen. Er hatte nichts über ihr Geständnis zu ihr gesagt. Und obwohl sie erwartet hatte, dass ihre Vergangenheit eine Kluft zwischen ihnen reißen würde, hatte sie nicht erwartet, dass es sie so sehr stören würde, wenn er das Thema ignorierte.

Sie hätte sich ihm niemals öffnen sollen. Sie hatte sich selbst versprochen, als sie nach Mule Hollow gekommen war, dass sie neu anfangen würde. Dass sie niemandem von ihrer Vergangenheit erzählen musste und es auch nicht tun würde. Ein neues Kapitel. Also warum, oh warum, hatte sie Jess alles erzählen müssen?

Sie eilte zu ihrem Truck, warf ihre Sachen hinein und hatte ihre Hand an der Tür, bereit zu fliehen.

„Danke für deine harte Arbeit", sagte Jess.

Sie warf einen Blick über die Schulter. „Gern geschehen. Das ist mein Job." Ihre Worte klangen angespannt.

„Richtig. Geschäft." *War das Sarkasmus in seiner Stimme?*

Es irritierte sie, dass er es so sagte, als wäre es ein Schock, dass sie versuchte, professionell zu sein. Immerhin war *er* derjenige, der *sie* berührt hatte. Und er war derjenige, der die Schotten dichtgemacht hatte, nachdem sie ihm ihre Vergangenheit offenbart hatte.

Ihre Schuld. Ihre Schuld. Ihre Schuld!

Gabi konnte niemandem die Schuld daran geben außer sich selbst. Sie war zu persönlich geworden. Und er fühlte sich offensichtlich unwohl damit. Oder er dachte nur das Schlimmste von ihr.

„Bis dann, Jess. Ich muss wieder in die Klinik. Morgen komme ich wieder raus."

„Ich werde da sein."

Ja, natürlich, dachte Gabi, als sie ging. Sie würde froh sein, wenn die Arbeit erledigt war.

Und das war die Wahrheit.

* * *

Jess hatte eine schreckliche Woche. Es war die schlichte, harte Wahrheit.

Es fühlte sich nicht richtig an, Gabi auf Distanz zu halten. Er verstand nicht, warum es sich so falsch anfühlte, doch so war es.

Er hatte die ganze Woche an ihrer Seite arbeiten müssen und nicht an sie zu denken und wie hübsch sie im Morgenlicht, dem Mittagslicht, dem harten heißen Licht des Nachmittags aussah, war unmöglich!

Sie machte ihn verrückt.

Und das umso mehr, als sie die Tatsache völlig ignorierte, dass sie intime Details ihrer Vergangenheit geteilt hatten.

Ja, er mochte ihre Vergangenheit nicht. Aber sie hatte mit ihm darüber gesprochen. Und er war sich ziemlich sicher, dass niemand in der Stadt alle Details kannte. Vielleicht nicht einmal ihre Großmutter Adela.

Der Gedanke nagte an ihm. *Gabi hatte ihm genug vertraut, um ihm ihre schwierige Vergangenheit anzuvertrauen.*

171

Er wollte nicht mehr fragen, doch wie ein Betrunkener am Wohnzimmerboden lag es zwischen ihnen und konnte zwar ignoriert werden, doch verschwinden würde es deswegen nicht.

* * *

„Bist du okay?", fragte Gabi Jess am nächsten Morgen. Sie hatten Pflanzen von den meisten Weiden gesammelt und hatten nur noch wenig Land zu erkunden. Trotz ihrer Entschlossenheit, ihn als nichts anderes als einen Kunden zu sehen, gelang es ihr nicht.

Vielleicht konnte sie der drückenden Hitze die Schuld geben. Es war eine der heißesten Sommerdürren in der Geschichte von Texas.

Ja, das war es, die Hitze war für einen Großteil des Wahnsinns, wenn sie zusammen waren, verantwortlich.

„Klar, mir geht's gut."

Gabi hielt inne und versiegelte den Beutel mit einer Probe Berufskraut. Obwohl bekannt war, dass diese Pflanze während einer Dürre Vieh töten konnte, war sie äußerst ungenießbar und wurde nur gegessen, wenn es absolut nichts anderes gab. Sie bezweifelte ernsthaft, dass das Jess' Problem war. Außerdem war eines der Symptome vor dem Tod der Rinder nach dem

Verzehr von Berufskraut, dass sie im Kreis gingen. Keines von Jess' Rindern schien das zur Zeit zu tun, also packte Gabi die Probe nur ein, weil sie nichts unversucht lassen wollte.

„Wenn du meinst, aber du scheinst abgelenkt zu sein, und wenn du nicht mit der Schere aufpasst, wirst du dir noch einen Finger oder sonstwas abschneiden." Sie hatten seit Tagen einen Eiertanz aufgeführt, doch heute schien es anders zu sein. Oder vielleicht hatte sie es einfach satt, dass sie redeten, aber nicht wirklich kommunizierten. Und sie hatte darüber nachgedacht, wie sie versuchen wollte, ihm zu helfen. Was für eine dumme Idee ihrerseits.

Der Unglaube in Jess' Gesichtsausdruck, dass sie auch nur andeuten konnte, dass er sich den Finger abschneiden könnte, war unbezahlbar.

„Ich habe nicht vor, mir den Finger abzuschneiden."

„Die meisten Leute, die es tun, haben es nicht vorgehabt." Sie zog eine Braue in die Höhe.

Er kniff die Augen zusammen. „Im Ernst, ich gehöre nicht dazu."

„Das ist gut, da du beim Anblick deines eigenen Blutes ohnmächtig wirst und verbluten würdest, bevor Hilfe hierher kommen kann. Also, wenn es passieren sollte, ist es vielleicht gut, dass ich hier bin."

„Im Ernst", sagte er und lachte dann, als sie es tat.

„Also raus damit, was ist los? Hat es mit mir zu tun?"

Er senkte sein Kinn und seufzte. „Mit meiner Mutter."

„Deiner Mutter?"

„Ich habe dir gesagt, dass sie verschwunden ist, als ich zehn war, und jetzt versucht sie, wieder in mein Leben zurückzukehren. Sie hat heute wieder angerufen."

Sie standen an der offenen Ladeklappe des Trucks und nutzten die Ladefläche als Arbeitsplatz, um die Pflanzen für den Versand vorzubereiten. Gabi lehnte ihre Hüfte dagegen und schenkte ihm ihre volle Aufmerksamkeit. „Das ist neu?"

„Nicht wirklich."

Plötzlich begriff sie. „Sie hat dich letzte Woche angerufen, oder?"

„Ja, woher weißt du…?"

„Du hast letzte Woche ähnlich frustriert ausgesehen, als ich ins Büro gekommen bin."

„Ja, das war der Tag. Musste mich mit ihr und dir rumschlagen."

Die Tatsache, dass er sie aufziehen konnte, freute Gabi, doch sie ignorierte es. Stattdessen warf sie ihm einen kecken Blick zu, als sie ein langes Bündel

Pferdekraut bog und es in einen mittelgroßen Müllsack steckte.

„Sie kommt Samstag zum Rodeo, um Colt zu sehen, und will mit mir reden."

„Offensichtlich hast du ein Problem damit."

Jess ging vor der Ladefläche auf und ab. „Ich muss mich damit abfinden, dass sie durch Kurt und Colt in mein Leben zurückkehrt. Beide haben es irgendwie geschafft über das, was sie getan hat, hinwegzusehen und ihr vergeben."

„Du aber nicht."

Seine Augen waren kalt und glanzlos. „Vielleicht liegt es an meinem Alter damals. Kurt war fast ein Mann. Colt war zu klein, um zu wissen, was ihm entging. Ich war zehn."

Gabis Herz schmerzte erneut für den kleinen Jungen, der durch die Probleme seiner Eltern und ihren so sorglosen Umgang mit ihm so verletzt worden war. „Du hast sie in diesem Alter sehr gebraucht", sagte sie nur.

„Und jetzt erwartet sie, dass ich ihr vergebe."

Gabi entging nicht, dass er nicht laut eingestanden hatte, dass er seine Mutter gebraucht hatte. „Vielleicht hat sie sich verändert."

„Ich denke, das wäre aus ihrer Sicht der Situation eine korrekte Einschätzung. Sie kann gehen, wann sie will, und zurückkommen, wann sie will. Ist das nicht bequem?“

Gabi wusste nicht, was sie dazu sagen sollte. Sie musterte ihn nachdenklich. „Vergeben ist nicht immer einfach. Wahrscheinlich nie. Ich bin kein Profi und nicht sicher, was mein Rat wert ist, aber ich würde sagen, tu, was du tun musst.“

Plötzlich regte sich der Staub, und das Geräusch eines Trucks zog ihre Aufmerksamkeit an. Anstatt des Nacht-Express-Trucks, den sie erwarteten, war es Kurts Truck, der schnell näher kam.

„Hi, Gabi“, sagte Kurt, als er den Wagen anhielt. „Läuft alles so, wie du es willst?“

Sie stieß sich von der Ladefläche ab. „Großartig. Wir haben fast alles markiert und verschickt.“

Kurt schenkte ihr ein Lächeln, das Jess’ sehr ähnlich war. Sie sahen einander sehr ähnlich, nur wo Jess’ Augen so bernsteinfarben waren, waren Kurts kaffeebraun. „Hast ihn bei der Stange gehalten, nehme ich an?“ Er nickte in Jess’ Richtung.

„Ich gebe mir Mühe.“

„Hallo!“, protestierte Jess. „Ich laufe Kreise um dich herum, wenn du über die Weiden schleichst.“

„Ha. In deinen Träumen, Jesse James“, neckte sie und bemerkte, wie einfach es war, zu entspanntem Geplänkel mit Jess zurückzukehren.

„Ich bin kein Gesetzloser", sagte er.

„Aber du bist gefährlich...", sagte Gabi, bevor sie es herunterschlucken konnte. Der Mann war gefährlich, aber nur für sie!

„Ich bin froh, dass du dich behaupten kannst." Kurt lachte und blickte von Jess zu ihr. „Gabi, es tut mir leid, dass ich nicht mithelfen konnte."

„Schon okay", sagte sie und war froh, dass er das Thema gewechselt hatte. „Jess hat mir gesagt, dass er das übernimmt, weil du dich auf die Rodeos konzentrieren musst. Ich wollte nicht die Vorbereitungen für das Mule Hollow Homecoming Rodeo stören. Meine Großmutter, Esther Mae und Norma Sue haben zu hart dafür gearbeitet."

Kurt nickte. „Das ist wahr. Ich bin vorbeigekommen, weil Mandy heute Abend spät nach Hause kommt und wollte, dass ich dich für morgen Abend zum Abendessen einlade. Sie freut sich wirklich darauf, dich kennenzulernen, und wir wollten uns damit bei dir für die Arbeit bedanken."

Auf keinen Fall konnte sie nein sagen. „Sicher, ich würde gerne mit dir und Mandy zu Abend essen."

Kurts Augen wanderten zu Jess. „Mandy erwartet dich auch. Sie sagt, du sollst Gabi abholen. Denkst du, du kannst das, Jesse James?" Er schmunzelte und neckte unverhohlen seinen Bruder.

Jess fing Gabis Blick ein und hielt ihn fest. „Ich kann damit umgehen.“

Doch konnte sie?, dachte Gabi und hörte die Herausforderung deutlich.

Die Herausforderung hing in der drückenden Hitze zwischen ihnen. Gabi konzentrierte sich auf die positive Seite: Sie hatten es durch die Woche geschafft – sicherlich konnten sie da ein Abendessen ertragen.

KAPITEL DREIZEHN

„Ich kann damit umgehen." *Was für ein Idiot.* Jess dachte nach einer kurzen Dusche und einem Schinkensandwich immer noch an diese Worte. Er schüttelte den Kopf, ging zur Scheune und zog die Plane von seinem 1961er Chevy.

Er hatte viele Stunden damit verbracht, diesen Truck zu restaurieren. Diese Stunden waren eine gute Therapie gewesen, wenn ihm unerwünschte Gedanken im Kopf herumgespukt waren. Heute Abend war es nicht anders. „Ich kann damit umgehen, ha!", brummte er und dachte daran, dass Kurt und Mandy plötzlich auch Kuppler spielen wollten.

Colt sollte irgendwann am nächsten Tag nach Hause kommen, und Jess freute sich darauf, seinen kleinen Bruder zu sehen. Jess legte seine Kraft in den Schraubenschlüssel und ließ seinen Frust eine festgefressene Verbindung lockern. Er hatte keinen Frieden gehabt, seit Gabi heute weggefahren war. Das Telefon am Eingang der Scheune klingelte und brach in seine Gedanken ein. Jess wischte sich die Hände ab, eilte hinüber und nahm den Hörer ab.

„Hallo", knurrte er.

„Was ist dir denn über die Leber gelaufen?", lachte Colt.

„Nichts", log Jess, was Colt nur noch mehr zum Lachen brachte.

„Erzähl mir keinen Mist. Hört sich nach Frauenproblemen an. Was ist los, Jess?"

„Du willst es nicht wissen", sagte er.

„Doch, das tue ich. Ich bin noch weit weg, aber ich will es wissen. Kurt hat gesagt, du interessierst dich für Adelas Enkelin. Ich denke, das fordert dein Glück bei den Kupplern wirklich heraus."

„Wem sagst du das? Dein großer Bruder und seine Braut sind neuerdings auch unter die Kuppler gegangen."

„Nein, sag, dass das ein Scherz sein soll. Kurt versucht, dich zu verkuppeln?"

Jess erzählte ihm von dem geplanten Essen am nächsten Abend.

Colt seufzte. „Du weißt, er will nur das Beste für uns."

Jess entging die Müdigkeit in Colts Stimme nicht. „Du hörst dich müde an. Warum rollst du dich nicht irgendwo zusammen und machst ein Nickerchen, bevor du weiterfährst?"

„Netter Versuch. Komm, raus mit der Sprache. Ich bin morgen vor Mitternacht zu Hause, und ich werde dich aufwecken und Details verlangen. Ich bin vielleicht der Jüngste und der Kleinste, aber du weißt, dass ich es mit dir aufnehmen kann."

Jess wusste, dass Colt bei der Herausforderung lächelte. Es war eine lebenslange gutmütige Rivalität zwischen den beiden. Die Wahrheit war, dass er nicht sicher war, wer gewinnen würde, nachdem Colt beim jahrelangen Bullenreiten stark und schnell war. „Das denkst auch nur du", brummte er.

„Spuck's aus, Jess. Ich bin nicht mehr auf dem Laufenden, also bitte. Ganz zu schweigen davon, dass ich gleich am Steuer einschlafen werde und was brauche, das mich aufweckt."

„Was soll ich erzählen?"

„Erzähl mir von Gabi."

Jess hörte nicht gern, wie müde Colt war. Das war nicht die beste Art zu reisen. Jess fuhr sich mit den Fingern durch die Haare. Er musste Colt helfen, wacher zu werden, und er hatte das Bedürfnis, zu reden.

„Sie ist amüsant. Sie hat Humor. Sie ist selbstbewusst und hat kein Problem damit, ihre Meinung zu sagen, und das finde ich attraktiv."

„Wo liegt dann das Problem?"

Wie konnte Jess Colt sagen, dass ein Teil des Problems ihr Glaube war? Ihm war das unangenehm. Aber da war noch mehr. „Sie hatte ein Problem mit dem Trinken, Colt."

„Das macht sie nicht zu einer Alkoholikerin, Jess." Colt konzentrierte sich auf Jess' unausgesprochene Angst.

„Zu dicht dran für mich."

„Also willst du dich von der Tatsache, dass sie früher ein Problem hatte, davon abhalten lassen..."

Jess' Griff um den Hörer wurde fester. „Du hörst dich an wie Kurt."

„Das liegt daran, dass wir uns beide Sorgen machen und das Beste für dich wollen. Jess, Kurt hat die Vergangenheit losgelassen und lebt sein Leben mit Blick in die Zukunft. Ich komme besser damit klar als du – und ich war der Kleine. Ich war nass hinter den Ohren, als Mom uns verlassen hat. Ich war acht Jahre alt – alt genug, um mich an Dinge zu erinnern, aber das tue ich nicht. Nicht viel. Nur, dass Dad mich angeschrien hat, als ich eine Flasche Bier zerbrochen habe, oder dass er wollte, dass ich einen Schluck probiere und Kurt mir gesagt hat, dass ich *nie* davon trinken soll. Kurt, der uns Erdnussbuttersandwiches macht. Kurt, der mich hochgehoben hat, als ich vom Zaun gefallen bin… und mir gesagt hat, dass eines Tages alles besser sein würde. Und du, der in der Schule zu mir gestanden hat, als sich die Kinder wegen der Löcher in meinen Schuhen über mich lustig gemacht haben. Du und Kurt seid das, woran ich mich am meisten erinnere."

Gespräche wie dieses ließen es eiskalt in Jess' Herz werden. Kurt hatte ihrer Mutter vergeben, dass sie sie verlassen hatte, weil er ein Ehrenmann war, der kontrollieren wollte, wie er das Leben betrachtete, und es sich nicht von seinen Umständen diktieren ließ. Colts Gründe waren schwerer einzuordnen.

„Schau, Colt, ich muss Schluss machen. Bist du jetzt wacher?"

„Oh ja. Hellwach und bereit, dieses Mädchen zu treffen, das dir so den Kopf verdreht hat. Ich bin in Nullkommanichts zu Hause."

Jess runzelte die Stirn. „Du hältst an, wenn du zu müde wirst, oder ich trete dir in den Hintern, wenn ich dich sehe. Und Kurt und ich sind immer nur einen Anruf entfernt."

„Das stimmt in Mule Hollow nicht wirklich, da der Handyempfang so bescheiden ist. Aber ich mache

Pause, wenn ich eine brauche. Ich kann es kaum erwarten, für eine Weile nach Hause zu kommen. Ich bin wirklich erledigt."

„Aber du hast es gut gemacht, Colt. Der dritte Platz in der Rangliste ist großartig für den Moment. Also komm nach Hause und ruh dich aus, wie Mandy es tut. Dir müssen alle Knochen wehtun."

„Ja. Das werde ich. Ich brauche den Frieden und die Ruhe auf der Ranch. Wir sehen uns bald, Bruder."

„Fahr vorsichtig. Ich lass dein Licht an."

Das brachte ihm ein müdes Lachen ein,

bevor die Leitung unterbrochen wurde. Morgen würde er rüber zu Colt gehen und alle Lichter einschalten. Wenn er durch die Bäume kam, die seine Hütte vom Rest der Welt trennten, würde Colt die Lichter sehen.

Wem versuchte er, etwas vorzumachen? Jess konnte es leugnen, so viel er wollte, doch die Wahrheit war – er wollte Gabi sehen. Er fühlte sich zu ihr hingezogen. Und Kurt hatte ihm eine weitere Ausrede gegeben, Zeit mit ihr zu verbringen.

* * *

„Da wären wir", sagte Jess am folgenden Abend, als er am Haus von Mandy und Kurt anhielt. Es war älter, aber gepflegt. Jess lächelte normalerweise, wenn er in den Hof fuhr – obwohl Mandy die meiste Zeit unterwegs war, war eines der ersten Dinge, die sie getan hatte, nachdem sie und Kurt geheiratet hatten, rosa immergrüne Hecken um das Haus herum zu pflanzen. Das hatte den Hof viel freundlicher gemacht. Aber die Krönung des Gartens vor dem Haus war der Kreppmyrtenbaum, der höher als das Haus war und in voller Blüte stand. Jess mochte ihn.

Gabi blieb stehen und nahm sich einen Moment Zeit, um ihn ebenfalls zu bewundern. „Das ist wunderschön." Sie berührte lächelnd die tief hängenden, gerüschten Blüten.

Sein Magen sackte in seine Kniekehlen. „Ja, das ist er. Dieser Baum ist eines der Dinge, die mir hier am besten gefallen", gab Jess zu und versuchte, nicht daran zu denken, wie erschrocken er gewesen war, als sie die Tür geöffnet hatte. Ihr Haar fiel ihr offen über den Rücken, und ihre Bluse hatte Rüschen wie die Kreppmyrtenblüten. Doch dieser Baum – er konnte nicht einmal ansatzweise mit Gabi mithalten. Die Fahrt von Gabis Haus hierher war alles andere als ruhig gewesen. Gabi hatte fast sofort angefangen, ihm Fragen über seine Mutter zu stellen. Für sie war ihr Gespräch vom Tag zuvor noch nicht beendet.

Er war damals wütend auf seine Mutter gewesen

und musste es rauslassen. Heute Abend jedoch streikten sein Verstand und seine Zunge, und das lag an Gabi. Draußen auf den Weiden, gekleidet in Jeans und Tanktops und mit ihrem süßen kleinen Pferdeschwanz war sie schon umwerfend, doch er hatte sich in gewisser Weise an diesen Anblick gewöhnt.

Wenn er gewusst hätte, dass sie ihre Haare heute offen tragen und sich heute Abend ihre weichere Seite zeigen würde, hätte er gewusst, dass er bereit war, seinen gesunden Menschenverstand in den Wind zu schreiben.

Schlicht und einfach ... er konnte nicht klar denken, als er sie gerade ansah. *Er konnte damit umgehen.* Was für ein Witz.

Gabi Newberry hatte ihm etwas angetan, was er noch nie zuvor erlebt hatte. Oh, sein Puls hatte schon früher vor Anziehung gerast, doch Gabi hatte etwas an sich, das er nicht greifen konnte. Es gab gute Gründe, warum er nicht anfangen sollte herauszufinden, warum er sich bei ihr so lebendig fühlte. Und genau das war der Unterschied. Wenn er in ihrer Nähe war, fühlte er sich lebendig.

Als wäre er Teil von etwas, das größer war als er.

„Wir gehen besser rein", sagte er und kämpfte gegen die Gefühle an, die durch ihn hindurch rauschten. „Mandy denkt sonst noch, ich hätte beschlossen, dich zu entführen oder sowas." Er hatte einen langen Abend vor sich, als er mit Gabi an seiner Seite zum Haus ging.

Sein Magen verknotete sich bereits. Er würde vorsichtig sein müssen. Nur diesen Abend durchstehen und dann ganz schnell vergessen. Er war nicht dumm. War er noch nie gewesen. Er kannte eine Gefahr, wenn er sie sah.

Und Gabi war gefährlich für ihn.

* * *

„Das waren die besten Fajitas, die ich je hatte", sagte Gabi zu Mandy, als sie ihr half, das Geschirr abzuräumen.

„Danke. Kurt kann kochen, nicht wahr?"

„Ja, und wie. Der ganze Abend war schön."

Sie hatten draußen auf der Terrasse gegessen. Nach einem lebhaften, mit Gesprächen gefüllten Abendessen waren die Jungs in die Scheune gegangen und hatten Mandy und sie allein gelassen.

Nachdem sie mit dem Abwasch fertig waren, kehrten sie mit einem Glas Tee auf die Veranda zurück und ließen sich in den hellen, bequem gepolsterten Liegestühlen nieder. Mandy ließ sich auf einen von

187

ihnen sinken, hob die Füße und ließ sie auf die Liege fallen. „Meine Güte, ich habe das gebraucht!", sagte sie. „Mein Zeitplan letzten Monat war anstrengend. Aber ich liebe es. Ich lebe meinen Traum und dazu gehört auch, mit Kurt verheiratet zu sein."

„Ich höre, dass es gut für dich läuft und du etliche Barrel Racing-Wettbewerbe gewonnen hast."

„Zum Glück. Wenn dem nicht so wäre, würde ich mich schuldig fühlen, wenn ich so viel weg bin. Wir hatten nicht vor, uns zu verlieben, aber sobald es passiert ist, hat es keinen Sinn ergeben, nicht zu heiraten. Chance hat uns getraut – du hast ihn schon kennengelernt, oder? Unser Cowboy-Pastor in der Kirche."

Gabi nickte.

„Dann sind wir zu einem Rodeo gegangen. Ich meine wirklich, wenn die Herzen im Einklang sind, weiß man einfach, dass es richtig ist. Warum also warten?"

Gabi hatte während des Essens erfahren, dass Mandy und Kurt sich sehr schnell verliebt hatten. Es hatte sie alle geschockt, doch am Ende war es nicht zu leugnen gewesen. Gabi liebte ihre Geschichte. Sie hatten gesehen, dass sie gut zusammen waren. Wie Mandy sagte, wenn alles passt, ist alles gut auf der Welt.

Gabi dachte darüber nach. Sie wusste jeden Tag mit größerer Sicherheit, dass ihr Leben mit Phillip ganz und gar nicht gepasst hatte, besonders nicht zu den Lehren der Bibel. In den Clubs, in denen er jeden Abend spielte, hatte Alkohol einfach dazu gehört. Mehr, als gut für sie gewesen war. Und die Frauen, die sich ihm an den Hals warfen, hatten der Situation auch nicht geholfen. Sie öffnete sich ein bisschen und erzählte Mandy von ihrer Beziehung und wie dankbar sie für das Leben war, das sie jetzt lebte.

„An unserer Beziehung gab es nichts, was etwas mit dem Willen Christi für mein Leben zu tun hatte. Das nächste Mal wird das meine Priorität sein. Ich sehe, was du und Kurt habt. Und ich beobachte Susan und Cole, meine Großmutter und Sam und so viele Paare hier in Mule Hollow, deren Liebe zueinander so stark ist wie ihre Liebe zu Gott. Und *das* möchte ich auch haben." Gabi wusste, dass sie diese Art von Liebe in ihrem Leben brauchte – wenn sie bereit war, sich wieder auf die Suche zu machen.

„Dann bleib einfach dran, Gabi." Mandy lächelte über den Rand ihres Teeglases. „Das Ergebnis könnte dich überraschen."

Gabi war einen Moment lang nachdenklich, als Gedanken und Fragen in ihr aufkeimten. „Darf ich dich nach den Eltern der Jungs fragen? Jess scheint Narben zu haben, die wirklich tief gehen."

Mandy fuhr sich mit der Hand durch die Haare und blickte mit besorgtem Gesichtsausdruck über die Weide. Als sie sich wieder Gabi zuwandte, war Feuer in ihren Augen.

„Was ihre Eltern ihnen angetan haben, macht mich so wütend, Gabi." Ihre Stimme war voller Emotionen. „Ich liebe Kurt von ganzem Herzen. Er ist der beste Mann, den ich je gekannt habe, aber er ist so, *trotz dem*, was seine Eltern ihm angetan haben. Kurts Mutter hat sie verlassen, als er vierzehn war. Sie hat sie einem betrunkenen Vater überlassen, der nicht arbeiten konnte und es auch kaum versucht hat. Er war lange zuvor in einer Flasche verschwunden und ist nie wieder wirklich rausgekommen. Kurt spricht immer mehr darüber, aber er reitet nicht darauf herum. Mit vierzehn Jahren hat er die Verantwortung übernommen, auf seine kleinen Brüdern und in vielerlei Hinsicht auch auf seinen Vater aufzupassen. Er hätte bitter und verantwortungslos werden können wie sein Vater, doch mit all dem auf seinen jungen Schultern hat er sich entschieden, ein Ehrenmann zu sein." Mandy lächelte strahlend. „Meine Güte, ich liebe diesen Mann. Er hat mir geholfen, meinem Vater zu vergeben. Kannst du dir das vorstellen? Er hat es verdient, glücklich zu sein, und ich liebe es, dass ich die Frau bin, die ihn glücklich machen kann."

Mandy hatte Gabis volle Aufmerksamkeit. Die Leidenschaft in ihren Worten war unerschütterlich. Gabi fragte sich, wie es wohl wäre, das zu empfinden. Nein, so etwas hatte es zwischen ihr und Phillip nie gegeben. Gabi wollte definitiv eine Liebe wie ihre.

Und sie würde so lange darauf warten, bis sie sie gefunden hatte.

„Ich finde das wunderbar. Ich möchte das eines Tages auch", sagte sie, ohne ins Detail zu gehen.

„Jess ist auch ein guter Mann", fuhr Mandy fort. „Colt auch. Aber sie gehen alle auf unterschiedliche Weise mit ihrer Vergangenheit um. Kurt will unbedingt alles für sie reparieren. Aber das kann er nicht. Jeder von ihnen hat seinen eigenen Lebensweg. Jess ist loyal, lebenslustig und liebt seine Brüder sehr. "

„Ich habe gesehen, dass er wirklich besorgt um das Vieh war und Kurt keine Sorgen machen wollte. Als ob er ihn beschützen, ihm etwas von alldem zurückgeben wollte, was er für ihn getan hatte, als sie Kinder waren." Gabi fragte sich, wie er sich gefühlt hatte, als das mittlere Kind seine Familie auseinanderfallen und seinen älteren Bruder die Verantwortung übernehmen zu sehen.

„Jess war zehn und Colt acht, als Kurt anfing, sich um sie zu kümmern, und hat sich bemüht, sie so gut es ging vor der Vernachlässigung ihres Vaters zu schützen. Und noch bevor ihre Mutter sie verlassen hatte, hat er sie zum Spielen oder auf die Weide gebracht und ist mit ihnen dort geblieben, wenn ihre Eltern gestritten haben. Aber ich denke, es hat Jess tiefer getroffen, als er zugeben will."

Sie tranken ihren Tee und blickten in geselliger Stille über die Weide. Gabi stellte sich die Brüder als Kinder vor, und es brach ihr das Herz. Diese Ranch war Kurts Traum für sie. Gabi verstand das.

„Gabi, Jess mag dich. Ich bin noch nicht lange hier, aber ich habe genug gesehen, um zu wissen, wann mein Schwager an einer Frau interessiert ist."

Gabis Herz stolperte. „Oh, ich bin sicher, er interessiert sich für mehr als eine."

„Nicht, soweit ich weiß. Kurt wäre froh, wenn es jemanden in seinem Leben gäbe, der etwas Besonderes für ihn ist. Und für Colt auch, doch es dürfte eine Weile dauern, bis Colt Zeit hat, darüber nachzudenken, sich niederzulassen. Er konzentriert sich auf den World Champion Bull Rider-Titel. Aber was ist mit dir? Du scheinst bereit zu sein. Du hast einen wunderbaren Beruf, den du offensichtlich liebst. Und du bist so engagiert und gut darin. Ich meine, glaub nicht, dass wir nicht wissen, was du getan hast. Nicht jeder würde all das tun. Und Susan auch, indem sie dich hier rausgeschickt hat. Das nenne ich Engagement."

„Danke." Ein warmes, weiches Gefühl hüllte Gabi ein. Sicher, es war schön zu wissen, dass sie geschätzt wurde, aber sie freute sich wirklich, dass sie etwas getan hatte, um Mandy und ihrer Familie zu helfen. „Ich bin nur froh, dass ich helfen konnte."

Doch als Jess und Kurt über den Hof auf sie zukamen, fragte Gabi sich, ob sie Jess helfen könnte, seine Vergangenheit zu überwinden.

Konnte sie das – wenn sie wusste, dass sie selbst nicht ganz offen war, was ihre eigene anging?

KAPITEL VIERZEHN

„Ich hatte einen wirklich schönen Abend, Jess." Er wollte es leugnen, doch es wäre eine Lüge gewesen. Alles in ihm sagte Jess, er solle sich von Gabi fernhalten, doch er fand das unmöglich. Sie hatte sich gut mit Mandy verstanden, sobald sie über die Schwelle getreten war. Es war, als wären die beiden schon immer Freundinnen gewesen. Kurt hatte ihn ausgefragt, als sie in die Scheune gegangen waren, und hatte wissen wollen, ob es zwischen ihnen Fortschritte gab. *Fortschritte…*

Er warf Gabi einen Blick über die Mittelkonsole zu, als er den langen Weg zum Tor der Ranch hinunterfuhr, und wollte nicht, dass der Abend endete. Es war ein wunderschöner Vollmond, der die Weiden in ein schimmerndes, weiches Licht tauchte. Die weißen Blüten der Mondlilien, die hier und da am Zaun wuchsen, waren weit geöffnet.

„Die Mondlilien sind heute Abend wunderschön“, sagte Gabi und brach in seine Gedanken ein, als würde sie sie lesen.

„Du meinst meine *giftigen* Stechäpfel oder Stachelnüsse“, korrigierte er und nannte sie bei den Namen, die sie neulich verwendet hatte, als sie ihm gesagt hatte, dass sie giftig waren.

Sie kicherte. „Zum Glück für dich sehen sie zwar hübsch aus, schmecken aber widerlich.“

„Was für ein Glück für mich, sonst hätte ich eine der Pflanzen, die ich so gerne im Mondlicht betrachte, ausreißen müssen.“ Er verlangsamte den Truck an der Einmündung einer der Schotterstraßen, die zu den Nordweiden führten. Vor ihm lag die asphaltierte Straße, die nach Mule Hollow und zu Gabis Haus führte.

„Musst du gleich nach Hause?“

„Nein.“ Sie richtete sich erwartungsvoll auf. „Was hast du vor?“

„Es ist eine zu schöne Nacht, um schon nach Hause zu gehen. Wie wäre es, wenn ich dir meinen Lieblingsplatz auf der Ranch zeige?“

Sie lächelte. „Nur zu, Kumpel. Ich bin dabei.“

Energie schoss durch Jess hindurch, als er die Richtung änderte und zu seinem Lieblingsplatz fuhr. Das war überhaupt nicht das, was er geplant hatte. Aber er tat es trotzdem...

Er benahm sich einfach nur wie ein guter Freund. Mehr nicht.

Daran war nichts Romantisches.

Rein gar nicht. Absolut nichts...

* * *

„Das ist der romantischste Ort, den ich je gesehen habe." Gabi schnappte ehrfürchtig nach Luft. Sie waren einen Hügel hinaufgefahren, und als sie die Kuppe überwunden hatten, schimmerte ein See im Mondlicht am Fuß des Hanges auf der anderen Seite. Es war wunderschön.

Jess' Augen weiteten sich bei ihren Worten.

„Beruhig dich wieder", sagte Gabi und verbarg die Tatsache, dass ihr Herz angesichts der Schönheit um sie herum – Cowboy eingeschlossen – am liebsten aus ihrer Brust gesprungen wäre. „Es ist nicht so, dass du mich für sowas hierher gebracht hast. Aber es ist romantisch. Du kannst es ruhig zugeben."

„Ja, und wenn schon." Er stieß seine Tür auf, stieg aus und stapfte zur Front des Trucks als wäre er gereizt.

Gabi folgte ihm vorsichtig. „Du hast mir gesagt, dass es dein Lieblingsort ist." Sie stand neben ihm.

Er schenkte ihr ein wehmütiges Lächeln. „Okay,

er ist wunderschön. Romantisch", sagte er und wandte schnell den Blick von ihr ab. „Ich denke, ein Haus wäre hier an dieser Stelle großartig." Er entspannte sich gegen den Grill seines Trucks und holte tief Luft.

Gabi tat es auch und versuchte, die unruhigen Schmetterlinge zu beruhigen, die wieder in ihrem Bauch flatterten.

„Kannst du dir vorstellen, jeden Abend hier draußen auf einer Veranda zu sitzen, besonders bei Vollmond wie heute, wenn das Mondlicht so auf den See scheint? Dann jeden Morgen aufwachen, wenn die Sonne über dem Hügel da drüben aufgeht?"

Wunderschön. „Das wäre fantastisch. Du solltest es tun. Bau ein Haus hier", sagte Gabi. Sie konnte ihn sich gut hier vorstellen. Nach dem Gespräch mit Mandy wollte sie ihn hier sehen, glücklich und zufrieden. Plötzlich war sie neugierig. „Wo lebst du jetzt?"

„Auf der anderen Seite des Anwesens ist ein kleines Haus – eher eine Hütte. Ich wohne dort. Colt hat seine Hütte nicht zu weit von mir entfernt, obwohl er mehr oder weniger nur ein Bett da hat, weil er so viel weg ist. Kurt wollte eines der kleineren Häuser nehmen, aber wir wollten nichts davon hören."

„Eines Tages, wenn du eine Familie hast, solltest du hier bauen."

Das brachte ihr einen seltsamen Blick ein.

„Ich bin mir nicht sicher, ob ich jemals eine Familie haben werde. Ich sage Kurt immer wieder, dass er hier bauen soll, aber er will nicht. Er sagt mir auch immer, dass ich hier bauen soll, weil es mir hier so gut gefällt."

Seine Worte waren leise. Sie hallten durch die Nacht wie das Geräusch von Wind, der in den Bäumen unter ihnen rauschte, weich, aber deutlich.

„Warum sagst du immer, dass du keine Familie haben wirst?" Gabi lehnte sich neben ihm an den Kühlergrill. „Hat es mit deiner Vergangenheit zu tun? Wenn ja, dann wäre das wirklich schade."

Er verschränkte die Arme und starrte sie von der Seite an. „Es ist nicht schade, nicht, wenn ich es so will."

„Nein, es ist traurig. Warum willst du keine Familie?"

„Ich habe eine Familie", sagte er knapp. „Ich habe Kurt, Mandy und Colt. Und ich werde mehr haben, wenn sie Kinder bekommen."

Warum sollte Jess keine eigene Familie wollen? Sie musste es wissen. Und sie musste es verstehen. Ihr Herz schmerzte tiefer für ihn, als sie es begreifen konnte.

„Jess", sagte sie zögernd. „Du hast mir gesagt,

deine Mutter ist weggelaufen und hat dich bei deinem Vater gelassen, der die ganze Zeit unverantwortlich und betrunken war. Hast du Angst, dass du so werden könntest?"

„Gabi, so würde ich *niemals* werden", sagte er mit zusammengebissenen Zähnen. In seinen Augen blitzte ein Feuerwerk. „Wieso sagst du so etwas überhaupt?"

Sie hatte nicht vorgehabt, ihn zu verletzen, doch es war klar, dass sie ihn beleidigt hatte.

Er starrte den Hügel hinunter auf das Wasser. Die Stille, die zwischen ihnen in der Luft pulsierte, hatte ein Eigenleben, so voll war sie von unausgesprochenen Worten. Gabi schwieg und gab ihm Zeit, um zu verarbeiten, was sie zu sagen versuchte, und sich selbst, um herauszufinden, warum sie überhaupt darüber reden wollte.

„Ich gebe gerne zu, dass meine Vergangenheit eine große Rolle bei allen meinen Entscheidungen spielt", sagte er langsam und nachdenklich. „Aber es war noch nie, weil ich Angst hatte, so zu werden wie sie." Das letzte Wort hatte Schärfe – eine vage, fast unmerkliche Schärfe, doch so scharf, dass man damit durch Stein hätte schneiden können.

„Was ist es dann?" Sie konnte es einfach nicht auf sich beruhen lassen. Sie hatte das Gefühl, dass sie dieses Thema vorantreiben sollte. Entweder das, oder sie war einfach nur neugierig. Und dafür hatte sie sich noch nie gehalten. Mutig und offen ja, aber nicht neugierig. Jess konnte es jedoch ganz anders sehen.

Ärger huschte über sein Gesicht. „Was ist das – ein Fragespiel?"

Gabi errötete im Mondlicht. Sie stieß sich vom Truck ab, bewegte sich aber nicht weiter weg. „Nein, aber ich habe das Gefühl, dass ich mit dir darüber reden soll."

„Wie kommst du denn darauf?"

„Ich weiß auch nicht, Jess. Ich stelle mir die gleiche Frage, aber ich spüre es. Lass mich ehrlich sein. Ich mag dich und ich mache mir Sorgen um dich. Eine Krankenschwester in einem Krankenhaus, die mich überhaupt nicht kannte, hat sich Sorgen um mich gemacht und einen großen Unterschied in meinem Leben bewirkt. Ich bin eine neue Freundin für dich, aber vielleicht macht es einen Unterschied bei dir, über dieses Thema zu reden."

Jess starrte sie an, als hätte sie den Verstand verloren. Aber sie konnte nicht anders. Es war Zeit, einen Schritt zu machen.

„Du bist ein großartiger Typ, Jess Holden. Ich ärgere mich manchmal furchtbar über dich. In der sehr kurzen Zeit, in der wir uns kennen, warst du ziemlich herrisch und scheinbar der Meinung, dass dein Weg der einzige Weg ist. Aber ich weiß, dass du so warst, weil du dir Sorgen um mich gemacht hast. Wie jemand, dem ich nicht egal bin. Du würdest einen großartigen Vater abgeben. Es bereitet mir Sorgen, dass du es nicht einmal in Betracht ziehen willst, weil deine Eltern sich dir gegenüber so verantwortungslos verhalten haben. Nur damit du es weißt – du würdest *niemals* so sein wie sie. "

Seine Lippen verzogen sich auf süße Art und Weise, wie sie es immer taten, wenn er frustriert war. Komisch, dass sie seine Mimik nach so kurzer Zeit so gut kannte.

„Ich sage das nicht, um dich zu bemitleiden. Ich bin beeindruckt davon, wie du und Kurt mit eurer Vergangenheit umgegangen seid. Und obwohl ich Colt noch nicht kennengelernt habe, klingt es so, als hätte er sich auch gut gemacht. Es macht mir nur Sorgen, dass du dich dem Thema so verschließt, wenn du so offensichtlich der geborene Familienmensch bist."

Er starrte sie mit Augen an, die sanfter wurden, während sie weiterredete. „Ich weiß, ich rede wie eine Verrückte, und ich rechne jeden Moment damit, dass du mir sagst, ich soll die Klappe halten." Sie lächelte ihn an und spürte, wie ihr Grübchen in ihrer Wange zum Vorschein kam. „Meine große Klappe hat ihren eigenen Willen. Ich gebe ihr die Schuld, wenn du jetzt böse auf mich bist."

Er runzelte die Stirn.

„Aber was ich sage ist wahr", fuhr sie fort, als er sie nur mit Augen anstarrte, in denen sich der Mond im Teich widerspiegelte. Dieser Blick ließ einen Schauer des Bewusstseins über ihre Haut strömen. Der Mann hatte auf so vielen Ebenen eine Wirkung auf sie, dass sie nicht alle verstehen konnte.

Gabi konzentrierte sich wieder auf das, was sie gesagt hatte. „Du sprichst von einem Haus hier oben auf diesem Hügel, und du weißt genauso gut wie ich, dass dieser Hügel eine Familie braucht, um ihn zu genießen." Sie breitete die Arme weit aus. „Das wäre die perfekte Terrasse für Grillabende mit frischem Fisch aus dem See, mit Hot Dogs und Marshmallowrösten. Du siehst es, aber ich habe das Gefühl, dass du wegen deiner Vergangenheit Angst hast, es dir zu nehmen."

Abrupt stieß Jess sich vom Truck ab und ging ein paar Schritte. „Ich habe keine Angst davor, wie meine Eltern zu sein, Gabi", flüsterte er schroff.

Er lehnte seinen Kopf zurück und blickte direkt zum Himmel, bevor er sich zu ihr umdrehte. „Verstehst du es nicht? Ich fürchte, die Frau, die ich heirate ... dass sie .... dass sie mir davonläuft." Er wandte sich wieder von ihr ab und starrte auf den See.

In der Dunkelheit stieß eine Eule einen

unheimlichen Ruf aus, der einen kalten Schauer über Gabis Rücken jagte. Sie holte tief Luft und ging zu ihm hinüber, dann hob sie ihre Hand und ließ sie dicht über seinem Rücken schweben, unsicher, ob sie ihn berühren sollte, doch sie konnte nicht anders.

Schließlich legte sie ihre Hand zwischen seine Schulterblätter. Die Spannung war unleugbar, noch schlimmer bei ihrer Berührung.

„Warum tust du das?", fragte Jess leise.

„Ich kann diese Angst in gewisser Weise verstehen", sagte Gabi ebenso leise. „Aber manchmal muss man die Angst bekämpfen, indem man sie ignoriert." Sie versuchte ihr Bestes, um das selbst zu tun, hätte sie fast gesagt, konnte die Worte aber nicht herausbringen. Er drehte sich um und blickte auf sie herab. Sie waren einander so nah, und Gabi kämpfte gegen den Drang an, ihre Arme um ihn zu legen.

„Ich kann es nicht riskieren. Es wäre nicht fair den Kindern gegenüber."

Gabis Herz pochte. Ihre Handflächen schwitzten, und sie hätte einen Schlag auf den Hinterkopf gebrauchen können, so sehr wollte sie Jess Holden küssen und ihm sagen, dass es Frauen da draußen gab, die niemals daran denken würden zu gehen. Und dass sie diese Liste anführte.

Seine Augen, ach so schön und ausdrucksstark,

suchten ihre. „Kinder brauchen Sicherheit. Sie brauchen Liebe. Ich bin jetzt erwachsen und über all das weg. Zum Glück hatte ich Kurt und Colt. Aber manche haben das nicht."

Er war nicht darüber weg, und Gabi wusste es. „In dieser Gleichung fehlt ein wichtiges Element, Jess. Deine Kinder würden dich haben, wenn deine Frau aus irgendeinem Grund gehen würde – was sie meiner Meinung nach zur dümmsten Frau der Welt machen würde."

Sein Mundwinkel zuckte und schickte einen elektrischen Schlag durch sie hindurch. „Ein bisschen harsch, findest du nicht?"

„Tut mir leid. Manchmal lasse ich mich ein bisschen mitreißen. Aber wirklich, Jess, du weißt, was ich meine. Du bist ein großartiger Kerl, ein ehrenwerter Mann. Du bist zweimal zu meiner Rettung geeilt. Du bist selbst für Fremde ein Held. Und genau das und mehr wärst du auch für deine Familie."

„Ich weiß nicht –"

„Wag es bloß nicht! Ich weiß ohne jeden Zweifel, dass du jemandem, den du liebst und für den du verantwortlich wärst, genau diese Art von Hingabe schenken würdest. Daran besteht kein Zweifel. Und eine Frau wäre ziemlich dumm, wenn sie dich verlassen würde", beendete sie und forderte ihn damit heraus, es zu leugnen.

Momente vergingen, und die Spannung zwischen ihnen surrte in der Nacht.

„Danke", sagte er schließlich.

„Keine Ursache. Das ist eine Tatsache", blaffte sie, frustriert von ihren Emotionen.

Er streckte die Hand aus und strich ihr sanft eine Haarsträhne aus den Augen. Seine Finger verweilten an ihrer Schläfe und erinnerten sie an diesen Tag im Wald. „Dein Verlobter war ein Dummkopf, weil er dich verlassen hat."

Gabis Herz blieb so abrupt stehen wie ein Zug, der gegen eine Betonwand krachte. Als sie ihre leidenschaftliche Rede gehalten hatte, hatte sie nicht vergessen, dass der Mann, der sie hätte lieben sollen, sie ohne zweimal darüber nachzudenken verlassen hatte.

Jess sah sie zärtlich an. „Ich hoffe, es hat dich nicht zu sehr verletzt. Du hast Besseres verdient."

Plötzlich verweigerte ihre Stimme ihr den Dienst. „Danke", brachte sie schließlich heraus. „Das habe ich schon. Ich bin nicht mehr traurig, zumindest nicht mehr darüber, dass Phillip gegangen ist. Ich bedauere nur, dass ich nicht gesehen habe, wie ungesund mein Lebensstil war."

„Ich bin froh, dass es dir jetzt gut geht."

„Ich bin so glücklich und erleichtert, dass ich dahin gekommen bin, wo ich heute bin." Ein Anflug von Schuldgefühlen streifte sie, doch ihr Inneres bebte angesichts seiner Nähe und der Tatsache, dass seine Hand von ihrer Schläfe auf ihre Schulter gesunken war. Seine Wärme strahlte durch sie hindurch. Ihr Blick wanderte zu seinen Lippen. Und jedes Schuldgefühl, das sie empfand, weil sie sich Jess nicht mehr öffnete, wurde von diesem Moment weggewischt.

„Das ändert nichts an der Tatsache, dass dieser Typ ein Dummkopf war." Jess trat näher. Ihr Herz schlug schneller. Sein Blick suchte ihren, als sie ihre Augen von seinen Lippen riss.

Du willst das nicht, sagte die Stimme in Gabis Kopf leise, selbst, als sie ihre Augen schloss und ihr Herz pochte. Sie war heute Abend nicht hierhergekommen, um sich in Jess zu verlieben. Sie war hierhergekommen, um ihm zu helfen.

Genau wie im Wald letzte Woche konnte sie es nicht tun. Konnte es nicht zulassen.

„Warte", keuchte sie und wich zurück. Sie hob eine Hand und kämpfte um ihre Stimme. „Warte. Das ist nicht Teil meines Schlachtplans."

* * *

Nicht Teil ihres Schlachtplans? Das hatte sie gesagt,

bevor sie sich praktisch den Hals gebrochen hatte, um von ihm wegzukommen.

Jess hatte den Verstand verloren. Er hatte Gabi fast geküsst, wo er doch wusste, dass er sich auf keinen Fall auf sie einlassen wollte. Dann war sie gegangen und hatte gesagt, sie sei nicht daran interessiert, sich auf ihn einzulassen. Was hatte er sich nur gedacht?

So hätte dieser Abend nicht laufen sollen. Keiner von beiden hatte Romantik im Sinn, und dennoch war die magnetische Anziehungskraft so augenfällig wie ein weißes Pferd inmitten einer Gruppe von Braunen.

Etwa auf halber Strecke zu ihrem Haus sagte sie: „Ich mag dich, Jess. Es ist nichts gegen dich. Ich kann einfach nichts mit dir anfangen. Bitte vertrau mir, was das angeht. Selbst wenn Phillip nicht mit mir Schluss gemacht hätte, hatte ich mich bereits entschlossen, es zu tun. Das klingt furchtbar, oder?"

Er lachte. Die Frau überraschte ihn immer wieder. Er fuhr in die Stadt. So spät am Abend war alles geschlossen. Die Hauptstraße lag im Mondlicht, das den Pfad zu dem kleinen Haus erhellte, in dem Gabi neben dem großen alten Haus der Familie lebte, das Adela in ein Apartmenthaus umgewandelt hatte.

„Du warst nicht verheiratet. Du hattest noch Zeit, Schluss zu machen und zu gehen. Besonders, nachdem ihr noch keine Kinder hattet. Und wenn dein Glaube ein Problem für ihn war, dann ist das ein großes." Er hielt hinter ihrem kleinen Auto an und schaltete die Zündung aus. Er war nicht bereit, sie abzusetzen und zu gehen. Noch nicht.

„Was ist mit deinem Glauben, Jess? Anscheinend gehst du nur selten in die Kirche."

„Man muss nicht in die Kirche gehen, um zu glauben."

„Wohl wahr. Aber du und ich wissen beide, dass da noch mehr ist."

Woher wusste sie so viel? Es war fast so, als könnte sie seine Gedanken lesen. „Ich habe ein paar Probleme."

„Auch aus deiner Vergangenheit?"

Er neigte den Kopf schief begegnete ihrem unerschütterlichen Blick. „Du gibst nicht auf, oder?"

Sie lächelte. „Meine Revanche dafür, dass du mich ein paarmal so von oben herab behandelt hast."

Er lachte trotz des ernsthaften Gesprächs.

„Also stammen die Probleme aus deiner Vergangenheit?"

„Vielleicht, Gabi. Ja. Aber ich bin nicht bereit, darüber zu reden."

Sie öffnete die Tür und stieg aus dem Truck. „Dann werde ich für dich beten. Zumindest kann ich das tun."

Er folgte ihr zu ihrer Tür. Der Abend war fast zu Ende, und er wollte einfach nicht gehen. Er mochte ihre offene Ehrlichkeit. Ihre Fähigkeit, an ihm vorbei zu sehen – so schwer es manchmal war, er mochte es zu sehen, wie sie dachte.

An der Tür, im Schatten der Veranda, eingehüllt in den Duft des Jasminstrauchs, der am Ende von Adelas Veranda hinter der Schaukel wuchs, sah sie zu ihm auf. „Es war ein schöner Abend.“

Jess vergrub seine Hände in den Taschen seiner Jeans und kämpfte gegen das Bedürfnis an, sie in seine Arme zu ziehen. „Das war es.“

Jess sah sie an, unfähig, dagegen anzukommen, nahm seine Hände aus der Tasche und machte einen Schritt nach vorn.

* * *

Schritt für Schritt, langsam und vorsichtig, ging Jess auf Gabi zu. Seine Augen bohrten sich auf beunruhigende Weise in ihre.

„Das ist verrückt“, flüsterte sie.

Seine Augen wurden sanfter. „Ja, das ist es“, sagte er, während er mit seiner Hand ihren Nacken berührte und sie sanft zu sich zog.

Gabis Herz schwebte. Seine Augen suchten ihre,

verdunkelten sich, und diesmal fehlte ihr der Wille, ihn aufzuhalten. Ihr innerer Kampf endete, sobald seine Lippen ihre trafen.

Sie dachte nur daran, in Jess' Armen zu sein. Das war nichts, was sie jemals zuvor erlebt hatte. Es war, als könnte sie ihr Herz in seinem Kuss fühlen.

„Gabi", flüsterte er und zog sich zurück. „Ich habe mein Bestes getan, um das nicht zu tun, aber es ist unmöglich. Ich bekomme dich einfach nicht aus dem Kopf, egal wie sehr ich es versuche."

Er hatte versucht, *nicht* an sie zu denken? „Das sind Worte, die ein Mädchens hören will." Sie löste sich von ihm und schmunzelte ironisch.

„So habe ich es nicht gemeint." Er sah im Licht der Veranda fassungslos aus.

„Ich weiß, was du meinst, Jess." Sie entfernte sich von ihm und hatte das Gefühl, weglaufen zu müssen, und so weit wie möglich, oder riskieren, ihr Herz zu verlieren. „Ich weiß, was du über eine ernsthafte Beziehung denkst. Und über meine Vergangenheit. Darum bin ich ein bisschen verwirrt. Ich versuche, die Realität hier zu betrachten. Was willst du mit mir?"

„Ich...", stammelte er, scheinbar sprachlos.

Gabi zwang sich zu einem weiteren Lächeln, auch wenn es sich gezwungen anfühlte.

Sie hatte den seltsamsten Schmerz in ihrem

Herzen. „Ich hätte nicht zulassen dürfen, dass du mich küsst, Jess", sagte sie und fühlte sich überwältigend traurig. „Wir sind gut als Freunde. Lass es uns dabei belassen. Okay?" Sie brauchte jedes bisschen Kraft, um die Worte herauszubringen. Freunde küssten einander nicht so, wie sie es getan hatten. Sie hatte nie den überwältigenden Drang gehabt, sich in die Arme eines anderen *Freundes* zu werfen. Aber Freunde war genau das, was sie bleiben würden.

Jess schloss die Augen, lehnte den Kopf in den Nacken und holte tief Luft. Sein Haar fiel über seinen Kragen und über sein Ohr und flehte sie an, es ihm hinter das Ohr zu streichen. Die plötzliche Anspannung, die in seine Stirn unter dem Schatten seines Hutes eingraviert war, zu beseitigen.

„Ich glaube, ich habe mir das selbst eingebrockt." Seine Stimme war voller Bedauern. „Aber du hast Recht. Diese Sache zwischen uns ist..."

„Kompliziert", beendete sie den Satz für ihn.

Sein rechter Mundwinkel zuckte. „Ja, kompliziert."

Sie starrten einander einen langen Moment lang an. Gabi fragte sich, ob er über den Kuss genauso nachdachte wie sie.

Denn sie dachte darüber nach. Und wollte immer noch mehr.

Und sie war immer noch so sicher wie zuvor, dass sie eine feste Grenze zwischen ihnen ziehen musste. Und hoffte, dass er sich auch daran halten würde.

„Gute Nacht, Jess." Sie ging hinein und schloss die Tür fest zwischen ihnen. Wenn sie schlau wäre, würde sie auch dafür sorgen, dass es so blieb.

Und sie würde nicht darüber nachdenken, welche Gefühle sein Kuss in ihr ausgelöst hatte.

KAPITEL FÜNFZEHN

Jess' Stiefel hallten durch sein Haus, als er eintrat und die Tür härter hinter sich zuschlug als beabsichtigt. Die Wand wackelte, und er musste sofort an seinen Vater denken, wenn der wütend und betrunken nach Hause kam. Jess verlor nie die Beherrschung. Er blieb in seinem kleinen Wohnzimmer stehen, hängte seinen Hut an den Wandhaken und fuhr sich mit den Händen durch die Haare. Gabi Newberry brachte ihn dazu, über Dinge nachzudenken, über die er nicht nachdenken wollte. Dinge, die er nicht wollte. Familie. Kinder. Er spürte Kopfschmerzen, die er sonst nie hatte.

Das Telefon klingelte und erinnerte ihn daran, dass Colt heute Abend nach Hause kommen sollte.

Jess sah sofort auf seine Uhr. Es war halb elf und laut Colt würde er gegen Mitternacht kommen.

Vielleicht war er müde und brauchte jemanden, der ihm half, wach zu bleiben. Jess griff nach dem Telefon und dachte, es sei das perfekte Timing, weil es für ihn heute Abend kein Problem sein würde, zu reden. Er hatte viel, dass er sich von der Seele reden wollte.

„Hey, Kumpel, ich bin froh, dass du anrufst", sagte er.

„Spreche ich mit Jess Holden?"

Jess hielt beim Klang der Männerstimme am anderen Ende der Leitung inne. Sofort überkam ihn ein schlechtes Gefühl. „Ja, am Apparat."

„Sir, ich bin State Trooper Trident vom Texas Department of Public Safety. Sind Sie der Bruder von Colt Holden?"

* * *

Jess und Kurt gingen in die Notaufnahme von Kerrville. Kurts Miene war grimmig, und Jess wusste, dass er nicht viel anders aussah. Der Beamte hatte ihm mitgeteilt, dass Colt in Ordnung war, er jedoch einen Frontalzusammenstoß mit einem Mann gehabt hatte, der unter Alkoholeinfluss gestanden hatte. Die Kollision hatte Colts Truck in ein anderes Auto katapultiert – eine vierköpfige Familie. Alle außer Colt waren tot.

Jess und Kurt waren kaum in der Lage gewesen, auf der hundert Meilen langen Fahrt von Mule Hollow nach Kerrville zu reden. Der Officer hatte ihnen gesagt, dass Colt nicht schuld war, dass der Betrunkene über die Mittellinie geschlingert ist. Jess und Kurt wussten beide, dass es keine Rolle spielen würde, wenn ihr kleiner Bruder wusste, dass er eine ganze Familie ausgelöscht hatte.

Es war zu furchtbar, um es zu begreifen. Eine ganze Familie ... tot.

Der Gedanke machte Jess krank. Er konnte sich nicht vorstellen, wie Colt sich fühlen musste. Und Kurt, immer ihr Beschützer, sah genauso mitgenommen aus wie Jess. Grimmig und erschüttert konnten sie nur daran denken, zu Colt zu kommen.

Im Krankenhaus ging es ruhig zu, als sie hereinkamen, und eine Krankenschwester teilte ihnen Colts Zimmernummer mit.

Kurt ging den scheinbar endlosen Flur hinunter. Ihre Stiefel klapperten auf dem glänzenden Boden.

„Er wird in einer schlechten Verfassung sein", sagte Kurt und wiederholte, was sie bereits wussten.

„Ja", war alles, was Jess sagen konnte. Es fiel ihm auf, dass er den ganzen Weg den Flur entlang gebetet hatte. Das war sein kleiner Bruder. Er war achtundzwanzig Jahre alt, hatte sein ganzes Leben noch vor sich, und im Handumdrehen hatte sich alles verändert.

Der Arzt hatte gesagt, er habe kaum einen Kratzer abbekommen, außer einer Platzwunde an der Stirn, einem geprellten Kinn und ein paar geprellten Rippen vom Lenkrad und vom Sicherheitsgurt. Doch die äußeren Narben spielten keine Rolle. Kurt und Jess wussten, als sie Colts Zimmer betraten, dass das Leben ihres kleinen Bruders niemals wieder so sein würde wie zuvor.

Sie alle wussten, wie tief innere Narben gehen konnten. Jess hatte das Gefühl, als würden die Narben durch ihn durch gehen, und dennoch konnte er sich die Schuldgefühle, den Schmerz und die Trauer nicht vorstellen, die Colts Kopf und Herz in diesem Moment martern mussten.

Kurt klopfte an die breite Holztür. Keine Antwort. Der Fernseher spielte leise im Hintergrund, doch nicht laut genug, um das Klopfen an der Tür zu übertönen.

Jess und Kurt sahen einander an, nickten schweigend und betraten dann den schwach beleuchteten Raum.

Colt saß auf einem Sessel. Er starrte geradeaus, nicht auf den Fernseher, nicht aus dem Fenster, sondern an die Wand.

Und er schien sie nicht zu bemerken, als sie hereinkamen.

„Colt, hey, Kumpel", zwang Jess sich, mit fester Stimme zu sagen. Das Letzte, was Colt jetzt brauchte, war, dass seine großen Brüder die Fassung verloren. Doch als er den leeren Ausdruck auf Colts blassem Gesicht sah, riss es Jess in Stücke.

„Wir sind jetzt bei dir." Kurt legte seine Hand auf Colts Schulter.

Als würde er plötzlich bemerken, dass sie da waren, bewegten sich seine Augen und fokussierten auf sie. „Hey, Jungs."

Seine Stimme war ausdruckslos. Und obwohl seine Augen auf sie gerichtet waren, gab es keine Emotionen in ihren Tiefen. Kurts besorgter Blick flackerte zu Jess und dann zurück zu Colt. Es war offensichtlich, dass er entweder unter Beruhigungsmitteln oder unter Schock stand. Da die Krankenschwester ihnen gesagt hatte, dass er eine niedrige Dosis Beruhigungsmittel erhalten hatte, um ihm zu helfen, sich zu entspannen, wollte Jess sagen, dass das, was sie sahen, von den Medikamenten kam. Doch er wusste, dass es nicht so war.

„Wie geht es dir Kumpel?", fragte er, obwohl es offensichtlich war, dass Colt alles andere als in Ordnung war.

Colts Blick wanderte zum Fernseher, und er starrte ihn einen Moment lang völlig ausdruckslos an. „Ich habe diese Familie getötet", sagte er, seine Stimme so tot wie die Familie, die ihn für immer verfolgen würde.

„Es war nicht deine Schuld", sagten Kurt und Jess fast gleichzeitig. Sie wussten beide, dass das keine Rolle spielte – Menschen waren tot.

Er blickte verständnislos von Kurt zu Jess. „Holt mich hier raus", sagte er. „Ich will nach Hause."

* * *

Am Morgen, nachdem sie sich von Jess hatte küssen lassen – wovon sie wusste, dass es angesichts ihrer Vergangenheit falsch war – brauchte sie Kaffee. Eine Tasse von Sams starkem, ätzendem Java. Und sie brauchte sie dringend.

„Es geht ihm schlecht, und er wird Zeit brauchen, um darüber hinwegzukommen." Apps laute Stimme drang durch das Diner, als Gabi eintrat. App und Stanley saßen an ihrem gewohnten Platz am Fenstertisch, waren jedoch nicht wie üblich in ihr Dame-Spiel vertieft. Stattdessen unterhielten sie sich, und es schien, als hörten ihm alle Cowboys im Diner zu.

„Wie furchtbar für ihn und diese Familie", sagte Stanley und sah wirklich traurig aus.

„Und den Betrunkenen auch", grunzte Sam und

blieb mit einer Kaffeekanne in der Hand am Tisch stehen. Er schüttelte den Kopf. Männer von allen Tischen nickten zustimmend, blickten traurig drein und aßen dann mit ernsten Mienen weiter.

„Hey, Gabi", sagte Sam. Auch sein grimmiger Gesichtsausdruck war nicht zu übersehen.

„Was ist los, Sam?", fragte Gabi besorgt. „Ist irgendwas passiert? Du siehst wirklich mitgenommen aus."

„Es ist furchtbar. Einfach furchtbar", murmelte App.

„Was denn?" Sie machten Gabi Angst.

„Colt Holden hatte letzte Nacht einen schrecklichen Unfall", sagte Sam kopfschüttelnd.

Gabis Herz machte einen Satz. „Oh Gott, nein!"

„Er lebt", sagte Stanley. „Aber ich kenne diesen Jungen, und das wird ihn innerlich zerreißen."

Gabis Gedanken schossen sofort zu Jess. „Was ist passiert? Wie schlimm war es?"

„Ein Betrunkener ist ihm reingefahren und hat seinen Truck in den Wagen einer Familie gerammt", schnaubte App.

„Hat alle außer Colt ausgelöscht." Sam schüttelte den Kopf, als er zurück in die Küche ging.

„Sind Jess und Kurt zu ihm gefahren?"

„Ja", nickte Stanley. „Mandy hat's ihrer Mutter

gesagt. Wollte nicht, dass sie es von Fremden erfährt."

Gabi konnte sich vorstellen, welche Qualen Colt empfand. Er und seine Brüder hatten so viel durchgemacht. *Wie ging er damit um? Wie ging Jess damit um?*

„Wo sind sie?" Sie folgte Sam in die Küche.

„Kerrville", sagte Sam und griff nach Tellern.

Sie konnte nicht anders, sie musste zu Jess.

Die Stärke ihres Bedürfnisses, an seiner Seite zu sein, erschreckte sie ein wenig, doch es war ihr egal angesichts der extremen Krise, die die Holden-Familie durchmachte.

Sie betete für die verstorbene Familie. Ihr Herz schmerzte, und der Gedanke, dass das ihre eigene Erfahrung hätte sein können, traf sie wie ein Schlag. Mitten in Sams Küche wurde ihr plötzlich klar, wie ähnlich die Umstände ihrer Beinahekatastrophe gewesen waren. Nur, dass es für Colt kein Happy End gab.

Mit brodelndem Magen verabschiedete Gabi sich und verließ das Diner durch die Hintertür. Auf der rückseitigen Veranda beugte sie sich vornüber, stützte sich auf ihre Knie und saugte scharf Luft ein, denn sie wollte, dass die Übelkeit verschwand. Sie war im Krankenhaus dankbar gewesen, als ihr bewusst geworden war, wie nahe sie einer Katastrophe gekommen war, doch das hier? Oh, was Colt jetzt durchmachen musste!

Gabi stand auf und zitterte, als sie das Geländer der Veranda ergriff, um sich daran abzustützen. Sie ging die Stufen hinunter und zu ihrem Auto. Sie musste Jess sehen, musste sehen, ob sie irgendetwas tun konnte, um zu helfen.

* * *

Jess stand vor dem Krankenhaus. Er brauchte eine Atempause. Colt hatte keine Infusion mehr, und sie warteten darauf, dass der Arzt vorbeikam und Colt erlaubte, nach Hause zu gehen.

Mandy war mit seiner Mutter angekommen und war bei Kurt und Colt.

Er war nach draußen geflohen, um der erdrückenden Fürsorge zu entkommen, die Rhonda an den Tag legte. Er hatte es nicht länger ertragen können.

Er hatte sich lange nicht mehr so wütend gefühlt. Und eines wusste er. Er konnte jetzt nicht wieder nach oben gehen. Nicht so.

Er verließ den Gehsteig und ging auf eine entfernte Baumgruppe am anderen Rand des Parkplatzes zu. Bäume waren gleichbedeutend mit Abgeschiedenheit. Sogar die kleine Baumgruppe bot ein gewisses Maß an Schutz – für den Fall, dass sich jemand entschied, ihn zu suchen.

Er konnte seine Mutter jetzt weder drinnen noch draußen ertragen.

In diesem Moment wollte er von niemandem gefunden werden. Er musste einen klaren Kopf bekommen, damit er Colt von Nutzen sein konnte.

Er erreichte die Baumgruppe und ging durch sie hindurch. Dahinter gab es einen Zaun und dann ein leeres Grundstück. Jess war erleichtert. Er legte die Hände auf den Maschendrahtzaun, starrte ins Nichts, senkte den Kopf und blickte anklagend zum Himmel auf.

„Was soll das alles?", knurrte er. „Ich verstehe es einfach nicht."

„*Jess?*"

Er zuckte zusammen, als er Gabis sanfte Stimme hörte. Er wirbelte herum und fand sie am Rande der Baumgruppe stehen. Sie atmete schwer, als wäre sie über den Parkplatz gerannt. Sie sah betroffen aus. Sein Herz krampfte sich bei ihrem Anblick zusammen ... er war in seinem ganzen Leben noch nie so glücklich gewesen, jemanden zu sehen. Mit zwei Schritten war er bei ihr, schlang seine Armen um sie und vergrub sein Gesicht in ihrem weichen, duftenden Haar.

Er schloss die Augen und hielt sie fest, dankbarer denn je, dass sie hier war.

Sie legte ihre Arme um ihn und hielt ihn fest. „Ich bin so schnell wie möglich hergekommen", flüsterte sie und drückte ihn noch fester an sich.

Seine Arme schlossen sich fester um sie und brachen sie fast entzwei. Jess klammerte sich an sie. Er konnte sich nicht dazu bringen, sie loszulassen. „Danke" war alles, was er in den ersten Augenblicken sagen konnte.

Gabi nickte gegen seinen Hals und hielt ihn sanft weiter fest, als ob sie ihm Kraft geben wollte. In seinem ganzen Leben hatte sich Jess noch nie so gefühlt. Es war, als hätte Gabi ein Loch gefüllt, das immer leer gewesen war.

„Wie geht's Colt?", fragte Gabi schließlich, rieb mit ihrer Hand über seinen Rücken und löste behutsam die dort verknotete unmögliche Spannung.

Er zog sich zurück, hielt sie aber immer noch fest und trank ihre Gegenwart. „Ich kann nicht fassen, dass du gekommen bist."

„Ich konnte nicht schnell genug hierherkommen."

Er holte tief Luft und versuchte, seine Gefühle zu verarbeiten. „Er sagt nicht viel. Ich denke, er steht unter Schock. Als wir angekommen sind, hat er unter Beruhigungsmitteln gestanden und war wie betäubt. Aber jetzt ist er nicht mehr unter ihrem Einfluss, und er scheint immer noch in seiner eigenen Welt zu sein. Es ist schwer zu erklären. Es bringt ihn um."

„Oh, Jess." Gabis Augen füllten sich mit Tränen.

„Eine alte Dame, die es wohl gutgemeint hat, kam heute Morgen gegen acht Uhr mit Büchern und Zeitschriften vorbei, und auf dem Cover war ein Bild der Familie und des Betrunkenen."

Gabi schnappte nach Luft. „Oh nein! Hat er es gesehen?"

„Wir alle haben es gesehen", sagte er leise und rieb sich die Stirn. „Colt hat sich seitdem nur noch mehr zurückgezogen. Er weigert sich zu reden. Starrt nur aus dem Fenster, als wäre er derjenige, der tot ist. "

Tränen füllten Gabis Augen. „Kann ich irgendwas tun?"

Jess starrte sie an und lockerte seine Arme, damit sie atmen konnte. „Ich bin mir gerade nicht sicher, ob irgendjemand von uns etwas für ihn tun kann. Wenn ich in Colts Situation wäre, würde ich einfach nur allein sein wollen. Ich *müsste* allein sein. Im Moment kümmern Kurt und Mandy sich um ihn. Meine Mutter ist auch da oben." Er fügte den letzten Satz bar jeder Emotion hinzu.

Gabis Blick wurde weicher, denn sie verstand, wie schwer das für ihn war.

„Mein Bruder leidet, und ich bin hier unten, weil ich es nicht ertragen kann, mit ihr im selben Raum zu sein. Kurt hat ihr vergeben. Und Colt auch auf seine eigene Weise." Er schlang seine Finger wieder um den Maschendrahtzaun und hielt sich daran fest.

Gabis Hand glitt über seine. „Was du fühlst, ist verständlich", sagte sie leise. „Völlig verständlich."

Er starrte sie an. „Denkst du?"

Wut blitzte in ihren Augen auf. „Natürlich. Schau dir an, was sie euch angetan hat. Es muss unglaublich schwer sein, ihr das zu vergeben. Es macht mich wütend. Ja, wir sollen vergeben, aber das macht es nicht leichter."

Er war sich nicht sicher, was er erwartet hatte, aber es war nicht das – besonders das Feuer, das er ihren Worten anhörte.

Sie musste bemerkt haben, dass sie ihn geschockt hatte, denn sie seufzte und ließ ihre Schultern hängen.

„Ich weiß, ich weiß. Ich bin ein wenig verwirrt was meine Gefühle gegenüber deiner Mutter angeht." Sie runzelte die Stirn und sah frustriert aus.

Trotz allem, was vor sich ging, wollte Jess lächeln.

„Du bist nicht allein. So fühle ich mich jeden Tag", sagte er und gestand sich die Existenz einer Verbindung zwischen ihnen ein. Allein, dass sie hier bei ihm war, hob seine Stimmung. „Im Moment geht es aber nicht um mich, es geht um Colt, und ich muss für ihn da sein. Kommst du mit mir nach oben?"

Gabi griff nach seiner Hand. „Darum bin ich hier."

* * *

Gabi und Jess mussten gar nicht nach oben gehen, denn sie begegneten Jess und dem Rest der Familie im Foyer. Colt saß im Rollstuhl, und eine Krankenschwester schob ihn zur Tür hinaus. Gabis erster Gedanke war, dass Colt verloren aussah. Als ob er nicht wüsste, was er von jetzt an tun sollte. Sie dachte darüber nach und erkannte, dass es ihr genauso gehen würde, wenn ihr etwas so Tragisches passiert wäre.

Gabi, Colt und Rhonda wurden einander vorgestellt. Gabi fühlte sich ein wenig unbehaglich, dass sich Colt in einem solchen Schockzustand befand. Es war offensichtlich, dass er nicht in Stimmung war, zu reden, doch wie auf Autopilot nickte er ihr zu und schenkte ihr sogar etwas, das vage an ein Lächeln erinnerte. Rhonda, eine sehr dünne Frau mit den gleichen sandbraunen Haaren und kaffeebraunen Augen wie Colt, sah nervös und besorgt aus. Gabi vermutete, dass sie Ende vierzig oder Anfang fünfzig war. Was bedeutete, dass sie ziemlich jung gewesen war, als sie die Jungs verlassen hatte. Sie streckte ihre Hand aus, und Gabi nahm sie. Sie war eiskalt, aber ihr Griff war fest, als würde sie nach Halt suchen.

„Ich hole den Truck", sagte Kurt, nachdem er alle einander vorgestellt hatte.

„Ich kann laufen", sagte Colt und stand aus dem Rollstuhl auf.

Die Krankenschwester legte ihre Hand auf seine Schulter. „Tut mir leid, Mr. Holden, doch Sie müssen warten, bis das Auto hier ist. Dann können Sie aufstehen."

Zum ersten Mal huschten Emotionen über sein Gesicht. „Ich bin *nicht* verletzt", knurrte er.

„Ich weiß", sagte die Krankenschwester freundlich. „Aber so sind die Krankenhausregeln. Wenn ich Sie aufstehen lasse und die Überwachungskamera mich dabei erwischt, steht mein Job auf dem Spiel."

„Nur noch ein bisschen, Schatz." Rhonda tätschelte seine Schulter.

Gabi bemerkte, dass Jess dabei zurückzuckte.

Gabi fühlte sich wie ein Eindringling in eine Familienangelegenheit und wartete ein wenig abseits, als Colt in den Truck stieg. Jess sah sie und dann den Truck an und sie bemerkte, dass er hin- und hergerissen war, in welchen Wagen er fahren sollte.

„Mach dir keine Sorgen meinetwegen. Du fährst mit deinen Brüdern." Sie lächelte ihn an. „Ich bin nur gekommen, um dich zu unterstützen."

„Bist du sicher? Du bist den ganzen Weg gefahren und jetzt musst du allein zurückfahren."

„Ich komm schon klar, Jess. Geh." Berührt, dass er an sie dachte, sagte sie zu ihm: „Du musst mit Colt da drin sein. Nur ihr drei. Ein Auto und eine lange Fahrt sind der perfekte Ort für gute Gespräche. Du schuldest mir nichts dafür, dass ich gekommen bin. "

Er nickte knapp, drückte ihre Hand, ging dann hinüber und stieg auf die Rückbank des viertürigen Trucks.

Gabi blickte ihnen nach, als sie losfuhren und betete, dass die hundert Meilen bis Mule Hollow den Weg zur Genesung für Colt bereiten würden. Sie drehte sich um und begegnete Rhondas neugierigem Blick.

Da wurde ihr bewusst, dass Jess' Weg der Genesung immer noch geradewegs in eine Mauer führte. Und sie hatte seiner Situation kein bisschen geholfen.

„Danke", sagte Rhonda mit emotionaler Stimme.

„Ja", fügte Mandy hinzu. „Jess schien es besser zu gehen, nachdem du gekommen bist. Er war so angespannt, dass wir uns Sorgen um ihn gemacht haben."

Gabis Blick wanderte schuldbewusst zu Rhonda. Wenn sie wüsste, warum es ihm besser ging, würde Rhonda sich wie Dreck fühlen. Gabi lächelte Mandy an und versuchte, Rhonda einzubeziehen, obwohl ihr Blick dem der älteren Frau nicht begegnete. „Ich bin froh. Ich wusste nicht, was ich sonst hätte tun können. Aber ich musste kommen."

Gabi dachte den ganzen Weg nach Hause über diese Bemerkung nach.

Ich musste kommen.

Sie kannte Jess Holden seit weniger als einem Monat und fühlte sich so mit ihm verbunden, dass sie für ihn da sein musste.

Sie wusste, dass sie sich etwas vormachte, wenn sie es als für einen Freund dasein abtat.

Jess Holden hatte eine Wirkung auf sie wie nichts, was sie jemals zuvor erlebt hatte. Und darüber konnte sie einfach nicht hinwegsehen.

KAPITEL SECHZEHN

Als Gabi später am Montag in der Klinik ankam, fand sie Susan hinten beim Abschleifen der Backenzähne eines alten Pferdes. Wie die menschliche Nase hörten die Zähne eines Pferdes nie auf zu wachsen – doch im Gegensatz zu einer Nase mussten sie von Zeit zu Zeit abgeschliffen werden.

„Du bist gut durchgekommen. Wie geht's ihm?" Susan zog das lange zahnärztliche Instrument aus dem Maul des Pferdes.

Gabi war direkt in die Klinik gefahren, sobald sie in die Stadt gekommen war. Susan war freundlich genug gewesen, ihr zu erlauben, ein paar Stunden freizunehmen, damit sie nach Kerrville fahren konnte, und sie wollte ihre Wertschätzung dafür zeigen, indem sie so schnell wie möglich zur Arbeit zurückkehrte.

Außerdem musste sie sich beschäftigen, um sich abzulenken.

„Er quält sich", sagte sie. „Er ist furchtbar traurig Er steht unter Schock und hat sich vollkommen zurückgezogen."

„Das hatte ich befürchtet", sagte Susan. „Wie haben sich Kurt und Jess gehalten?"

„Sie machen sich große Sorgen um ihn. Ich habe Colt zum ersten Mal getroffen, und er war wirklich still. Ich habe ihn nur kurz gesehen. Jess war draußen, als ich angekommen bin, und ich habe Zeit damit verbracht, mit ihm zu reden. Er ist selbst ziemlich aufgewühlt."

Susan verschränkte die Arme, Mitgefühl in ihrem Gesichtsausdruck. „Ich kann mir vorstellen, dass es Jess und Kurt mitnimmt. Mein Cole hat seine erste Frau tragisch jung verloren, und er hatte immer noch damit zu kämpfen, als wir uns begegnet sind. Seine Brüder haben sich große Sorgen um ihn gemacht. Die Turner-Männer spüren den Schmerz des anderen ... Ich bin mir sicher, dass die Holden-Männer da nicht anders sind."

Gabis Herz schmerzte. „Sie stehen einander nah. Zumal sie sich in ihrer Kindheit so sehr aufeinander verlassen mussten."

„Stimmt. Bei Cole und seinen Brüdern war es in gewisser Weise auch so. Nur, dass sie Teenager waren, als ihre Eltern bei einem Flugzeugabsturz ums Leben gekommen sind. Jess, Kurt und Colt waren noch sehr jung, als ihre Eltern sie emotional und physisch im Stich gelassen haben."

„Was hältst du von ihrer Situation? Ihre Mutter war im Krankenhaus."

„Ich denke, es ist eine schwierige Situation. Sie lebt in Fredericksburg, wie mir gesagt wurde. Das ist nicht weit von Kerrville entfernt. Ich frage mich, ob Colt letzte Nacht versucht hat, zu ihr zu fahren."

„Das glaube ich nicht."

„Ich denke wirklich, dass es schwierig sein muss, mit einer Mutter umzugehen, die dich so jung verlassen hat und jetzt wieder in dein Leben will, nachdem du erwachsen bist und sie wirklich nicht mehr brauchst. Es ist traurig. Aber soweit ich weiß hat Kurt sie schon ein paarmal gebeten, auf die Ranch zu ziehen, doch sie will nicht. Er hat ihr vergeben, aber es gibt immer noch Wunden. Es ist kompliziert."

Gabi glaubte das, denn sie konnte sehen, dass die Schmerzen tief gingen. „Jess hat es schwer damit." Sie konnte nicht ins Detail gehen, da sie mit Jess' Gedanken zu diesem Thema vertraut war und sie nicht das Recht hatte, seine Gefühle zu offenbaren.

„Verständlich. Vielleicht hat sie Kurts Angebot deshalb nicht angenommen."

„Kann gut sein." Gabi klopfte ungeduldig mit dem

Stiefel am Boden. „Weißt du, Susan, es macht mich nur wirklich wütend."

Susan lächelte sie an. „Ja, das macht es. Auch das ist sehr verständlich."

Das kam Gabi seltsam vor. „Warum sagst du das so?"

Susan lächelte wissend. „Wenn du etwas für jemanden empfindest, willst du nicht, dass er verletzt wird. So einfach ist das."

Gabi blieb der Mund offenstehen. „Ich kann dir sicher eins sagen. Daran ist absolut nichts einfach!"

* * *

Jess und Kurt sahen zu, wie Colt auf der Veranda seiner Hütte auf und ab ging. Drinnen verstauten Mandy und seine Mutter die Lebensmittel, die sie für ihn gekauft hatten. Rhonda hatte darauf bestanden, einen Auflauf für ihn zu kochen – obwohl er gesagt hatte, dass er nichts wollte. Jess fand es ziemlich zynisch, dass nach all den Zeiten, in denen sie als kleine Kinder hungrig ins Bett gegangen waren oder nachdem Kurt ihnen ein Erdnussbuttersandwich gemacht hatte, dass ihre Mutter jetzt kochen wollte.

Seine Abneigung gegen sie tobte in ihm, doch er schob die Gefühle beiseite und konzentrierte sich auf

Colt. Jess und Kurt hatten den ganzen Weg vom Krankenhaus nach Hause versucht, mit ihm zu reden. Sie hatten ihm reichlich Gelegenheit gegeben, sich ihnen zu öffnen, doch Colt hatte geschwiegen. Die Fahrt hatte sich endlos hingezogen.

Jess war es nicht gewohnt, nicht die Kontrolle zu haben, und in letzter Zeit passierte es oft. Mit dem sterbenden Vieh und der Sache zwischen ihm und Gabi ... und jetzt Colts Situation.

Anders als die Probleme zwischen ihm und seiner Mutter – er wusste, wie er sich fühlte und wie er reagieren würde. Doch wenn er Colt beobachtete, wusste er nicht, wie Colt sich fühlte, und es gab nichts, was Jess tun konnte, um es herauszufinden, es sei denn, Colt öffnete sich.

„Okay, drinnen ist alles fertig", sagte Rhonda, als sie auf die Veranda kam.

Mandy folgte ihr und ging zu Colt. „Du solltest ein paar Tage versorgt sein."

„Vielleicht solltest du dir eine Auszeit vom Rodeozirkus nehmen", fügte Rhonda hinzu. „Erstmal über alles wegkommen."

Colt versteifte sich. „Danke für eure Hilfe", sagte er fast zu höflich. „Ich muss jetzt allein mit Jess und Kurt reden."

Rhonda sah betroffen aus. „Sicher, dann gehen wir einfach rein..."

„Ich meine *allein*." Seine Augen, so tot wie sie den ganzen Tag gewesen waren, verdunkelten sich mit noch mehr Schatten, als er Mandy ernst ansah.

Mandy nickte verständnisvoll. „Rhonda und ich gehen in unser Haus. Ruf mich einfach an, wenn du irgendwas brauchst."

Rhonda hatte es offensichtlich auch verstanden und diskutierte nicht. Stattdessen folgte sie Mandy von der Veranda zu ihrem geparkten Truck. Innerhalb weniger Minuten waren die drei Brüder allein.

Colt fuhr sich mit den Händen durch die Haare, schloss dann die Augen und legte den Kopf in den Nacken. Er sah aus, als wäre er über Nacht zehn Jahre gealtert.

„Ich kann nicht hierbleiben." Seine Worte waren fest, seine Augen immer noch geschlossen. „Wenn ich hierbleibe, machen meine Gedanken mich verrückt." Dann sah er sie an.

„Du musst es ruhig angehen–"

„Nein, Kurt", blaffte er, stürmte zum Rand der Veranda und wirbelte herum. „Versteht ihr es alle nicht? Ich habe diese Leute getötet. *Ich. Mein* Truck. Mit einem Schlag ausgelöscht. Wie soll ich jemals damit leben?"

Seine Worte waren so verstört und voller Angst, dass Jess das Brennen heißer Tränen in seinen Augen spürte.

„Es war nicht deine Schuld", versuchte Jess, obwohl er wusste, dass ihm das auch nicht helfen würde, wenn er in Colts Situation wäre.

„Du bist nicht dafür verantwortlich, Colt. Du darfst dir deswegen keine Vorwürfe machen." Kurts Stimme war so rau und voller Emotionen wie die von Jess.

„Verstehst du es nicht? Ich *bin* verantwortlich. Ich hab fast am Steuer geschlafen, als der Betrunkene frontal in mich reingefahren ist. Wenn ich nur eine halbe Meile vorher angehalten hätte, wären sie alle noch am Leben."

„Vielleicht, vielleicht auch nicht", sagte Kurt. „Das weiß nur Gott, Colt. So kannst du nicht denken."

Colts starrte sie aus trauernden Augen an. „Ich kann nicht anders denken. In diesem Auto waren zwei kleine Kinder und eine Mutter und ein Vater im Urlaub…" Er machte zwei Schritte, sank auf einen Stuhl und ließ den Kopf in seine Hände sinken.

Jess spürte wieder die Tränen. Er hatte seit seiner Kindheit nicht mehr geweint – er hatte nicht einmal gewusst, dass er es noch konnte. Aber das zerriss ihn innerlich.

Kurt ging auf Colt zu. „Ich weiß, dass du es nicht verstehst. Wir auch nicht, aber wir müssen unseren Herzen vertrauen", fuhr Kurt fort und versuchte, zu ihm durchzukommen.

Colt schüttelte nur den Kopf. „Ich und es nicht verstehen?", knurrte er und sprang von seinem Sitz auf. „Was gibt's da nicht zu verstehen? Wenn ich wacher gewesen wäre, wäre das nie passiert. Sie wären am Leben, und dieser Betrunkene wäre am nächsten Morgen in seliger Unwissenheit dessen aufgewacht, was er in der Nacht zuvor fast getan hätte." Er rieb sich mit einer Hand die Stirn, mit der anderen den Nacken. Er schien fast wild vor Trauer zu sein.

„Ich brauche einen Truck", sagte er dann. „Ich mache mich auf den Weg. Ich habe Rodeos, an denen ich teilnehmen muss."

Sein Truck war ein Totalschaden, und zum ersten Mal wurde Jess bewusst, dass Colt nicht mobil war. Jess hatte seinen Truck hier bei Colt abgestellt, bevor sie ins Krankenhaus gefahren waren. Als ihm nun bewusst wurde, was Colt gesagt hatte, wurde ihm klar, dass es für seinen kleinen Bruder nicht gut sein würde, hier mitten im Wald zu sitzen, allein mit dem Alptraum dessen, was er erlebt hatte. Ohne zu zögern griff Jess in seine Tasche und zog seine Schlüssel heraus.

„Hier, kannst meinen nehmen." Er legte den Schlüssel in Colts ausgestreckte Handfläche. „Ich kann meinen Chevy nehmen. Du tust, was du tun musst, Bruder."

Mit Augen voller Emotionen trat Kurt vor und zog Colt in eine Umarmung. Seine Hände waren weiß, so fest hielten sie einander. „Wir sind hier, wenn du uns brauchst." Er wich zurück, und seine Stimme brach fast, bevor er schluckte und sich wieder fing. „Aber mach nichts Dummes. Und ruf uns an. Mir wäre lieber, wenn du bleiben würdest, aber ich verstehe es."

Jess packte ihn schnell und umarmte ihn. Sein Bauch sagte ihm, dass Colt es tun musste, doch er konnte den Gedanken nicht ertragen, ihn wegfahren zu sehen. „Bist du sicher?", fragte er. „Vielleicht solltest du mit einem Therapeuten oder sowas reden?"

Colt schüttelte den Kopf. „Ich weiß im Moment nicht, was ich brauche. Ich weiß es einfach nicht." Er ging hinein, und sie folgten ihm in sein Schlafzimmer. Colt holte eine Reisetasche aus dem Schrank und fing an, Kleider aus den Regalen zu holen. Die Taschen, die er im Truck gehabt hatte, waren wahrscheinlich zwischenzeitlich auf dem Schrottplatz. Jess und Kurt hatten einen Satz frischer Kleidung für ihn ins Krankenhaus mitgebracht, als sie ihn abholen gefahren waren. Er machte eine Pause, nachdem er Socken in die Tasche gepackt und den Reißverschluss zugezogen hatte. „Ich hätte es sein sollen. Warum konnte ich nicht derjenige sein, der dabei getötet wurde?"

„Komm schon, Colt", sagte Kurt. „Es hat nicht so sein sollen."

Colts Augen blitzten hart und kalt. „Ja." Er ging an ihnen vorbei zur Tür. Wut und Emotionen explodierten, als er die Fliegengittertür mit der Schulter aufstieß. Sie folgten ihm. Alles, was er vom Unfall davongetragen hatte, war eine Platzwunde auf seiner Stirn und ein leichtes Hinken von einer geprellten Hüfte, das sie bis heute Morgen nicht bemerkt hatten. Alles in allem war er körperlich glimpflich davongekommen. Was in ihm vor sich ging war jedoch enorm, und Jess fürchtete, dass es potenziell destruktiv war.

„Gott hat bei dem Unfall seine Hand über dich gehalten", sagte Kurt mit verschränkten Armen. „Vergiss das nicht, Colt."

Sogar Jess musste zugeben, dass Colt ohne einen Schutzengel auf seiner Schulter sicher nicht lebend aus dem Wrack seines Trucks gekommen wäre.

„Ja." Colt warf die Tasche auf die Ladefläche von Jess' Truck und riss die Tür auf. „Mir wäre lieber gewesen, wenn er es für diese Familie getan hätte."

„Colt, sprich nicht so", sagte Kurt, doch Colt war bereits im Truck und ließ den Motor an. Der Ausdruck auf seinem Gesicht war eine Mischung aus Trauer und Wut.

Die Wut war so heftig, dass Kurt und Jess ihn beide fassungslos anstarrten, als Colt die Reifen durchdrehen ließ und davonfuhr.

KAPITEL SIEBZEHN

Es machte Gabi verrückt, nicht zu Jess zu gehen. Sie hatte den Rest des Nachmittags mit Susan gearbeitet und war dann nach Hause gefahren und eine Stunde lang auf und ab getigert. Sie hatte lange heiß geduscht und danach ihren Kühlschrank aussortiert. Sie brachte den Müll nach draußen, als Scheinwerfer sie darauf aufmerksam machten, dass gerade jemand in ihre Einfahrt gefahren war. Ihr Herz machte einen Sprung beim Gedanken, dass es Jess sein könnte.

Sie wusste, dass das, was Susan gesagt hatte, stimmte. Sie hatte Gefühle für Jess. Wenn sie jetzt an ihn dachte, wollte sie sich in seine Arme werfen und ihm sagen, dass er mit der Situation nicht allein war, dass sie für ihn da war.

Es verwirrte sie, doch so war es eben.

Kompliziert.

Er stand auf ihrer Veranda, als sie um die Ecke kam. „Hallo." Sie blieb auf der zweiten Stufe stehen. „Ich hatte gehofft, dass du es bist. Wie fühlst du dich? Und wie geht's Colt?"

Er hob die Plastiktüte in seiner Hand hoch. „Ich hab Eis mitgebracht."

Dass er ihre Frage nicht beantwortete, sagte ihr, dass nicht alles in Ordnung war. Natürlich hatte sie nichts anderes erwartet.

„Ich hatte so einen Heißhunger auf Eis. Woher wusstest du das?", sagte sie in fröhlichem Ton. Vielleicht brauchte er ein bisschen Sonnenschein an einem dunklen Tag. Das konnte sie ihm geben.

Sie öffnete die Tür. „Komm rein. Was für eine Sorte hast du mitgebracht?"

„Du weißt, ich musste bis raus zum Highway fahren, um es zu holen, und die Auswahl war nicht die beste. Ist Vanille mit Schokosplittern okay?"

„Meine Lieblingssorte! Woher wusstest du das?"

Er gluckste. „Ich kann Gedanken lesen. Hättest du wohl nicht gedacht, was?"

Sie ging in die Küche und holte zwei Eisbecher aus dem Schrank. „Als du mich das erste Mal über die Schulter geworfen hast, hatte ich das Gefühl, dass du ein Mann mit vielen Talenten bist. Ich bin also nicht überrascht, dass du meine Gedanken gelesen hast und wusstest, dass Vanille mit Schokosplittern meine Lieblingssorte ist. "

Er zog das Eis aus der Tüte. Es war die vertraute gelbe Packung mit goldenem Deckel.

„*Blue Bell*! Das würde ich als glatten Volltreffer bezeichnen."

„Es gibt nichts Besseres als Eiscreme aus Texas."

Gabi lächelte. Sie sah seinen Augen an, dass er das Bedürfnis hatte, sie zu küssen, doch jetzt war einfach nicht die richtige Zeit dafür. Vielleicht brauchte er einfach eine Atempause. Was auch immer los war, sie würde einfach abwarten, bis er soweit war. Sie holte einen Eisportionierer aus der Schublade und hielt ihn hoch. „Der hat meinem Urgroßvater gehört. Ist aus dem Soda-Laden, der früher hier im Ort war."

„Cool."

„Mmm-hmm", murmelte sie und grub den Portionierer in das Eis. Mule Hollow hatte kein eigenes Lebensmittelgeschäft. Es war so klein gewesen, dass ein Lebensmittelgeschäft nicht mehr von dem bisschen Kundschaft leben konnte, darum war der kleine Laden, der sich in Familienbesitz befunden hatte, vor etlichen Jahren geschlossen worden. Der Supermarkt am Highway war fünfzehn Meilen entfernt, doch die Auswahl war klein. Um richtig einkaufen zu gehen, musste man die siebzig Meilen nach Ranger, der nächstgelegenen Stadt, fahren.

Jess betrachtete die Bilder an der Wand hinter dem Küchentisch. Auf der anderen Seite der Wand befand sich das Esszimmer, doch die meisten Mahlzeiten, an die Gabi sich erinnerte, waren hier in der Küche am Eichentisch gegessen worden. Die Bilder hatten sich seit damals nicht verändert.

„Wer sind all diese Leute?"

Sie trug die Eisbecher zum Tisch. „Das kleine Mädchen in dem roten Cowgirl-Outfit bin ich. Ich war schon ein süßes kleines Ding, oder?"

„Im Ernst? Das bist wirklich du?"

„Was, du hast nicht gedacht, dass ich so süß gewesen sein könnte? Ich bin verletzt."

„Spaßvogel. Süße Vierjährige ... so alt bist du in etwa auf dem Bild, oder?"

„Ja, so um den Dreh." Gabi zeigte dann auf das Bild neben ihrem. „Und das hier sind meine Mutter und Grandma mit meinem Grandpa. Und das hier von der hübschen jungen Frau und den zwei Männern – das sind mein Grandpa, Grandma und Sam. Sie waren beste Freunde und sind zusammen hier in Mule Hollow aufgewachsen."

„Wow, schau, wie jung sie da sind."

Gabi lächelte. Sie liebte diese Bilder. „Sam war immer für Grandma da. Er war schon immer ein verlässlicher, loyaler Freund."

„Ja, alle hier wussten schon immer, dass er was für Adela übrighatte. In all den Jahren nach dem Tod deines Großvaters hat er seinen Schritt nur nie gemacht. Er war ihr einfach–"

„Treu ergeben", beendete Gabi den Satz und seufzte dann. „Ich habe mich immer gefragt, wie sich eine solche Liebe anfühlen würde. Das ist was Besonderes. Natürlich ist meine Grandma etwas Besonderes. Ich kann schon verstehen, dass er sie so liebt."

Jess drehte sich um und starrte sie an. „Du verdienst auch so eine Liebe."

Sie lachte darüber. „Glaub mir, ich bin nicht annähernd die Frau, die Grandma ist. Ich kann manchmal geradezu schwer zu lieben sein, und ich weiß das auch."

Jess hob seine Hand, zögerte eine Sekunde und berührte dann ihre Wange mit seinen Fingerspitzen. „Ich denke, du bist ziemlich liebenswert."

Gabi gefiel das. Sie mochte den Ausdruck in seinen Augen und die Berührung seiner Fingerspitzen. Sie mochte die Aufrichtigkeit in seiner Stimme.

Sie konnte nicht atmen. Sie sehnte sich wieder nach seinem Kuss. Und ja, dieser Kuss war den ganzen Nachmittag in ihren Gedanken gewesen, versteckt unter Schichten der Sorge um seinen Bruder. Und

Sorge um Jess. Unfähig sich daran zu hindern, trat sie näher an ihn heran, und seine Hand glitt unter ihre Haare in ihren Nacken, wie er es schon zuvor getan hatte. Die einfache Berührung machte sie schwindelig. Alle guten Absichten verflogen in diesem Moment. Er brauchte sie.

„Wie fühlst du dich?", fragte sie und ließ sanft ihre Fingerspitzen über seine Wange streichen, bevor sie sie in seinen Nacken wandern ließ.

Sein Blick wurde traurig. „Er ist schon wieder weg. Er hat gesagt, dass er es nicht ertragen kann, mit dem Alptraum dessen, was er erlebt hatte, zu Hause herumzusitzen. Ich habe ihm meinen Truck gegeben."

Jetzt sah er sie an, zog sie an sich und lehnte seine Schläfe an ihre Haare. „Ich wusste nicht, was ich sonst für ihn hätte tun sollen."

Gabi hielt Jess fest und spürte seinen Schmerz. „Glaubst du, er kommt allein klar? Ich meine, wie war seine Gemütsverfassung?"

Jess war einen Moment lang still. Gabi spürte, wie sich seine Rückenmuskulatur anspannte. „Er war wütend. Wütend, dass, wenn schon jemand sterben musste, er es nicht anstelle dieser armen Familie war."

„Wow. Das ist hart."

Jess nickte gegen ihre Haare. „Es zerreißt mich innerlich."

„Ich verstehe das."

Jess entfernte sich plötzlich von ihr, ging durch den Raum und starrte in den Garten. Das Eis schmolz in den Bechern, zwischenzeitlich fast vergessen.

„Ich verstehe Gott einfach nicht. Wirklich nicht, Gabi." Er drehte sich auf seinem Stiefelabsatz um und starrte sie an. Wut kochte aus jeder Pore. „Ich weiß, dass du nicht verstehen kannst, warum ich nicht in die Kirche renne und dankbar bin, für was ich habe. Aber ich muss dir sagen, dass mir bis jetzt einfach nur schwergefallen ist, zu verstehen, was er gegen mich und meine Brüder hat. Doch jetzt reicht es mir. Ich habe kein Problem damit, an Gott zu glauben. Kein Problem zu glauben, dass er mein Leben in seiner Hand hält. Denn glaube mir, ich spüre, wie er mich jeden Tag herausfordert. Doch das mit Colt ist zu viel. Ich verstehe es einfach nicht."

Gabis Hand war geschockt von der Heftigkeit seiner Worte und der Wut in ihm an ihren Hals gewandert.

„Colt war auf einem guten Weg in seinem Leben. Und diese Familie hatte ihr ganzes Leben noch vor sich." Er kehrte ihr wieder den Rücken zu, schlug eine Hand auf den Fensterrahmen, lehnte sich daran und starrte mit hängendem Kopf auf seine Stiefel. „War es zu viel, dass diese Familie wahrscheinlich glücklich war? Muss Kurt jetzt Angst haben, weil er glücklich ist?"

Gabi hatte etwas für den Herrn da oben tun wollen. Sie hätte nie gedacht, dass es so kompliziert sein würde. So hart. Und sie wusste mehr als alles andere, dass sie dieser Aufgabe nicht gewachsen war. Auf die Hälfte der Fragen, die er stellte, hätte sie die Antworten auch gerne gewusst.

Sie wünschte sich, dass jemand, der qualifizierter war, ihm zu antworten als sie, für ihn da gewesen wäre. Wie ihre Großmutter.

Oder der Cowboy-Pastor der Gemeinde, Chance Turner.

Dieser Sache war sie nicht gewachsen.

Jeder nur ich nicht. Bitte schick den Richtigen dafür! Sie stand wie angewurzelt da und starrte auf Jess' Rücken. Worte steckten in ihrer Kehle. Das Vertrauen, dass sie die Ansprechpartnerin für jemanden in Not sein könnte, war verschwunden. Für wen hielt sie sich? Sie könnte das Falsche sagen und jede Hoffnung, Jess zu helfen, völlig zunichtemachen.

Aber du musst was sagen.

Ihre Brust hob und senkte sich, und ihr Blut summte vor Angst. Sie konnte das nicht. *Bitte schick jemand anderen.*

Doch da war niemand außer ihr.

„Jess", sagte sie atemlos vor Nervosität. „Glaubst du, Gott hat es auf dich abgesehen?"

Jess sah sie an. „Das hört sich ziemlich kindisch an", sagte er. „Aber ja, in gewisser Weise tue ich das. Ich weiß, wir sind nicht die einzigen da draußen, die einen Trottel zum Vater und eine selbstsüchtige Mutter haben. Ich weiß, dass ich ein erwachsener Mann bin und endlich darüber hinwegkommen sollte. Aber es fällt mir schwer, das zu tun. Ehrlich gesagt, als ich dich kennengelernt habe, dachte ich, dass ich vielleicht übersensibel bin und noch einmal darüber nachdenken muss. Aber jetzt, wo ich den Schmerz sehe, den Colt durchmacht? Keine Chance."

Gabi war sprachlos. Sie wollte so viel sagen, doch in diesem Moment war es besser zu schweigen. Seine Worte hatten sie wütend auf ihn gemacht. Und sie enttäuscht. Er war ein loyaler, treuer Freund, darum erwartete sie mehr von ihm. Sie nahm ihr Eis, ging hinüber und goss es in die Spüle. Auf keinen Fall konnte sie es jetzt essen. Mit zitternden Fingern und rebellierendem Magen wusch sie den Becher ab.

Jess blieb am Fenster, als klebte er dort fest.

Seine Haltung irritierte sie am meisten, wie eine Klette unter der Satteldecke. Sie lehnte sich gegen das Spülbecken und verschränkte die Arme. „Weißt du, was ich denke? Ich glaube, du solltest auf die Knie gehen und um Vergebung bitten."

Sein Kopf schoss zu ihr herum. „*Ihn* bitten, dass er *mir* vergibt?"

„Ja. Wegen all der Bitterkeit, die du in dir aufgebaut hast. Ich weiß wirklich, wirklich nicht, was ich hier mache, aber ich habe das Gefühl, dass du alles falsch verstanden hast. Ich bin deine Freundin. Wenn ich dich nicht darauf hinweisen würde, wäre ich wahrscheinlich kein guter Freund. Jess, du bist mir alles andere als egal...", fügte sie hinzu und wusste, dass sie weit über Freundschaft hinausgegangen war. Sie war an den Punkt gelangt, an dem sie sich wünschte, ziwschen ihnen wäre mehr.

„Ich bin nicht hergekommen, um mich zu streiten."

Sie stemmte ihre Hand in ihre Hüfte. „Das weiß ich. Aber Jess, Colts Leben hat sich für immer verändert, und ich weiß nicht, wie er damit umgehen wird. Doch mit Gottes Hilfe wird er es schaffen. Ich hatte – *habe* – Probleme", sagte sie, und Schuldgefühle nagten an ihr. „Und Gott hilft mir, mit ihnen umzugehen. Du hast auch Probleme, Jess. Doch du versuchst, alleine damit umzugehen. Du klagst Gott an, anstatt ihn zu bitten, dir zu helfen. Ich denke, du würdest dich so viel besser fühlen, wenn du das ändern würdest."

„Im Moment wird das nicht passieren."

Sie schüttelte den Kopf. „Sturkopf." Sie stieß ihm den Finger in die Brust, beugte sich vor und küsste ihn auf die Lippen. „Du machst mich verrückt." Sie sagte sich, jetzt war nicht die Zeit, ihm ihre ganze hässliche Vergangenheit zu erzählen. Doch sie schwor sich, dass sie es bald tun würde. Auch wenn sie wusste, was es mit ihrer Beziehung tun könnte.

Er lachte leise. Es war ein wunderschöner Laut und gab ihr die Hoffnung, dass er es schaffen konnte. Und das war wichtig.

„Weißt du", sagte sie, „als ich dir das erste Mal begegnet bin, hätte ich nie gedacht, dass du so viel Wut in dir hast. Du hast mich wirklich mit deiner fröhlichen Art in die Irre geführt."

„Ich habe mich vor langer Zeit entschieden, meine Vergangenheit nicht mein Leben definieren zu lassen. Ich bin manchmal aufgewühlt deswegen und wütend, wenn ich darüber nachdenke. Aber ich lasse nicht zu, dass sie mich definiert. Ich mache meinem Ärger manchmal Luft, lasse ihn raus, aber ich gebe ihm nie ein offenes Tor. Du weißt, was ich meine?"

„Siehst du, das ist der Unterschied zwischen dir und mir. Das fällt mir schwer. Wenn ich wütend bin, bin ich wütend. Ich komme darüber hinweg und hege keinen Groll. Du lässt es nicht dein Leben regieren, aber du hast einen Groll, der tief sitzt."

„Ich bin nicht sicher, ob ich es als Groll bezeichnen würde."

„Wie dann?"

„Gabi, ich möchte nicht darüber reden. Ich muss gehen."

Bevor sie ihren großen Mund wieder öffnete und die Situation noch verfahrener machen konnte, erinnerte sie sich daran, dass sie Jess helfen wollte. *Mach ihn nicht so wütend, dass er dich ausschließt.*

„Okay."

Er runzelte die Stirn. „Du bist wütend, oder?"

Sie wollte nicht lügen. „Ich bin..." Sie überlegte, was sie sagen sollte. „Ich mache mir *Sorgen*, aber ich halte mich raus. Und du hast Glück, denn zuvor hätte ich es dir sehr, sehr schwer gemacht. Aber du musst dich entspannen, nicht mit mir streiten."

Er lächelte, und es machte ihr Herz froh. Es gab Probleme zu lösen, doch nicht heute Abend.

„Ja." Erleichterung vibrierte in seiner Stimme. „Ich denke, ich werde mich auf den Weg machen. Vielleicht kann ich morgen klarer denken."

Gabi kämpfte gegen den Drang an, sich in den Schutz seiner Arme zu schieben. Vielleicht würde sie morgen auch klarer denken ... Sie brauchte Abstand und einen klaren Kopf, denn sie hatte das Gefühl, einer Katastrophe zuzusteuern, was Jess Holden anging.

Trotzdem wusste Gabi, dass sie eine Grenze ohne Wiederkehr überschritten hatte. Sie liebte Jess Holden.

Sie liebte ihn.

Und schließlich und endlich – wenn er die ganze schmutzige Wahrheit über ihr Trinken wusste – war es wahrscheinlich, dass er nicht damit umgehen konnte.

Aber darüber konnte sie sich später auch noch Sorgen machen. Heute brauchte Jess sie. Sie wollte nicht, dass er ging.

Sie griff nach seiner Hand und lächelte. „Komm mit mir nach draußen. Ich will dir was zeigen."

KAPITEL ACHTZEHN

Jess' Mutter wartete am Samstagmorgen im Büro der Ranch.

In der Vergangenheit hatte er geschafft, sie höflich zu behandeln, weil Kurt es wollte. Kurt wollte, dass er sie liebte und ihr vergab, doch es schien unmöglich für Jess zu sein. Er gab zu, dass er nicht der Mann war, der Kurt war. Kurt hatte beschlossen, das Unentschuldbare zu vergeben.

Gabi hatte am Montagabend nicht nachgegeben. Er hatte nicht mit dem gerechnet, was sie gesagt hatte, und war überrascht gewesen.

Aber wann überraschte ihn Gabi *nicht*?

Trotzdem hatte es ihn ein wenig erschüttert. Er war schon durcheinander, weil er sich Sorgen um Colt machte, doch Gabi hatte ihn dazu gebracht, sich zu fragen, was für ein Mann er war.

Hier war er, jemand, der angefangen hatte, ihre Rettung zu einem Teilzeitjob zu machen. Sie hatte ihn in einem Atemzug einen Helden genannt, doch im nächsten hatte sie gefragt, ob er glaubte, ob Gott es auf ihn abgesehen hatte.

Sie hatte ihn als eine Art Opfer dargestellt. Das passte ihm so gar nicht.

Es stieß ihm nach wie vor auf, als hätte er eine Kaktusfeige verschluckt.

Nachdem sie ihre unvorhergesehene Frage gestellt hatte, hatte sie ihn noch mehr verblüfft, indem sie ihn nach draußen gebracht hatte, um auf der Terrasse hinter ihrem Haus zu sitzen. Dort hatte Gabi ihm gesagt, dass sie vor ihrem Unfall gedacht hatte, dass sie immer irgendetwas tun musste. Dass sie immer irgendwohin gehen musste, etwas unternehmen, um die Stille zu füllen.

Sie hatte ihn gebeten, nichts zu sagen, als sie auf die Terrasse gegangen waren. Einfach dazusitzen, zum Himmel und zu den Sternen aufzublicken und die Stille um ihn herum auf sich wirken zu lassen. Frieden zu spüren.

Frieden. Welcher Frieden? Obwohl sie wusste, dass er mit allem zu kämpfen hatte, was in seinem Leben und was gerade mit Colt passiert war, hatte sie ihn gebeten, es einfach zu tun. Es für sie zu tun.

Er hatte das Gefühl gehabt, es tun zu müssen. Zum Teil, weil er von ihrer sehr wenig schmeichelhaften Sicht auf ihn überrascht worden war. Und zum Teil, weil er wusste, dass er Antworten brauchte. Diese Pattsituation, die er mit Gott hatte, konnte nicht so weitergehen.

Als er endlich aufgestanden war, um zu gehen, hatte er keine Antworten gefunden – doch Gabi hatte ihm keine Fragen gestellt.

Auf halbem Weg nach Hause war ihm bewusst geworden, dass er sich ruhiger fühlte.

Und, dass er Gabi wiedersehen wollte.

Als sie im Krankenhaus aufgetaucht war, war er nie so glücklich gewesen, jemanden zu sehen.

Sie war seinetwegen gekommen.

Um ihn zu trösten. Ihn zu halten. In einer Zeit der Not für ihn da zu sein. Für *seine* Bedürfnisse.

Durch all die Wut, die Colt vertrieben und Jess dazu gebracht hatte, Gabi am Montagabend in ihrem Haus aufzusuchen, wäre das, was sie für ihn tat, fast verpufft. Doch auf der Terrasse, in der Stille, war ihre Güte durch die Dunkelheit gedrungen und hatte ihn mit Frieden erfüllt.

Irgendwann, als er mit ihr unter dem Sternenhimmel gesessen hatte, hatte sie ihm wieder die Hand entgegengestreckt. Einfach zwischen sie. Sie hatte ihn nicht angesehen, nichts gesagt, sie hatte einfach nach seiner Hand gegriffen – den Kopf auf der Chaiselongue zurückgelehnt den Blick gen Sternenhimmel gerichtet.

Und er hatte ihre Hand genommen.

In diesem Moment hatte Jess gewusst, dass Gabi Newberry etwas in ihm verändert hatte.

Jetzt sah Jess seine Mutter an und zwang sich, auf sie zuzugehen.

Er hatte ihr gesagt, dass sie heute reden würden, und er war nicht jemand, der ein Versprechen brach. Das hatte er von Kurt gelernt.

„Rhonda", sagte er – er konnte sie nicht Mom oder Mutter nennen. „Wie geht's dir?" Sie sah abgespannt und nervös aus. Etwas in ihm empfand ein gewisses Maß an Sympathie.

„Mir geht's gut. Ich mache mir Sorgen um Colt, aber mir geht's gut. Danke, dass du dich bereit erklärt hast, mit mir zu reden. Ich weiß..." Tränen stiegen in ihre Augen. „Ich weiß, es ist nicht leicht für dich."

Jess konnte nichts Gutes sagen, darum sagte er überhaupt nichts und wünschte sich nur, dass sie nicht weinte. Er wehrte sich gegen das Mitgefühl, das er empfand, als sie ihre Augen abtupfte.

„Ich wollte mit dir reden und dir noch einmal sagen, wie leid es mir tut, dass ich dich und deine

Brüder im Stich gelassen habe. Ich könnte sagen, dass ich jung und gestresst war, aber das würde nichts ändern, oder?"

Nein, nicht für das zehnjährige Kind, das sie gebraucht hatte. Und er wünschte sich, dass es den dreißigjährigen Mann, der er bald sein würde, nicht immer noch belastete.

„Nichts, was ich jetzt tue, kann wettmachen, was ich in der Vergangenheit getan habe. Ich hätte für dich und deine Brüder da sein sollen. Und für deinen Vater. Und ich war es nicht."

„Du schuldest Dad nichts", stieß Jess aus, irritiert, dass sie so dachte. „Er hat auch dir Unrecht getan. Das ist mir klar."

Sie senkte den Blick. „Was du nicht verstehst, ist, wie ich auch euch Unrecht tun konnte."

Jess nickte. Sie hatte es auf den Punkt gebracht.

„Das kann ich ehrlich gesagt nicht beantworten. Ich kann die Zeit nicht zurückdrehen, so sehr ich es auch will. Doch ich habe gewartet und gehofft, dass du mir vergeben kannst. Dass du mir eine zweite Chance geben könntest, obwohl es das Letzte ist, was ich verdiene. Jess, ich hoffe, du kannst das. Ich bitte dich nicht, mir die Tür zu öffnen und mich in dein Leben zu lassen. Ich bitte dich nur, die Vergangenheit loszulassen. Ich bin so stolz auf die Männer, zu denen ihr geworden seid, und ich schäme mich so sehr, dass ich damit nichts zu tun hatte. Doch ich möchte wissen, dass es dir gut geht. Kannst du mir vergeben?"

Jess erkannte in diesem Moment, dass *er* diesmal derjenige war, der eine Wahl zu treffen hatte. „Ich habe kein Problem mit dir. Alles wird gut." Als er seine Mutter ansah, wusste er, dass er die Vergangenheit loslassen wollte. Er konnte es tun. Schließlich war auch ihr – wie Kurt und Colt beide gesagt hatten – Unrecht von dem Mann, der sich um sie hätte kümmern sollen, widerfahren.

Es war Zeit für Jess, sich wie ein Mann zu benehmen.

* * *

Montagmorgen trafen sich Jess und Kurt früh, um das Vieh zu füttern. Es war lange her, dass sie im Sommer so viel Heu hatten rausbringen müssen. Doch es gab nicht viel Gras, und wenn es nicht bald richtig regnete, würde es bis Ende August in den meisten Teichen kein Wasser und auf der Weide überhaupt kein Gras mehr geben.

„Wenn das so bleibt, müssen wir die Herde verkaufen", sagte Kurt auf dem Weg zum Entladen des runden Heuballens.

Sie hatten bereits über Colt gesprochen und sie verstanden, dass das Bullenreiten wahrscheinlich der einzige Weg für ihn war, mit den Emotionen fertigzuwerden, die ihn gerade zerrissen. Da er sich nicht gemeldet hatte, hatte Kurt bei einem anderen Bullenreiter, mit dem sie befreundet waren, angerufen. Daher wussten sie, dass Colt am Abend zuvor das Mesquite Professional Bull Riders Event gewonnen hatte, und dass er einen der gemeinsten Bullen zum Reiten zugelost bekommen hatte.

Doch heute mussten sie Vieh füttern und sich um die Ranch kümmern, bevor Mutter Natur zu viel Schaden anrichtete.

„Wir haben den Bach, der noch immer fließt, und ein paar Teiche, die noch nicht ausgetrocknet sind. Wir haben also noch einen Monat Zeit, bevor wir diese Entscheidung treffen müssen." Kurt schob sie bis zum Äußersten hinaus, und er und Jess wussten es beide.

Doch Jess stimmte ihm zu. Es war fast zwei Wochen her, seit sie das letzte Mal totes Vieh gefunden hatten. Die Laborergebnisse sollten diese Woche kommen, dann würden sie mehr wissen. Vielleicht waren die toten Färsen ein Zufall, da es im ganzen Landkreis keine anderen ungeklärten Todesfälle gegeben hatte.

Dann fuhren sie über den Hügel und bogen auf der

anderen Seite des Waldes um eine Kurve, und Jess sah es. Ein weiteres totes Tier.

Susan und Gabi waren nicht lange, nachdem Kurt sie angerufen hatte, auf die Ranch gekommen und hatten schnell die Nekropsie durchgeführt.

„Die Ergebnisse der ersten Pflanzentests sollten bald kommen", sagte Susan. „Vielleicht sagt uns dieser Tod auch mehr als die anderen."

Sie diskutierten jede Möglichkeit, und während sie redeten, fiel Jess auf, dass Gabi abgelenkt in den Wald zu blicken schien.

„Dieser Waldabschnitt zieht sich durch die Weiden, auf denen dieses Tier gefunden wurde, und durch die Weiden, auf denen du die ersten Färsen entdeckt hast, oder?"

„Ja." Jess stellte sich neben sie. Sie trug ihr übliches Tanktop und Jeans und duftete nach Apfel. Jess freute sich, sie zu sehen. Er hatte am Sonntag eine Ladung Vieh transportiert und hatte Gabi daher nicht gesehen, seit er sie auf der Veranda zurückgelassen hatte. Sein Tag, so schlimm er auch angefangen hatte, erhellte sich in dem Moment, als sie mit ihrem sonnigen Lächeln und ihrer fröhlichen Disposition vorgefahren war.

„Was denkst du, Gabi?"

Sie ging zu ihrem Truck. „Es ist in diesem Wald. Ich spüre es. Ich habe etwas übersehen."

Jess folgte ihr zu ihrem Truck, ebenso wie Kurt und Susan.

„Ich gehe zurück ins Büro und werde mich damit befassen", sagte Susan und hielt einen Beutel mit Proben hoch, die sie bei der Nekropsie entnommen hatte. „Lass mich wissen, was du findest, Gabi." Sie lächelte Jess an. „Sie ist wie ein Jagdhund auf einer Spur. Sie wird nicht aufgeben."

„Das haben wir auch schon bemerkt." Kurt sah auf die Uhr. „Jess, du bleibst bei Gabi?"

„Sicher. Tu du, was du tun musst."

Gabi nahm ihren Rucksack mit ihrer Ausrüstung. „Ich rufe an, sobald wir irgendwas finden, Susan."

Ihr Schritt war federnd und ihre Miene entschlossen, als sie sich schnell verabschiedete und in Richtung Wald ging.

Jess verabschiedete sich ebenfalls und folgte ihr.

* * *

Gabi konzentrierte sich auf den Boden, als sie den Wald betrat. Sie sollten diese Woche einige Antworten aus dem Labor bekommen, doch ihr Instinkt sagte ihr, dass dieser Wald der Schlüssel war. Sicher, es könnte ein Problem mit verschiedenen Pflanzen auf der Ranch geben, aber das eigentliche Problem war hier. Die ersten toten Tiere waren auf der Weide auf der anderen Seite dieses Waldes gefunden worden. In diesem Wald hatte sie ihre Suche begonnen, doch er war groß, und vielleicht hatte sie etwas übersehen.

Jess folgte ihr und sie war so froh zu sehen, dass es ihm besser zu gehen schien als am Samstag.

Sie hatte Abstand gehalten und war nicht bereit, ihm zu begegnen. Sie hatte sich in den Cowboy verliebt, und das zerriss sie innerlich. War verliebt zu sein nicht eine freudige, wunderbare Sache?

Normalerweise schon. Doch sie wusste, dass sie sich damit nur Herzschmerz eingebrockt hatte. Sie wusste auch, dass sie ihm die Wahrheit sagen musste. Die ganze Wahrheit.

Doch zuerst würde sie herausfinden, was sein Vieh tötete.

„Suchen wir nach was Bestimmtem?", fragte Jess.

„Hufabdrücke. Ich denke, irgendwas hier drin zieht sie an. Und es ist absolut tödlich." Sie hielt inne, drehte sich zu ihm um und wappnete sich gegen die Gefühle, die *sie* anzogen. „Ich denke, jede Färse, die es isst, fällt bald darauf tot um."

Jess' Blick war beunruhigend. Ein sanftes Lächeln umspielte seine Lippen. „App würde sagen, du bist ein hartnäckiger Tatmensch."

Sie lächelte und fühlte sich glücklich im Schein

seiner Bewunderung. „So sehe ich mich gerne. Mich in die Arbeit zu stürzen hält mich aus Ärger raus."

„Das trifft wohl auf alle zu."

„Einige von uns brauchen es mehr als andere." Sie ging weiter. Es gab keinen besseren Zeitpunkt als jetzt, um sich in die Arbeit zu stürzen, um sich aus Ärger rauszuhalten. Herumzustehen und Jess anzustarren lud den Ärger förmlich ein.

* * *

Mit Gabi stimmte etwas nicht. Es war ihm kurz, nachdem sie in den Wald gegangen waren, aufgefallen. Sie hatte sich von ihm zurückgezogen. Sie arbeitete hier, und zwischen ihnen surrte ein Gefühl der Aufregung, weil er ihr zustimmte und wie sie der Ansicht war, dass die Killerpflanze irgendwo in diesem Wald sein musste. Es ergab einen Sinn.

Doch seine Gedanken waren nicht bei den Pflanzen. Sie waren bei Gabi.

„Dein Vieh ist definitiv hier gewesen. Schau dir das an." Gabi winkte ihn zu der Stelle, an der sie sich gebückt hatte, um eine kaum sichtbare Kuhfährte im trockenen Unterholz zu betrachten.

Aufregung lag in ihrer Stimme, als er über ihre Schulter blickte. Eine gefährliche Sache, da er ein ziemlich großer Fan ihres Apfeldufts geworden war. Er inhalierte ihn, und sein Puls beschleunigte sich.

Sie sah über die Schulter und lächelte. „Mal sehen, wohin das führt. Wollen wir?"

„Gabi, ich geh mit dir, wohin du willst."

Sie lachte, und ihm entging das nervöse Zittern dieses Lachens nicht.

„Bist du okay?", fragte er, nachdem sie einen langen Weg zurückgelegt hatten, ohne, dass sie ein Wort gesagt hatte. Er konnte seinen Instinkt nicht länger ignorieren. Nach der Nähe am Samstagabend fühlte es sich einfach falsch an, fast wie ein Fremder behandelt zu werden.

Gabi blieb stehen, drehte sich aber nicht sofort um.

„Was ist los, Gabi? Stimmt was nicht?"

„Fuchsschwanz!" Sie wirbelte herum und starrte ihn an. „Komm und schau, Jess." Sein Instinkt sagte ihm, dass etwas nicht stimmte, doch er ging dorthin, wo sie stand, und auf eine gewöhnliche Fuchsschwanzpflanze deutete. „Diese wachsen hier überall." Sie zeigte auf den Bereich vor ihnen. Die Bäume waren plötzlich einer kleinen Lichtung gewichen, und das zottelige Unkraut war überall im gesprenkelten Sonnenlicht zu sehen.

„Du meine Güte. Das Vieh liebt das Zeug", fügte

er hinzu und dachte nach. Anders als im Fall der Wicke wusste er, dass Fuchsschwanz für Rinder giftig war. Doch nur, wenn es in großen Mengen und ohne anderes Futter verzehrt wird. Als Rancher wusste er, dass er auf größere Ansammlungen achten und dafür sorgen musste, dass das Vieh nicht zu viel davon aß. „Denkst du, das könnte das Problem sein? Hier wächst eine Menge davon, aber das Vieh hat jede Menge andere Futterquellen. Das sollte sich ausgleichen."

Aufregung glänzte in Gabis Augen. „Es sei denn..." Sie griff in ihren Rucksack und zog ihr Buch heraus. Sie blätterte und blieb auf der Seite über Fuchsschwanzgewächse hängen und las. „Ja! Das dachte ich mir. Wenn der Boden einen hohen Stickstoffgehalt aufweist, kann das die Pflanze *extrem* tödlich machen. Dadurch wird eine Pflanze mit einem relativ geringen, vertretbaren Risiko zu hoch giftig. Der Tod kann plötzlich und ohne vorherige Warnsignale eintreten. Und genau das passiert meiner Meinung nach mit deinem Vieh. Ich habe ein gutes Gefühl dabei, Jess. Das Labor dürfte es bestätigen, wenn wir die Ergebnisse bekommen. Das ist das wahrscheinlichste Szenario. Jetzt musst du nur das Zeug mähen."

Jess strahlte wie ein Kind und beobachtete die Freude auf Gabis Gesicht. „Ich denke, du könntest da auf etwas gestoßen sein", sagte er. Aufregung, vermischt mit Hoffnung und Erleichterung, brausten durch ihn. Wie sie gesagt hatte – wenn das die Ursache war, war es überschaubar und eindämmbar.

Sie lachte, sprang auf und streckte ihre Hand zu einem High Five aus. „Ich rieche Erfolg! Und ich mag, wie es riecht. "

Jess sah sie an, schrieb es der Begeisterung zu und riss seinen großen Mund auf. „Ich mag auch, wie du aussiehst", platzte er heraus und lächelte wie ein Idiot. An Gabi gab es so viel zu mögen.

Abgesehen von dem Trinkproblem.

* * *

„Jess, ich muss dir was sagen", sagte Gabi, die zwischen den Fuchsschwänzen stand. Sie war so glücklich die Pflanzen gefunden und Jess' Problem ziemlich sicher gelöst zu haben. Doch ihr war bewusst geworden, dass sie das Unvermeidliche nicht länger aufschieben konnte. Sie musste alle Karten auf den Tisch legen.

Als Phillip sie verlassen hatte, hatte es nichts davon gegeben – keinen Herzschmerz, der in sie eindrang und drohte, sie zu zerbrechen, als er die Tür hinter sich geschlossen hatte. Doch Jess war ja gerade erst durch die Tür ihres Herzens gegangen, und sie hatte mehr Angst denn je zuvor, dass er, wenn sie völlig offen über sich war, sofort die Flucht ergreifen und niemals zurückblicken würde.

Trotz dieses Risikos war es an Zeit.

„Als ich dir von mir und meinem Problem erzählte, habe ich dir nicht alles erzählt. Und da ich weiß, wie du über bestimmte Dinge denkst, weiß ich, dass ich dir gegenüber völlig offen sein muss."

Seine Stirn runzelte sich bestürzt. „Ich dachte, das wärst du schon gewesen."

Ihr Magen drehte sich. „Nicht über alles."

Er schenkte ihr ein ermutigendes Lächeln, das sie trauriger machte, als sie es ertragen konnte. Oh, wie sie diesen Mann liebte.

„Als ich meinen Glauben gefunden habe, habe ich mich sehr verändert. Mein Leben davor war das reinste Chaos gewesen. Ich habe dir gesagt, dass ich mich in dieser Nacht ans Steuer gesetzt habe, aber, Jess, ich ... ich hatte viel getrunken. Es war nicht das erste Mal, dass ich betrunken gefahren bin." Sie sah die Überraschung in seinen Augen aufblitzen. Fühlte, wie er erstarrte, auch wenn er einen halben Meter von ihr entfernt stand. Doch sie fuhr fort.

„Die Wahrheit ist, dass ich fast jeden Tag getrunken habe – und viel. Ich habe für das

Wochenende gelebt, weil ich da so viel trinken konnte, wie ich wollte, und bis zum Umfallen feiern konnte, ohne darauf achten zu müssen, nicht verkatert zur Arbeit zu kommen." Sie schloss ihre Augen vor dem wirbelnden Sturm, den sie in Jess' Augen aufwallen sah. „Ich bin nicht stolz darauf, aber ich kann dir nicht sagen, wie oft ich aufgewacht bin und mich nicht erinnern konnte, wo ich war." Sie schämte sich, doch sie fuhr fort. „Oder wie ich dorthin gekommen bin."

Jess' Augen verdunkelten sich. Seine Lippen waren zusammengepresst und seine Miene war grimmig. Sie betete, dass es einen Unterschied machen würde, wenn sie fertig war ... und da schwand das Licht in ihr. Die *Hoffnung* schwand mit jedem Wort.

„Ich hatte die Kontrolle verloren, Jess. Ich war an dem Punkt angekommen, wo ich den Alkohol jeden Tag gebraucht habe. Ich wollte trinken."

Er schnaubte und starrte auf den harten Boden. „Ich hätte es wissen müssen–"

Die Worte waren bitter und trafen Gabis Herz.

Sie blinzelte die Tränen in ihren Augen weg; sie würde nicht weinen. „Als Judy mir ziemlich deutlich klargemacht hat, was ich in dieser Nacht fast getan hätte, und mir dann von ihrem Sohn erzählt hat, ist etwas in mir zerbrochen. Alle Gebete meiner Grandma und meiner Mutter trafen mich, und ich sah, was aus mir werden würde – was ich *geworden* war. Ich habe mich so geschämt. Ich wusste, dass es nur noch schlimmer werden würde, wenn ich mein Leben nicht ändern würde. Ich wusste, dass ich den Alkohol zu sehr mochte, und dass ich bald überhaupt nicht mehr davon loskommen würde. Jess, ich hatte ein Problem, aber ich kann dir mit absoluter Ehrlichkeit und von ganzem Herzen sagen, dass mir die Augen rechtzeitig geöffnet worden sind. Ich habe mich davon abgewendet und habe dieses Problem nicht mehr. Ich trinke nicht mehr. Ich *brauche* es nicht mehr. Ich habe kein Problem mehr."

„Warum erzählst du mir das ausgerechnet jetzt? Du hättest es mir schon lange sagen können."

„Du hast Recht." Ihr Herz zog sich vor Angst zusammen. „Ich habe es dir nicht gesagt, weil ich in meinem Herzen nicht wollte, dass du schlecht über mich denkst."

Sie wartete und wollte seine Arme um sie spüren.

„Du hättest es mir sagen sollen", knurrte er, dann drehte er sich um und ging durch die Bäume.

Gabi folgte ihm. „Jess, ich liebe–" Sie schluckte die Worte herunter. „Ich bin nicht mehr dieser Mensch."

Er drehte sich um. „Weißt du, wie oft ich meinen Vater zu meiner Mutter habe sagen hören, dass er aufhören werde? Dass er nicht mehr dieser Mensch ist?" Er lachte bitter, und seine Augen funkelten im gesprenkelten Licht. „Bis er eines Tages zu ihr gesagt hat: *Das bin ich nunmal, find dich damit ab.*"

Gabi kämpfte gegen die Tränen an. Ihre Hände zitterten, und sie umarmte ihre Mitte, so sehr taten seine Worte weh.

„Gabi, ich habe es dir gesagt — du *wusstest* es. Ich werde das niemals in meinem Leben akzeptieren. Du hast mich angelogen, als du beschlossen hast, mir nicht zu sagen, wer du bist."

Trotz all des Schmerzes und der Schuldgefühle, die sie bereits empfand, war sie fassungslos. *Du hast mich angelogen, als du beschlossen hast, mir nicht zu sagen, wer du bist.* Sie konnte sich nicht bewegen und sah zu, wie er durch die Bäume verschwand.

Er hatte Recht.

Sie hatte ihn angelogen darüber, wer sie war. Sie hatte ihn angelogen, indem sie das wichtigste Detail ihres Lebens für sich behalten hatte.

Und jetzt stand die Wahrheit zwischen ihnen.

KAPITEL NEUNZEHN

Jess fuhr direkt zu dem Hügel mit Blick auf den See. Es traf ihn in dem Moment, als er anhielt, dass er angefangen hatte, sich vorzustellen, dass Gabi und er hier ein Haus bauen und Kinder an diesem wunderschönen Ort großziehen könnten.

Der Gedanke jagte einen Dolch durch sein Herz. Wie war das alles so schnell gegangen? Eine heftige Sehnsucht schoss durch ihn hindurch, und Schweiß perlte auf seiner Stirn. Er liebte Gabi Newberry.

Er schloss die Augen und schlug die Tür zu seinem Herz fest zu. Er hatte noch nie einer Frau diesen Ort gezeigt, und doch hatte er Gabi hierher gebracht – sein Herz hatte es gewusst, bevor er es anerkannt hatte.

Er schlug mit der Faust gegen das Lenkrad und hieß den Schmerz, der durch seine Hand schoss und ihn von der Qual seines brechenden Herzens ablenkte, willkommen.

Er stieg aus dem Truck, trat an den Abhang heran und starrte auf den See.

Wie konnte ich nur so dumm sein?

Er hatte von Anfang an dieses Bauchgefühl gehabt, dass sie ein Problem hatte. Sie hätte fast eine Wagenladung Kinder getötet, verdammt nochmal! Wie konnte er einfach über so etwas hinwegsehen?

Er fuhr sich mit den Händen durch die Haare, bemerkte erst jetzt, dass er seinen Hut abgenommen und ihn auf den Sitz geworfen hatte, als er über die Weiden gefahren war. Sie hatte ihn angelogen und zugelassen, dass er sich in sie verliebt hatte.

Doch er hatte es gewusst.

Er konnte niemandem einen Vorwurf daraus machen.

Wenn man wusste, dass jemand ein Problem hatte, mit dem man nichts zu tun haben will, war die Faustregel, sich sofort zurückzuziehen. Kein Risiko einzugehen, das Undenkbare geschehen zu lassen, kein Risiko, sein Herz zu öffnen und es dann in Stücke reißen zu lassen.

Jess wusste, dass er niemandem die Schuld daran geben konnte, außer sich selbst.

* * *

Gabi meldete sich nach dem, was zwischen ihr und Jess passiert war, die darauffolgenden zwei Tage krank. Sie war die ganze Nacht wach gelegen, hatte geweint und sich gescholten, weil sie nicht ehrlich zu Jess gewesen war. Ihr Herz war gebrochen und sie sehnte sich nach Jess.

Sein Vater hatte ihn immer wieder angelogen – der Mann, der sein Held hätte sein sollen, hatte ihn immer wieder enttäuscht. Und dann hatte seine Mutter ihn und seine Brüder verlassen. Sie einfach mit einem Mann allein gelassen, der sich mehr sein nächstes Bier als um seine Familie scherte. Sie litt um Jess' willen, und doch wollte sie so sehr diejenige sein, die ihm die Art von Liebe und Unterstützung geben konnte, die er nie gekannt hatte.

Gabi weinte und litt so sehr um Jess' willen wie um ihretwillen.

Wie war das passiert?

Ihre Großmutter rief an, doch Gabi nahm den Hörer nicht ab.

Sie wusste, dass Adela ihre Traurigkeit und die Tatsache, dass etwas nicht stimmte, bemerken würde, doch sie konnte einfach nicht darüber sprechen. Nicht einmal mit ihrer geliebten Großmutter.

Gegen ein Uhr war Gabi taub. Als jemand an ihre Tür klopfte, raste Gabis Herz vor Hoffnung, dass Jess vielleicht gekommen war.

„Gabi, Schatz, geht es dir gut?" Adelas süße Stimme zwitscherte durch das Haus, als Gabi hörte, wie sich die Tür öffnete. Natürlich hatte ihre Großmutter einen Schlüssel.

Bevor sie aus dem Bett klettern konnte, stand Adela Ledbetter Green im Schlafzimmer und starrte sie mit liebevollen Augen an.

„Schatz, was in aller Welt ist passiert?" Adela beeilte sich, sich neben Gabi auf das Bett zu setzen.

Ihre Hand auf Gabis Arm war alles, was es brauchte. Gabi schüttete ihrer Großmutter ihr Herz aus. „Das war alles meine Schuld", schluchzte sie, nachdem sie den größten Teil der Wahrheit erzählt hatte, einschließlich des Geständnisses ihres Alkoholproblems.

„Natürlich ist Jess skeptisch. Sein Vater hat ihm wahrscheinlich dauernd gesagt, dass er mit dem Trinken aufhören werde", fuhr sie fort, und Tränen liefen auch ihr über das Gesicht.

„Gabi, sieh mich an", sagte Adela mit fester und gleichzeitig sanfter, süßer Stimme.

Gabi sah sie an.

Adela lächelte. „Der Unterschied ist, dass du aufgehört *hast*."

Gabi schüttelte den Kopf. „Aber es besteht immer die Möglichkeit, dass ich wieder anfange. Ich bin Alkoholikerin. Ende der Geschichte."

„Gabi, ich sage nicht, dass du kein Problem hast, und ich sage nicht, dass dein Weg immer einfach sein wird. Aber wie hast du dich in dieser Krise geschlagen? Wolltest du zur Flasche greifen?"

Gabi tupfte sich die Augen ab. „Nein. Wollte ich nicht." Erleichterung überkam sie, als ihr das bewusst wurde. Sie richtete sich auf und fühlte sich von Sekunde zu Sekunde stärker.

„Dann würde ich sagen, dass es dir ziemlich gut geht. Vielleicht kannst du mit Brady und Dottie im Frauenhaus sprechen und sehen, welche Ratschläge sie dir geben können. Sie haben schon oft mit solchen Dingen zu tun gehabt."

„Das ist eine gute Idee." Gabi fühlte sich besser, doch ihr Herz tat immer noch weh.

„Komm, raus mit dir aus dem Bett, Honey. Du bist ein starkes Mädchen und mit Gott an deiner Seite kannst du alles schaffen. Stelle dich allen Prüfungen und finde Freude am Morgen. Er verspricht, dass Er dich niemals verlassen oder im Stich lassen wird. Und ich auch nicht."

Tränen wallten in ihrem Herzen auf und stiegen in ihre Augen, als sie das leuchtende Blau der Augen ihrer Großmutter betrachtete. Sie hatte Recht. „Ich liebe dich so sehr, Grandma. Danke, dass du mich daran erinnert hast, wer ich jetzt bin. Dass ich nicht das Mädchen bin, das ich früher war. "

Wenn Jess sie nur als den neuen Menschen sehen könnte, der sie geworden war.

* * *

„Was ist los, Jess?"

Jess warf Kurt einen Blick zu. „Nichts."

Er hatte Kurt angerufen und ihm von den Fuchsschwanzgewächsen erzählt und dass sie abgemäht werden mussten. Dann war er drei Tage unterwegs gewesen. Er war nur zurückgekommen, weil er wusste, dass Kurt Hilfe beim Mule Hollow Rodeo brauchte.

Kurt lachte ungeduldig. „Erzähl mir nichts, Jess. Du sprichst mit mir. Und du wirst die Stahltore noch in zwei Hälften zerbrechen, so hart schlägst du sie zu." Kurt baute sich direkt vor ihm auf und, die Hände in die Hüften gestemmt. „Ich gehe nirgendwo hin, bis du mit mir sprichst."

„Lass mich in Ruhe, Kurt."

„Diesmal nicht, Bruder. Was ist passiert? Man musste kein Genie sein, um herauszufinden, dass irgendwas zwischen dir und Gabi passiert sein muss. Was ist los?"

Jess runzelte die Stirn und sagte nichts.

„Verantwortungslos zu sein war noch nie deine Art. Ich habe gehört, dass auch mit Gabi was nicht stimmt. Sie ist zwei Tage nicht zur Arbeit gegangen. Sie redet auch nicht, wie ich von Sam gehört habe. Und ja, falls es dich interessiert, die Nitratwerte im Boden sind jenseits von Gut und Böse, was die Fuchsschwänze extrem giftig gemacht hat."

„Hast du alles gemäht?", fragte Jess, und Schuldgefühle mischten sich zu seiner schlechten Laune.

„Ja, hab ich. Jetzt raus damit, Jess. Was ist passiert?"

„Sie hat mich angelogen, Kurt. Gabi hat ein echtes Problem mit dem Trinken. Sie hat es mir da draußen auf der Wiese gesagt." Er starrte seinen Bruder an und hasste es, dass er wahrscheinlich all seinen Schmerz in seinen Augen leuchten sah. „*Nachdem* ich mich in sie verliebt habe. Sie hat mir gesagt, dass sie vielleicht ein Problem hat." Er fuhr sich mit den Händen durch die Haare unter seinem Hut.

„Du liebst sie." Hoffnung schwang in Kurts Worten mit.

„Hast du mich nicht gehört? Sie hat so viel

getrunken, dass sie Blackouts hatte!" Der Gedanke widerte ihn an. Und sich Gabi so vorzustellen, war so weit entfernt von allem, was er sich jemals von ihr vorgestellt hatte, dass ihm übel wurde, wenn er darüber nachdachte. Ein sturzbetrunkener Alkoholiker war kein schöner Anblick. Er hatte es bei seinem Vater oft gesehen.

„Aber sie hat dir gesagt, dass sie das nicht mehr tut."

„Das hat sie gesagt."

„Also glaubst du ihr nicht?"

Jess stützte eine Hand auf den Anhänger und scharrte mit der Spitze seines Stiefels im Dreck. „Ich glaube nicht, dass sie kein Problem mehr hat."

„Ahh", sagte Kurt. „Ich verstehe. Wie Dad."

Jess sagte nichts. Das Letzte, was er jemals gewollt hatte, war, Gabi mit seinem Vater zu vergleichen. Aber das war die Messlatte, die er hatte.

„Jess, du weißt, ich liebe dich. Aber was du gerade hier machst, ist richtig Mist."

„Denkst du nicht, dass das schwer für mich ist? Glaubst du, ich wollte das?"

„Nein. Aber du nimmst den einfachen Weg da raus, und das gefällt mir nicht. Wir hatten es nie leicht. Ich weiß nicht, warum das so sein musste, aber so ist es nunmal. Wir nehmen, was uns das Leben gibt, und wir lernen, damit umzugehen. Wir lernen, uns mit dem Spin zu bewegen und reiten den Bullen die vollen acht Sekunden. Wir springen nicht zu früh ab und bleiben auch nicht mit dem Gesicht nach unten im Dreck liegen. So ticken wir nicht. Haben wir nie."

Jess wollte etwas sagen, doch Kurt unterbrach ihn. „Ich bin noch nicht fertig. Was wäre, wenn wir einen der härteren Bullen zum Reiten bekämen – wir sind deshalb bessere Männer. Siehst du das nicht? Du wirst immer allein sein, wenn du dich weigerst, auch nur das geringste Risiko einzugehen."

„Kurt, nur weil ich mich dafür entscheide, keine Wiederholung unserer Kindheit für mich oder meine zukünftigen Kinder zu riskieren, heißt das nicht, dass du dich aufspielen und mich dafür verurteilen kannst. Und das auch nicht, *falls* ich mich eines Tages dazu entscheide, dieses Risiko einzugehen. Halt dich da raus. Die Verantwortung sitzt auf *meinen* Schultern, nicht auf deinen. Verstehst du das? Dies ist mein Leben, über das wir hier reden."

Kurt überraschte Jess mit einem harten Lachen.

„Mann", sagte er. „Du hast Recht, wenn du sagst, dass es deine Entscheidung ist. Im Leben geht es um Entscheidungen. Wir haben den freien Willen, diese Entscheidungen zu treffen. Du hast Recht, du bist nicht nur für deine Entscheidungen verantwortlich, die deine

Zukunft beeinflussen, sondern auch dafür, wie du deine Vergangenheit deine Zukunft beeinflussen lässt." Er schüttelte den Kopf und sah aus, als wäre er von Jess enttäuscht.

Dieser Blick traf Jess tiefer als er es wollte. Das war die unangenehmste Auseinandersetzung, die sie jemals gehabt hatten, und es überraschte ihn.

Kurt fuhr fort, seine Augen voller Sorge. „Ich hatte gehofft, du würdest zu dem Schluss kommen, dass das Leben nicht ohne Risiko ist. Wenn es eine Sache gab, die dich unsere Vergangenheit gelehrt haben sollte, dann, dass, wenn du jemanden liebst, du manchmal für ihn kämpfen musst und ihn nicht verlassen darfst, wenn die Zeiten rau sind oder irgendetwas nicht genau so ist, wie es dir gefällt. Verstehst du es nicht? Du *liebst* sie, Jess."

Jess blickte seinen Bruder an. Kurt verlor nicht oft die Beherrschung, aber er war wütend. Sie starrten einander an. Das Vieh scharrte und muhte, und die Zeit verging.

„Du musst darüber nachdenken. Wie bereit bist du, sie jeden Tag durch die Straßen von Mule Hollow gehen zu sehen und zu wissen, dass du dich von ihr abgewandt hast? Denk besser darüber nach – noch besser, vielleicht ist es an der Zeit, diesen Groll zu überwinden, den du auf Gott hast. Du denkst nicht, dass Er jemals etwas Wertvolles in deinem Leben getan hat – Er hat dir gerade einen Schatz angeboten, und du hast ihn weggeworfen, ohne mit der Wimper zu zucken." Kurt ging zum Ausgang.

Jess folgte seinem Bruder, und die Zurechtweisung tat weh.

An der Tür drehte sich Kurt zu ihm um. „Jess, es ist ironisch, dass du so hart arbeitest, um deine Vergangenheit nicht zu wiederholen, und doch wiederholst du sie in gewisser Weise. Du gehst weg, genau wie Mom." Er grunzte gereizt. „Wir haben sie gebraucht, und sie ist gegangen, weil sie nicht damit umgehen konnte. Gabi braucht dich, und du bist nicht für sie da, weil auch du nicht damit umgehen kannst." Kurt schüttelte enttäuscht den Kopf und ging auf seinen Truck zu. Seine Sporen klirrten bei jedem Schritt.

Jedes Klirren war ein Stich in Jess' Herz.

Kurts Enttäuschung über ihn stach und die Wahrheit seiner Worte traf Jess' Seele.

Jess stieg in seinen Truck, packte das Lenkrad und legte seinen Kopf auf seine behandschuhten Hände. „Gott..." Das Wort glitt in der heißen, stillen Kabine von seinen Lippen. Sein Hals schmerzte, und sein Herz brannte. Er versuchte, *hilf mir* hinzuzufügen, doch die Worte kamen nicht.

KAPITEL ZWANZIG

Das zweite Mule Hollow Homecoming Rodeo hätte nicht besser laufen können. Gabi ging hin, weil Grandma sie dort haben wollte. Um die Arena tummelten sich die Menschen. Als Gabi den Parkplatz überquerte, war die Stimme von Norma Sues Ehemann Roy Don aus den Lautsprechern zu hören, der alle begrüßte.

Gabi ging es gut, und sie dachte positiv. Sie setzte einen Fuß vor den anderen. Und sie war entschlossen, ihren Kopf hoch zu halten, sollte sie Jess begegnen. Sie wollte, dass sie Freunde waren.

Sie hoffte, dass sie ihm nicht begegnen würde. Sie hoffte, *dass* sie ihm begegnen würde.

Susan wusste, was los war. Sie hatte alles herausgefunden, als Gabi plötzlich krank geworden war. Gabi hatte es nicht übers Herz gebracht, es zu leugnen. Besonders, wenn man bedachte, dass Susan sie als erste darauf hingewiesen hatte, dass Gabi Gefühle für Jess hatte. Nein, Gabi liebte Jess.

Susan hatte auch ihre Anweisungen gegeben, bevor sie an diesem Tag die Praxis verlassen hatte. „Wenn du Jess begegnest, lächle und zeige ihm, was ihm entgeht. Zeig ihm nicht, dass er dich verletzt hat. Er wird sich über alles klarwerden, und dann wird er angerannt kommen. Manche Leute sind nur ein bisschen dumm, wenn es um die Liebe geht."

Gabi wusste, dass ihr Problem tiefer lag als Susan bewusst war, doch genau das war ihr Plan. Lächeln und weitergehen.

Mehrere Leute riefen ihr zu, als sie die Arena betrat und zu den Tribünen ging. Sie entspannte sich mit jedem Menschen, mit dem sie sprach. Es war so schön, in einer Stadt zu leben, in der die Leute sie kannten und begrüßten.

Sie war fast an der Tribüne angekommen und konnte alle drei Kupplerinnen von Mule Hollow in der fünften Reihe von oben sitzen sehen. Ihre Blicke waren auf sie gerichtet, als sie diese vertraute Stimme neben sich hörte.

„Hi Gabi."

Sie drehte sich um und sah, dass Jess in der Arena neben dem Eingangstor stand. Bars waren zwischen ihnen.

„Jess", sagte sie, kein Lächeln im Gesicht, aber ihre Stimme war stark. Schwungvoll. „Sieht so aus, als würde es eine gute Nacht werden", sagte sie, als würde sie mit einem Fremden sprechen.

„Ja, gute Menge." Er sah ein bisschen fassungslos aus.

Gabi fragte sich, ob sie auch so aussah. Vielleicht nicht, aber sie war entschlossen, nicht so zu klingen. Sie lächelte, obwohl ihr Magen vor Nervosität flatterte. Er hatte sie gewarnt, dass er nichts mit einem Alkoholiker zu tun haben wollte. Gabis Lächeln wurde strahlender, und sie spürte, wie das Grübchen in ihrer Wange zum Vorschein kam. Ja, er hatte sie gewarnt. Sie hatte sich mit offenen Augen in ihn verliebt. „Hab einen schönen Abend, Jesse James", neckte sie ihn, und ihr Hals schnürte sich unter der Androhung von Tränen zu. „Alles ist gut."

* * *

Der Sonntagmorgen kam, und der Anflug von Hoffnung, dass Jess nach dem Rodeo vorbeikommen könnte, um mit ihr zu reden, verblasste. Sie war enttäuscht und in die Kirche gekommen, wissend, dass sie sich so einiges von Esther Mae und Norma Sue würde anhören müssen. Sie hatten sie den ganzen

Abend beim Rodeo belästigt – genauso, wie sie es die ganze Woche getan hatten. Gabi versuchte, diskret zu bleiben, doch wie Susan hatten sie viel zu viele richtige Annahmen getroffen.

Trotzdem musste sie den Gottesdienst besuchen und ihr Leben weiter leben.

Sie war energisch und stark und weigerte sich, dem Kummer nachzugeben. Nein, sie hatte einen langen Weg hinter sich und war in Jess Holden verliebt, und nur, weil er nicht an sie glaubte und sie nicht mehr wollte, hieß das nicht, dass sie ihn aufgeben würde. Sie hatte gebetet, dass die Wunden seiner Vergangenheit und sein Herz heilen würden, denn das war es, was Jess brauchte. Sie wollte nur Gutes für ihn.

Sie saß auf der Bank neben Adela und Sam, als nach der Hälfte der Predigt die Kirchentür knarrte. Sie sah nicht über die Schulter, um zu sehen, wer der Nachzügler war, doch Esther Mae tat es. Ihr mit gelben und lila Trauben besetzter Hut drehte sich, als sie sich zwei Reihen vor Gabi umdrehte, um zur Tür zu spähen. Ein riesiges Lächeln breitete sich auf ihrem Gesicht aus, und ihr Blick schoss zu Gabi. Gabi weigerte sich, sich umzudrehen, doch ihr Herz stotterte und fragte sich, ob es sein könnte ...

„Stört es dich, wenn ich hier sitze?", flüsterte Jess mit einer Hand an der Rückenlehne der Bank zu ihrem Ohr heruntergebeugt.

Gabis Puls stolperte. Sam und Adela rutschten sofort ein Stück weiter. Gabi hatte keine andere Wahl, als ihnen zu folgen. Eine Schlammlawine von Emotionen donnerte auf sie zu, als er sich neben ihr niederließ.

Was tat er hier in der Kirche und setzte sich neben sie, als wäre nichts passiert?

Als hätte er ihr nicht das Herz gebrochen!

Tränen stiegen ihr in die Augen – oh nein, sie konnte nicht weinen. Der bloße Gedanke, vor ihm zu weinen, war schlimmer als die ganze Stadt, die dachte, sie müsste jeden Tag von diesem gigantischen Trottel gerettet werden!

Unnötig zu erwähnen, dass sie von der Predigt nichts mehr mitbekam. Stattdessen starrte sie geradeaus, zwang ihren Puls, langsamer zu schlagen, und kämpfte gegen den Drang an, ihm den Ellbogen in die Rippen zu rammen.

Vielleicht, wenn sie hart genug zustieß, konnte es ihn aufwecken, sein hartnäckiges Herz öffnen, und er würde sehen, was ihm entging.

Mit großer Mühe schaffte sie es durch den Gottesdienst, ohne ihren Ellbogen als Waffe einzusetzen, doch sie kochte, als es endlich vorbei war. Neben ihm zu sitzen und seine Augen – und die der gesamten Gemeinde – auf sich zu spüren, war ihrer

Stimmung nicht gerade zuträglich. In dem Moment, als Chance sein Gebet beendet hatte, stand Gabi auf. Sie schob sich zwischen die überraschte Adela und Sam und verließ mit den anderen Leuten die Bank. Sie weigerte sich, vor ganz Mule Hollow zu stehen und Smalltalk zu machen. Sie würde es einfach nicht tun. Sie hatte gedacht, sie hätte es am vorigen Abend in der Arena schaffen können, doch auch da war es ihr nicht gelungen.

Der Seitenausgang war nicht weit vom Ende ihrer Bank entfernt, und es gab nur ein paar Leute, die ihr den Weg versperrten. Flucht war möglich.

„Gabi, warte", rief Jess direkt hinter ihr.

Sie sah ihn nicht an. Vier Schritte, und sie würde draußen sein.

„Gabi, warte. Bitte."

Das leise Flehen in seiner Stimme und die warme Berührung seiner Hand auf ihrem Arm brachten sie dazu, über ihre Schulter zu blicken. Er war genau hinter ihr. Er sah so gut aus, sein längeres Haar wellte sich unter seinen Ohren, seine Bernsteinaugen leuchteten wie warmer Honig und flehten sie an, stehenzubleiben.

Sie seufzte. „Jess, das ist nicht der richtige Ort dafür."

„Warum?", fragte er leise, doch laut genug, damit

jeder, der es hören wollte, es hören konnte. „Ich denke, er ist perfekt.“

Sie drehte sich zu ihm um. „Siehst du nicht all diese Leute?“, zischte sie. Sie sah sich um, und genau wie sie befürchtet hatte, beobachteten alle sie. „Du machst eine Szene, Jess.“

„Wir müssen reden.“

„Ich warne dich, wenn du anfängst zu reden, willst du garantiert nicht alle diese Zeugen haben.“

Dieses Lächeln, das sie liebte, rollte mit der Leichtigkeit eines Mannes über sein Gesicht, der nicht wusste, was ihn erwartete.

„Gib dein Bestes, Sweetheart.“

„Nur zu“, rief Norma Sue ein Stück vor ihr. „Nur raus damit.“

„Ganz genau, leg los.“ Esther Mae kicherte, und die Trauben auf ihrem Kopf wippten fröhlich.

Jess ergriff Gabis Hand und erkannte schließlich, dass ein bisschen mehr Privatsphäre keine schlechte Idee wäre. Er führte sie über den Balkon in den winzigen Chorraum. Das Zimmer war dunkel und klein. Und voller Stühle. Es fühlte sich sehr nach dem Schrank an, in dem sie am Tag des Kuchenwettbewerbs gewesen waren.

Die Tür war kaum geschlossen, als Jess ihr Gesicht in seine Hände nahm.

„Es tut mir leid, Gabi. So leid."

Seine Worte waren zärtlich. Seine Augen auch. Ihr Herz hing in der Schwebe, als sie darum kämpfte, bei seinen Worten nicht zu zerfließen.

„Das … das sollte es", brachte sie heraus.

„Ich weiß, dass du mir wegen meines Verhaltens wahrscheinlich eins überbraten willst."

Er hatte keine Ahnung.

Doch seine Hände fühlten sich so schön an, wie sie ihr Gesicht hielten, und er war nur Zentimeter von ihr entfernt, als er sprach. Doch sie löste sich von ihm und musste ein wenig Abstand zwischen ihnen schaffen.

„Jess", sagte sie und fand sich wieder. „Ich bin nicht gut für dich. Du wirst dich bei jemandem wie mir niemals sicher fühlen können."

„Ich bin verliebt in jemanden wie dich. Und ich bin mir sicher, dass sie mich auch liebt. Zumindest hat sie es mal. Tut sie es noch?"

Seine Augen suchten ihre, und ihr Herz donnerte bei seinem Blick. „Was soll das heißen?" Sie hatte fast Angst zu hoffen.

„Es bedeutet, ich liebe dich, Gabi. Und ich war ein 1-A Dummkopf."

„Nein, Jess, das warst du nicht. Du bist ein Mann, der als Junge tief verletzt worden ist."

„Ich war ein Junge, der dachte, Gott schert sich nicht um alle. Doch dank dir weiß ich es jetzt besser."

Gabi konnte nichts sagen.

„Du hast mich verändert, Gabi. Ich habe mit meiner Mutter gesprochen, und wir arbeiten daran, das zwischen uns zu reparieren. Und alles deinetwegen."

Ihre Kehle schmerzte. „Ich bin so froh."

Sein Blick ließ sie nicht los. „Ich bitte dich, mir zu vergeben, genauso wie ich Gott gebeten habe, mir zu vergeben."

Das Atmen fiel ihr schwer, und ihr Kopf dröhnte. „Jess, ich kann dir vergeben, aber ich weiß nicht, ob ich –"

Sie wollte sich in seine Arme werfen. Doch er entschuldigte sich nur. Und sie musste ein bisschen Würde an den Tag legen. „Jess, nein–"

Er zog sie in seine Arme, und sie konnte sich nicht bewegen.

„Gabi, ich war ein Narr. Ich sehe jetzt die Wahrheit und habe Frieden mit meiner Vergangenheit geschlossen. Und dem Herrn. Dass du in mein Leben gekommen bist ist ein Beweis dafür, dass Er mich gesegnet hat und ich einfach zu stur war, um die Wahrheit zu erkennen, weil ich an meinem Zorn festgehalten habe. Gabi, ich brauche dich, und ich war so in den Schmerz meiner Vergangenheit verstrickt, dass ich mir fast den Schatz, der mir geschenkt worden ist, habe entgehen lassen. Ich hätte dich fast gehen lassen. "

Gabis Knie wurden weich.

„Ich liebe dich, Gabi. Der Weg meines Lebens hat sich gelohnt, wenn es das war, was nötig war, um mich zu dir zu führen."

Sie konnte kaum atmen. „Jess, ich liebe dich auch. Aber ... der Alkohol. Ich verstehe. Und du hast mich oft genug gewarnt."

„Gabi, ich bin für dich da. Ich möchte der Mann sein, der mein Vater nicht war. Ich möchte für die eintreten, die ich liebe, für dich und unsere Kinder. Und ich verspreche, dass ich zu dir stehen werde, auch wenn es vielleicht einmal schwierig wird."

Konnte es passieren? „Nein, Jess. Ich kann dich das nicht sagen lassen. Du musst dir absolut sicher sein, was meine Vergangenheit angeht. Ich verstehe, was dich antreibt. Ich verstehe es wirklich. Und ich kann dir mit Zuversicht sagen, dass es mir gut geht, doch ich habe mich angemeldet, einmal im Monat an AA-Meetings im Frauenhaus teilzunehmen und um einen Sponsor gebeten. Ich möchte kein Risiko eingehen."

Jess blieb stehen. „Das würdest du für mich tun?"

Sie nickte. „Für uns. Auch wenn ich nicht glaube,

dass ich es brauche. Als du mich stehengelassen hast, hat es mir das Herz gebrochen, doch es hat mir gezeigt, wie weit ich gekommen bin. Ich hatte nicht das Bedürfnis oder den Wunsch, nach einer Flasche zu greifen, Jess. Ich habe mich meinem Glauben und meiner Familie zugewandt."

Jess' Augen wurden feucht, und er schloss sie für einen Moment, bevor er sie ernst ansah. „Gabi, das ist alles egal. Ich bin so oder so für dich da. Ich will immer zu dir stehen. Ich will dich lieben und schätzen. Wenn du mich lässt."

Seine Worte berührten sie. „Ich liebe dich, Jess, aber du musst wissen und glauben, dass ich nicht mehr der Mensch bin, der ich früher war. Ich *habe* mich verändert – ich bin ein neuer Mensch. Glaubst du das?"

Er lächelte. „Ich glaube dir."

Sie hörte die Gewissheit in seiner Stimme, und ihr Herz explodierte. „Oh, Jess, und zu denken, dass ich dir vor ein paar Minuten am liebsten den Ellbogen in die Rippen gerammt hätte."

Er lachte, und seine schönen Augen funkelten fröhlich. „Ich hätte es verdient."

Sie schüttelte den Kopf. Er zog eine Braue in die Höhe, und sie lächelte. „Okay, vielleicht ein bisschen."

Er lachte und küsste sie dann mit einer Leidenschaft, die ihr den Atem nahm.

„Gabi, ich habe dich am ersten Tag gerettet, als du im Graben fast weggespült worden bist. Und jetzt rettest du mich und ziehst mich hoch und raus aus dem Treibsand, in dem ich versunken war. Ich war so geblendet von meiner Vergangenheit, dass ich meine Zukunft fast verpasst hätte. Gabi, ich liebe dich, und ich verspreche dir, dass ich meine Vergangenheit nie wieder zwischen uns kommen lassen werde.“

Sie ließ seine Worte auf sich wirken. „Ich liebe dich so sehr, Jess.“

Er ging auf die Knie. „Dann wirst du mich heiraten und eine Familie mit mir gründen?“

Ihr Herz hatte sich noch nie so voll angefühlt. „Bist du sicher?“

Jess nahm sie in seine Arme und küsste sie. „Ich werde dir für den Rest meines Lebens zeigen, wie sicher ich bin. Und ich werde jede Minute davon lieben.“

„Dann sollten wir diese Tür besser aufmachen und allen die guten Nachrichten mitteilen.“

Ein schelmisches Grinsen breitete sich auf Jess' Gesicht aus, als er sie an sich zog. „Die können warten“, murmelte er und küsste sie dann ohne Reue, voller Hoffnung und dem Versprechen von mehr, … und Gabi entschied, dass Jess die ganze Zeit Recht gehabt hatte.

Er *hatte* sie an dem Tag gerettet, als er sie aus dem tosenden Wasser gezogen und sie wie einen Sack Kartoffeln über seine Schulter geworfen hatte. Wer hätte das jemals geglaubt?

Gabi sicher nicht. Doch, Junge, war sie froh. Oh ja, das Leben war gut. Und es hatte wirklich gerade erst angefangen...

Weitere Bücher von Debra Clopton

Die Holden Brüder – Die Cowboys von Mule Hollow
Das Herz eines Cowboys
Das Vertrauen eines Cowboys

Windswept Bay
Von Diesem Moment An
Irgendwo Mit Dir
Mit Diesem Kuss & Für Immer Und Ewig
Warten Auf Liebe
Mit Diesem Ring
Mit Diesem Versprechen
Mit Diesem Schwur
Mit Diesem Wunsch
Mit dieser Ewigkeit

Die Cowboys von Mule Hollow Serie
Liebe Mich, Cowboy
Tanz Mit Mir, Cowboy
Immer Ärger mit Lacy Brown
… plus Baby macht fünf
Mein Herz gehört dir, Cowboy
Halt mich, Cowboy
Sei mein, Cowboy

New Horizon Ranch Serie
Ein Cowboy für Maddie
Ein Cowgirl für Rafe
Ein Cowgirl für Chase
Ein Cowgirl für Ty
Eine Familie für Dalton
Eine Tierärztin für Treb
Maddies geheimes Baby
Ein Cowgirl für Austin

Die Cowboys von Ransom Creek
Ihr Cowboy-Held (Vorgeschichte)
Braut zu mieten
Cooper
Shane
Vance
Drake
Brice

Über die Autorin

Die Bestseller-Autorin Debra Clopton hat bereits über 2,5 Millionen Bücher verkauft. Ihr Buch OPERATION: MARRIED BY CHRISTMAS soll sogar als ABC Familienfilm verfilmt werden. Debra ist bekannt für ihre modernen Westernromanzen, texanischen Cowboys und temperamentvollen Heldinnen. Romantik und eine Prise Humor werden immer miteinander verflochten, um den Leser zum Lächeln zu bringen. Als Texanerin in sechster Generation lebt sie mit ihrem Ehemann auf einer Ranch im Herzen von Texas und freut sich immer über Zuschriften von ihren Lesern.

Besuche Debras Website unter
debraclopton.com/deutsch

Melde dich für ihren Newsletter
www.subscribepage.com/KostenloseTexascowboyromantik

Triff sie auf Facebook unter
www.facebook.com/debra.clopton.5

Folge ihr auf Twitter unter @debraclopton

Kontaktiere sie unter debraclopton@ymail.com

www.ingramcontent.com/pod-product-compliance
Lightning Source LLC
Chambersburg PA
CBHW070622100726
47907CB00007B/1833